좀비묵시록

좀비묵시록 82-08

8

박스오피스 현대 판타지 장편 소설

뿔미디어

CONTENT

1

　진우에게 그 상황은 마치 슬로우 비디오처럼 느리게, 그리고 너무도 비현실적으로 다가왔다. 예상치 못한 장소에서 뻗어 나온 좀비의 손, 그 회색으로 부패한 손이 K—2의 레일을 꽉 움켜쥔다.

　"이런!"

　진우는 곧바로 자신의 실수를 깨닫고 몸을 뒤로 뺐다. 하지만 이미 늦었다. 좀비는 진우의 소총을 창문 안쪽으로 잡아당겼다. 무시무시한 힘이었다. 그 바람에 진우는 총을 놓쳐 버렸지만, 어깨에 걸린 멜빵 때문에 총과 함께 끌려 들어갔다.

　"아아악!"

창틀에 남아 있던 유리 파편이 팔의 살갗을 찢으며 꿈속처럼 멍하던 진우의 정신을 현실로 되돌려 놓는다. 진우의 입에서는 비명이 터졌다. 좀비는 계속해서 총을 잡아당기고, 그렇게 한 번씩 놈이 힘을 줄 때마다 유리는 더 깊숙하게 박혀온다.

"끄으으으윽!"

어떻게든 총을 포기하지 않으려고 안간힘을 쓰던 진우는 더 이상 참지 못하고 스스로 멜빵을 풀었다.

쿵!

팽팽히 당겨지던 무게가 사라지자 좀비는 K—2를 움켜쥔 채 바닥에 뒹굴었다.

그롸아아—

건물 안에 있던 다른 좀비들의 포효가 마치 패배자를 조롱하는 노래처럼 울려 댄다.

"안 돼!"

총을… 내 총을 빼앗겼다…….

진우는 온몸의 피가 한꺼번에 빠져나가는 것 같았다. 실탄을 확보하려고 그렇게 죽을 애를 썼는데 이제 그걸 넣고 발사할 무기가 없다!

되찾아야 해…….

진우는 어린아이처럼 단순해져서 겁먹은 눈으로 상황을 부정했다. 하지만 정들었던 K—2를 되찾는다는 건 지금 상황에서는 불가능한 일이었다. 그에게는 무기가 없는데, 저 쌀가게 안에는 좀비들이 우글거린다. 권총의 탄창 안에 든 여섯 발로는 저놈들을 다 죽일 수 없다. 절망적이다. 그나마 다행이라면 이 쪽창의 크기가 작아 좀비들이 곧바로 뒤쫓아오지 못한다는 정도뿐이었다.

"야이, 씨발! 씨발! 으아아!"

분을 이기지 못해 진우는 건물 벽을 걷어차다가 뒤돌아서 달아났다. 총에 달아놓은 플래시마저 사라진 지금, 시야는 더욱 좁아졌고 아무것도 또렷하게 보이지 않는다. 그저 무작정 빗속을 뛰어 도망가는 것 외에 할 수 있는 게 없었다.

"총… 권총……."

진우는 미친 사람처럼 웅얼거리며 건빵주머니에서 권총을 꺼내 들었다. 1킬로그램의 무게가 너무 가벼워서 발가벗겨진 것 같은 박탈감이 밀려든다.

하지만… 아직, 아직 싸울 수 있다! 사방이 막힌 좁은 장소가지만 이걸로 뚫고, 들어오는 놈들의 머리를 하나씩 후려치면!

진우는 자신을 다그쳤다. 그러나 그건 막다른 현실을 부정하려는 발버둥일 뿐이었다. 그 증거로 진우는 홀린 듯 조그만 구멍가게를 향해 뛰고 있었다. 그곳에는 막힌 공간 따위는 없다. 그저 마지막 한잔의 쾌락을 위한 음식과 술에 본능적으로 이끌리고 있는 것이다.

탕— 탕— 탕—!

진우는 뒤쫓아오는 좀비들을 향해 권총을 쏘았다. 하지만 모두 빗나가 버렸다. 애초에 그가 손에 쥐고 있는 것은 이렇게 태풍이 부는 밤에 원거리의 적을 쓰러뜨리기 위해 만들어진 무기가 아니다.

세 발을 허비하고, 이제 세 발이 남았다. 구멍가게의 부서진 유리문 앞에는 좀비의 시체가, 시체를 넘어 안으로 한 발을 디딘 곳에는 진득하게 굳은 붉은 피가 잔뜩 흩뿌려져 있다.

아무 소용이 없다는 걸 알면서도 진우는 깨진 유리문을 닫고 그곳을 주변에서 끌어온 상품 박스들로 막았다. 가슴 높이까지 박스를 쌓으려는 순간, 문 안으로 좀비의 얼굴이 들어왔다.

찌익—!

유리에 가죽이 찢겨 나가는데도 전혀 망설이거나 주저하는 기색이 없다. 오직 살아 있는 사람의 신선한 살을 뜯어 먹겠다는 일념뿐이다.

"꺼져!"

진우는 놈의 눈에 바짝 대고 권총의 방아쇠를 당겼다.

펑—

놈의 눈이 뚫리고, 주변의 가죽이 가스의 압력 때문에 찢어지는 것과 동시에 뒤통수 쪽에는 커다란 구멍이 생기면서 초록색 뇌수들을 흩날린다.

끄륵—

기이한 소리와 함께 좀비의 시체가 뒤로 허물어진다. 진우는 다시 박스들을 쌓고, 카운터의 탁자를 끌어와 덧댔다.

찰칵—!

카운터에 쌓여 있던 일회용 라이터들 중 하나를 집어 켜는 순간, 암흑 속에 묻혀 있던 조그만 가게 내부가 모습을 드러냈다.

바닥에는 온갖 물건들이 널려 있어 이 안에서 얼마나 지독한 난리가 났는지를 보여준다. 깨진 병, 뒹구는 깡통, 과자 봉지와 라면들······.

시선을 위로 올렸다. 사방에 피가 튀지 않은 곳이 없지만, 음료용 쇼 케이스 주변이 특히 심하다.

〈우리끼리 한잔할까!〉

쇼 케이스에 붙은 핑크 펀치의 포스터에는 그렇게 적혀 있었다. 제니는 도도하게 맥주 캔을 내밀고, 그 뒤에 다소곳한 테라가 슬쩍 미소를 짓는다.

기억난다, 저 사진······.

진우의 얼굴이 일그러졌다. 비바람에 낡은 그 포스터를 보는 것만으로도 죽음을 목전에 둔 삶에 대한 미련이 더 강해지고 커졌다.

쿵—

문이 밀쳐지며 가장 윗단의 상자가 굴러 떨어져 내린다.

쿵—! 쿵—!

카운터 탁자도 조금씩 밀리고 있다. 어두워서 보이지는 않지만, 저 밖에는 그의 살과 피를 맛보고 싶은 좀비들이 긴 줄을 이루고 있을 것이다.

지금 남은 총알은 두 발. 아니, 보다 엄밀하게 말하자면, 총알은 꽤 많지만, 그중에서 발사가 가능한 건 단 두 발뿐이다.

이게, 이게 뭐야, 씨발!

조금 전 획득한, 이제는 아무 쓸모도 없어진 탄창을 주무르면서 진우는 이를 바득 갈았다.

그롸아아아!

또다시 가게 안으로 좀비의 팔이 비집고 들어왔다. 썩은 팔이 박스를 붙잡고 흔들어 댄다.

잘라 버릴까?

진우는 대검을 빼 들었다가 더 상대하기도 싫어져서 뒷걸음질을 쳤다.

와자작!

병 조각이 밟혀 부서지며 기분 나쁜 소리를 낸다. 이제 선택을 해야 할 시간인 모양이다.

칼인가, 총인가.

진우는 입술을 깨물며 생각했다. 아무래도 총이 편하겠지만, 마지막 실탄을 놈들이 아닌 자신의 머리를 향해 쏜다는 게 좀 걸린다. 꼭 최선을 다하지 않은 사람인 것 같아서… 아무리 그래도 칼은… 한 번에 제대로 해낼 자신이 없다.

"후우~ 씨발, 잠깐만 기다려. 생각 좀 하자."

가게 문이 흔들릴 때마다 빨리 결정하라고 강요하는 내부의 목소리에 진우는 말미를 요청했다.

[킥킥킥, 그것 봐. 그러게 내가 뭐랬어? 아까 터널에서 그 새끼들 쏴버리라고 했잖아. 거기에서 실탄이랑 다 챙겨서 튀었으면 이런 일은 없지. 등신, 남 생각 하다가 제가 뒈지게 생겼네.

큭큭큭.]

악마의 목소리는 한껏 신이 나서 설쳐 댄다. 진우는 머리를
감싸 쥐었다. 보고 싶던 얼굴들이 어둠 속에 떠오른다. 그걸 실
제로 보지 못하고 이렇게 끝나야 한다는 게 너무 분하다.

쿵—!

또다시 박스가 나뒹군다. 이제 조금만 있으면 문이 열릴 것이
다.

"까불지 마, 이 개새끼들아! 한잔만 하고 결정할 테니까!"

진우는 쇼 케이스 쪽으로 걸어가서 유리문을 열었다. 그러고
는 늘 마시던 브랜드의 소주를 집어 들었다. 열린 병뚜껑이 떨
어지면서 또르르 쇼 케이스와 진열대 사이로 굴러 들어갔다. 인
생 마지막의 소주를 벌컥벌컥 들이켜며 그 굴러가는 뚜껑을 눈
으로 쫓던 진우는 자신이 본 걸 믿을 수가 없었다. 틈새에 기대
세워져 있는 것!

K—2!

"진짜?"

진우는 다급하게 손을 뻗었다.

이 감촉!

틀림없이 K—2다. 이 여름 내내 그가 끌어안고 다니던 것과
똑같은 총이다!

철컥!

탄창은 실탄으로 가득하고, 심지어 작동하는 야간 조준경까
지 부착되어 있다.

"…이게 왜?"

K-2의 안전창치를 풀면서도 진우는 자신에게 허락된 이 행운이 믿기질 않았다.

설마… 좀 전에 마신 소주가 벌써 확 돈 걸까? 그래서 이런 헛것을 보는 걸까? 아니, 아무리 배 속에 든 게 없다고는 하지만 겨우 소주 한두 모금에…….

툭. 그때, 발에 채인 뭔가가 어지럽게 널린 피투성이 과자 봉지 사이를 비집고 불쑥 모습을 드러낸다. 뜯긴 손이다. 조금 전, 불을 지른 집에서 만났던 손 없는 병사가 떠올랐다.

그래, 그놈의 총이었구나. 멍청한 놈이 총을 구석에 세워두고 소주 박스를 양손으로 들다가… 총을 몸에서 떼어놨다고? 어지간히 고문관 같은 놈…….

아니, 그게 중요한 게 아니잖아!

생각이 쓸데없는 곳으로 번져 갈까 봐 진우는 얼른 고개를 젓고 이를 악물었다. 살 수 있다. 이제 싸울 수 있는 수단이 생겼다.

진우는 가게의 입구로 걸어가면서 왼손으로 진열대의 물건을 챙겼다. 생수 두 병과 팬티스타킹, 번데기 캔 두 개.

마음 같아서는 가지고 싶은 것들 천지지만 욕심을 부려서는 안 된다. 박스가 흔들리는 유리문 앞에서 진우는 K-2의 레일에 달린 플래시를 켜고 머릿속으로 빠르게 작전을 짰다.

흔들흔들. 바깥의 좀비가 쿵쿵거리며 몸을 부딪쳐 올 때마다 박스로 만든 간이 바리게이트가 춤을 춘다. 그리고 몇 초 후, 박스들이 와르르 무너지면서 좀비 한 마리가 그 틈으로 상체를 쑥 집어넣었다.

크롸아악―

박스 틈으로 몸을 집어넣은 좀비가 진우를 보며 발광을 한다.

쿵―! 끼기긱―!

놈이 체중을 실을수록 문의 아래쪽을 고정시키고 있던 탁자가 안으로 밀려 들어왔다. 곧이어 또 한 마리가 머리를 쑤셔 넣는다. 문이 충분히 벌어진 걸 확인한 진우는 곧바로 방아쇠를 당겼다.

타앙―

근거리여서 빗나갈 일도 없다. 좀비는 뼛조각을 흩뿌리며 뒤로 날아갔고, 진우는 곧바로 두 번째 놈의 머리도 날렸다.

끄롸아아아!

뒤로 날아가는 좀비의 단말마와 새로 달려드는 놈들의 포효, 그리고 총성이 겹쳐져 가게 내부를 흔들며 메아리친다.

휘이이―

불어오는 바람 속에는 놈들의 악취가 가득 섞여 있다.

서둘러 입구의 놈들을 정리한 진우는 진열되어 있던 신문 뭉치를 들어 라이터로 불을 붙였다. 불이 어느 정도 타올랐을 때, 부탄가스가 진열된 쪽을 향해 던졌다.

타닥― 타닥―

신문은 제법 화력을 뿜내면서 부탄가스의 표면을 검게 그을렸다. 이제 얼마 지나지 않아 폭발과 함께 더 큰 불이 날 것이다.

진우는 가게를 빠져나와 원래 목표로 삼았던 3층 건물을 향해 뛰었다. 몇 마리가 앞을 가로막아대도 이젠 총이 있다. 총이 있는 한 그쯤은 별 장애가 되지 않는다.

투투둑— 투두둑—!

남의 총이라서 영점이 정확하지는 않지만, 그래도 삼점사로 두 다리를 날리는 것 정도는 문제없다. 하체를 잃은 좀비들은 곧바로 다시 기어서 그의 뒤를 쫓는다.

휘이이—!

차가운 비바람이 시야와 호흡을 어지럽히며 얼굴을 때려 댄다.

농협 마크가 찍힌 3층 건물은 공공건물답게 문이 크고 많았다. 장기적인 기지로 삼으려면 문제가 되겠지만, 어차피 3층에서 오늘 밤 하루만 쓸 거니까 괜찮다.

농협 건물 1층에서 서성거리던 좀비들이 낌새를 느끼고 돌아보기도 전에 진우의 총알이 놈들의 뒤통수를 관통하며 탄착군을 이룬다. 총알을 아끼는 것보다 속도를 높이는 게 더 중요했다. 진우는 야시경을 눈에 바짝 붙인 채 시체들이 널브러진 문 안으로 뛰어들었다.

그라아아!

뒤쪽에서는 쫓아오는 좀비들의 아우성이 폭풍우를 뚫고 들려온다. 놈들을 상대하기 위해 돌아설 여유도, 건물 안에 놈들이 몇 마리나 숨어 있는지를 살펴볼 겨를도 없었다. 지금 빨리 3층에 도달하지 못하면 포위되고 만다.

진우는 이 안에 있던 좀비들이 불에 이끌려 나갔기를 바라며 곧바로 계단을 올랐다. 녹색으로 변환돼서 표시되는 좁은 계단과 복도. 2층에 도달했을 때, 자판기 뒤에서 한 마리가 뛰쳐나온다.

투투둑!

목 위를 날려 버린 좀비의 시체를 지나쳐 다시 한 층 위로 올라갔다. 사무실 서너 개가 보인다. 사거리 쪽, 그중에서도 구멍가게 방향으로 창문이 난 방을 찾아 들어간 진우는 쇠문을 잠갔다. 커다란 소파가 두 개나 있는 걸로 보아 여기가 제일 높은 사람이 쓰던 방인 모양이다.

입구에 받쳐 두기 위해 소파를 끌던 진우의 눈에 깜깜한 사무실 한쪽 구석에 있는 뭔가 커다란 덩어리가 들어왔다. 웅크리고 있는 비대한 사내이다.

"으앗!"

진우는 깜짝 놀라 방아쇠에 손가락을 걸었다. 하지만 이내 그 사내의 몸이 미동조차 하지 않는다는 걸 깨달았다. 야간 조준경을 통해 보이는 사내는 혀를 빼문 채 눈은 위로 치뜨고 벽에 기대 죽어 있었다. 그의 목을 꽉 졸라맨 넥타이가 어디에 연결된 것이 아니라, 힘없이 축 늘어져 있다는 게 특이하다. 자살이 아니라 누군가 혼란을 틈타 죽여 버린 것이리라.

그 살인의 원인이나 이유가 어떻든 간에 지금 진우에게 중요한 것은 사내가 더 이상 움직일 수 없다는 점이었다.

관심을 끊은 진우는 소파를 끌어다가 입구에 받치고 가게에서 집어 온 팬티스타킹을 꺼내 여전히 핏물이 뚝뚝 떨어지는 팔을 꽉 졸라 묶었다. 그러고는 창문을 활짝 열었다.

쐐에—

비바람이 휘몰아치는 건 여전했지만, 그 차가움조차도 즐거운 자극처럼 느껴진다. 어쨌든 다시 얻은 생명이나 마찬가지니까.

"너부터 가자."

생수병과 탄창을 창가 근처 바닥에 나란히 세워둔 진우는 총구를 바깥으로 겨누고 첫 번째 목표를 찾았다. 영점을 조절하려면 조금 멀리 있는 놈이 좋을 것이다.

타앙—

첫 발은 놈의 오른쪽 어깨를 날렸다. 불길에 홀려 가게 쪽으로 걷던 녀석은 길바닥 위에 내동댕이쳐졌다.

"조금 아래로 처지나?"

조절을 마칠 때쯤 어깨가 날아간 좀비도 다시 몸을 일으켰다. 진우는 두 번째 발을 쏘았다. 좀비의 왼쪽 머리가 움푹 파여 날아간다. 겨냥했던 것보다 미세하게 왼쪽으로 치우쳤다.

다섯 발째부터는 그가 원하는 곳에 총알을 꽂아 넣을 수 있었다. 좀비들은 불이 난 가게와 진우가 위치한 삼층 건물 사이로 사방에서 꾸역꾸역 모여 들어온다. 진우는 서두르지 않고 천천히, 그러나 집요하게 방아쇠를 당기고 탄창을 교체했다. 찢어진 팔이 저리거나 어지러워지면 잠시 벽에 기대 쉬면서 물을 마시고 짭짤한 번데기를 씹었다.

"홋, 후후홋……."

입안에 남은 번데기를 우물거리면서 다시 좀비의 머리를 겨눌 때, 실없는 웃음이 터져 나왔다. 도로에 가득 쓰러져 있는 시체들. 자신의 손으로 저렇게나 끔찍한 꼴을 만들어가면서 뭘 먹을 수 있다는 게 너무 어처구니가 없다.

게다가 불과 몇 미터 떨어지지 않은 같은 공간 내에도 목이 졸려 죽은 사내의 시체가 있는데, 그게 거의 신경이 쓰이지 않는다. 삼식이가 똥 이야기를 할 때마다 밥맛이 떨어지던 예전의 그가 더 이상 아닌 것이다.

'나는 뭔가를 잃어버린 걸까?'

방아쇠를 당기면서 스스로에게 질문을 던졌다.

퍼억—

기어서 농협 건물로 다가오던 좀비의 정수리가 산산조각 난다. 빗물 웅덩이에 떠다니는 뇌 조각을 빤히 보면서도 여전히 입안의 번데기를 토해내지 않았다.

다시 총구를 틀어 그 웅덩이 바로 옆을 뛰어오던 놈의 이마에 총알을 꽂았다. 총탄에 꿰뚫린 좀비는 목이 꺾인 채 옆으로 쓰러진다.

'뭔가가 끊어지긴 했어. 그게 뭐냐고 묻지는 마. 그건 나도 정확히 표현할 수 없으니까.'

이번에는 스스로에게 대답을 해줬다.

타앙—

입구를 향해 뛰어들려던 녀석의 대갈통이 터졌다. 세 번째 탄창이 다 소진됐다. 탄창을 갈아 끼우면서 진우는 환하게 미소를 지었다.

아직 살아 있고 탄창은 세 개나 더 남았다. 그 대신에 내 안의 뭔가를 조금 덜어내 주었다고 한들 그게 뭐 그리 대수겠는가.

타앙—

다시 또 한 놈의 머리가 날아간다.

얼마나 오랜 시간 동안 그렇게 쏘아댔는지 모른다. 바닥에 탄피들이 잔뜩 굴러다니고, 좀비들을 거의 다 청소했을 때에는 그 지독했던 비바람도 슬슬 잦아들 기미를 보였다.

사거리를 아무리 노려보고 있어도 더 이상 새로운 좀비가 나타나지 않게 되자, 진우는 비로소 창문을 닫고 긴 한숨을 내쉬었다.

눈은 가물거리고, 계속해서 찬 비바람과 맞섰던 머리는 핑핑 돌았다. 두 팔이 저리고, 쪼그려 앉아 있던 무릎은 감각이 없다. 유리 조각에 찢어진 팔도 불에 댄 것처럼 화끈거렸다.

쉬고 싶다. 저 푹신해 보이는 소파 위에 누워서 아주 깊게 잠이 들고 싶다. 하지만 그전에 반드시 해야 할 일이 아직 한 가지 더 남았다.

끼이익—

소파를 받쳐 둔 채 문을 아주 조금만 열어본다. 만약 밖에 좀비가 서성이고 있다면 곧바로 달려들 것이다. 하지만 조용했다. 진우는 소파를 넘어 복도로 나왔다.

텅 빈 계단을 따라 내려와 거리에 발을 내디뎠다. 그가 더 이상 움직일 수 없도록 만든 수많은 좀비들의 시체가 널려 있는 거리로. 파인 곳마다 고여서 흐르는 빗물을 따라 뼛조각과 살점들이 부유하고 있다.

황량한 바람이 한차례 휩쓸고 지나간다. 가게에서는 마지막 불꽃의 연기가 검게 피어오르는 중이다. 진우는 어두컴컴한 거리를 횡단해서 쏠게 정면으로 갔다. 문은 스테인리스 파이프 재질의 셔터가 내려진 채 단단히 잠겨 있었다.

콰창!

가게 안에 갇혀 이 싸움에 참전하지 못했던 좀비들이 분하다는 듯 셔터를 두들긴다. 진우는 가게 안쪽으로 플래시를 비췄다. 그러고는 놈들의 썩어버린 눈을 노려보며 말했다.

"내 총 찾으러 왔다."

2

비가 그쳐 가는 강원도와 달리 서울의 폭우는 시간이 흐를수록 더욱 기세를 올렸다. 굵은 빗방울은 유리창을 부술 듯 두드렸고, 바람은 창틀 사이를 울리며 소름 끼치는 소리를 만들어냈다.

덕분에 보안관 일행은 여관 2층에 발이 묶인 채 몇 시간을 보내야 했다. 빗물이 줄줄 흘러내리는 창문에 이마를 대고 바깥 풍경을 보던 유빈이 힘없이 중얼거렸다.

"선로에 갖다놓은 박스들 다 찢어지고 난리도 아니겠다. 진짜 엄청 쏟아붓네. 좀 멎지. 선녀님 빤쓰에 구멍이 났나……."

"푸하하하! 선녀님 빤쓰래. 큭! 오빠, 완전 노인 말투."

엎드린 채 온몸으로 매트리스의 쿠션을 느끼며 발을 동동거리고 있던 제니가 엉뚱한 지점에서 빵 터졌다. 침대와 깨끗한 변기, 그리고 지붕이 있는 장소에 너무 오랜만에 와봐서 어지간히 기분이 좋아진 모양이다.

그 옆에 나란히 엎드려 있던 보안관도 제니의 웃음소리에 반사적으로 맞장구를 쳤다.

"그러게! 큭큭, 우리 할머니도 그런 말 썼었는데."

음? 침대 모퉁이에서 도롱도롱 졸고 있던 삼식이는 웃음소리에 깼다가 다시 베개를 끌어안고 입을 다신다. 신입도 비웃는 것 같은 표정으로 입 끝을 씰룩거렸다.

하아~ 유빈은 가볍게 한숨을 내쉬었다.

참 좋기도 하겠다, 이 대책 없이 긍정적인 새끼들. 먹을 거라고는 배낭에 든 게 전부고, 비가 언제 멎을 거라는 보장도 없는데…….

물론 선로 위가 여기보다 더 낫다는 주장은 아니다. 거기에 그대로 있었더라면 이보다 훨씬 더 심란한 꼴을 당했을 것이 자명하기 때문에.

그런 점들을 다 감안하더라도 코는 정말 고생을 하는 중이다. 좁은 여관방 안에 창문까지 닫고 모여 있으니 땀 냄새, 발 냄새가 진동을 한다. 누군가가 몸을 들썩일 때마다 썩은 수박에서 나는, 그런 냄새가 확확 퍼지며 후각을 파고들었다.

그롸아아아—!

멀리서 또다시 좀비들의 포효가 울려온다. 이 모진 비바람 속에서도 행진을 거르지 않을 만큼 놈들은 성실하다.

"삼식아, 삼식아……."

신입이 자꾸 삼식이를 흔들어 깨운다. 담배를 피우려면 옥상으로 나가야 하는데, 이 깜깜한 밤중에 그 어두운 계단을 혼자 오르는 게 별로 내키지 않는 모양이다. 조명 하나 없는 복도는 귀신의 집처럼 으스스했다.

"음냐… 너 피우고 와. 난 그냥 잘래."

삼식이가 거절을 하자 초조해진 신입은 똥마려운 강아지처럼 어쩔 줄을 몰라 한다.

"신입, 나랑 같이 가자. 어차피 바람도 좀 쐬고 싶었으니까."

기대도 하지 않던 유빈이 나서주자 신입은 반색을 하며 플래시를 챙겼다.

"웃! 바람 진짜 장난 아니네. 이래서야 담배 피우는 것 같도 않겠다."

옥상 문을 열던 유빈이 주춤한다. 차가운 비와 바람이 얼굴을 때리고 우비 대신 머리에 덮고 나온 큰 비닐 봉투는 뒤집힌 채 미친년처럼 춤을 춘다. 손으로 바람을 가리며 라이터를 켜던 신입이 툴툴거렸다.

"아, 씨발. 그냥 다른 방에서 피우면 안 돼? 빈방 존나 많잖아. 문 꼭 닫고 피울게."

"냄새가 배서 안 된다고! 여기 얼마나 더 있어야 할지도 모르는데… 불편해도 좀 참아."

"전에 있던 동네에서는 방에서 피워도 뭐라고 안 했으면서 왜 갑자기 그래?"

"거기는 좀비들이랑 꽤 떨어져 있었으니까 그렇지. 여기는 바로 저기 큰길에 좀비들이 떼로 몰려다니잖아."

마침 겨우 담배에 불이 붙어 이야기는 거기에서 일단락이 됐다. 신입은 찌푸린 얼굴로 담배가 젖지 않도록 보호해 가며 뻑뻑 빨아댄다. 연기는 바람에 실려 큰길 반대 방향으로 빠르게 흩어졌다. 그 정도라면 좀비들도 어디에서 이 연기가 시작된 것인지 모를 것이다.

녀석이 니코틴을 보충하는 동안 유빈은 다시 한 번 주변을 둘러봤다. 어제 만났을 때 태권소녀 일행에게서 굶주림의 기운은 느껴지지 않았었다.

분명 이 여관 너머 어딘가 그리 멀리 떨어지지 않은 장소에 열 명 이상이 생활을 하던 아지트가 있을 것이다. 식량과 음료, 그리고 좀 더 안심하고 잠들 수 있는 아지트.

과연 그게 어디일까…….

숨어 있던 녀석들의 입장에서 생각을 해보기 위해 애를 쓰는 중이다. 그 애들은 좀비에게 신경을 쓰는 것만큼이나 다른 사람들을 경계하고 있었다. 그래서 늘 망을 보았던 거고, 또 그래서 미로 같은 피난처도 만들어뒀을 테지…….

가발 가게에서부터 여기까지는 그 비밀 통로를 잘 쫓아서 왔는데, 더 이상은 단서를 발견하지 못했다.

내일 날이 밝으면 다시 한 번 더 꼼꼼히 찾아봐야지…….

분명 어딘가에 다음 장소로 이어지는 비밀 경로가 있으리라는 확신이 든다.

"아, 씨발. 깜깜하니까 괜히 후달린다. 혹시 저런 데서 좀비 새끼들이 뛰어내릴까 봐."

신입이 길 건너의 건물을 플래시로 비추며 투덜거렸다. 터미널 부근답게 여관이 많아서 그 건물 역시 모텔이었다.

불과 5층짜리 건물이지만 나지막한 2층 옥상에서 올려다보자니 까마득히 높게 느껴진다. 물론 거리가 좀 있기 때문에 저기에서 뛰어내린다고 해도 이곳에 닿을 리는 없겠지만.

"파, 라, 다, 이, 스 모텔."

플래시로 비춰가며 건너편의 모텔명을 읽던 신입이 갑자기 재미있다는 듯 킥킥거렸다.

"큭큭, 야, 씨발. 근데 저기 3층이나 4층에서 보면 우리 있는 이 여관에서 떡치는 거 고스란히 다 보였겠는데? 무슨 건물을 이렇게 마주 보게 지어놨냐? 그것도 모텔을. 민망하게시리. 큭큭큭."

"누가 그걸 문 활짝 열어젖히고 하겠냐, 커튼 치고 하지. 봐, 저기도 다 커튼 쳐져 있구만. 담배 다 피웠으면 들어가자. 비 맞고 있으려니 춥다."

건물 안으로 들어와 보니 보안관과 제니가 방 앞에 나와 서성이고 있었다.

"너희, 왜 그렇게 하고 있어?"

"삼식이 오빠가 자면서 자꾸 방귀를 뀌어서……."

제니가 뭔가 미안한 표정을 짓는 동안에도 방 안에서는 뿌웅, 하는 소리가 울려 나온다.

것 봐, 제니야. 예전에 그 방귀, 그거 내가 뀐 거 아니었다니까. 저 새끼, 저게 범인이야… 보안관은 잘 기억도 안 나는 일까지 끄집어내 자기변호를 하느라 열을 올렸다.

"야, 배낭만 가지고 나와. 저 새끼 놔두고 우리는 옆방으로 가자."

미리 코를 막아 쥔 신입이 유빈의 등을 떠밀었다.

"그게 뭐 그렇게 유난 떨 일이냐? 어차피 아까부터 우리 땀 냄새도 장난 아니었는데 뭐."

대수롭지 않다는 듯 말하며 대범하게 문지방을 넘던 유빈은 곧바로 달려가 창문을 열어젖혔다.

우와! 이 새끼, 이거. 제대로 뀌었잖아!

휘이잉—!

차가운 공기가 빗방울을 싣고 날아와 얼굴을 때린다. 갇혀 있던 공기가 한 바퀴 도니 숨쉬기가 한결 편해졌다.

"엇, 차거! 뭐야, 왜 창문 열어~?"

삼식이가 얼굴에 튄 빗물을 닦으며 일어나 앉는다.

그냥… 환기 좀 시키려고 그래… 라고 말하며 배낭에서 마실 것을 꺼내던 유빈은 딱 집어 설명하기 어려운 위화감을 느꼈다.

내가 조금 전에 한 행동 중에 부자연스런 뭔가가 있었다. 미처 깨닫지 못하고 넘어갔던 어떤 것… 그게 뭐였지?

"젠장, 초코바만 잔뜩 넣어 왔네. 아까도 이거 먹었는데. 다른 거 있는 사람? 바꿔 먹자."

삼식이도 주섬주섬 일어나서 배낭을 뒤졌다. 제니가 과일 맛 에너지 바를 건네준다.

"자요, 이거라도 먹을래요?"

"근데… 이거, 암만 아껴도 내일 아침 먹고 나면 그다음부터는 손가락 빨게 생겼는데?"

친구들이 그런 이야기를 하는 동안에도 유빈은 손톱을 물어뜯으며 인상을 썼다.

뭐였지? 뭐가 이상한 거지? 난… 방에 들어와서 창가로 걸어갔었다. 그러고는 창문을 최대한 들어 올렸고, 아무리 생각해 봐도 그게 다인데…….

아닌가? 뭔가 더 있었나?

유빈은 창 쪽으로 고개를 돌렸다. 깜깜한 밤이라 보이는 것은 오직 어둠과 이따금씩 불빛에 어른거리는 빗물들뿐이다.

번쩍—!

근처에서 번개가 치자 밖의 풍경이 아주 잠시 동안 환하게 밝혀졌다. 그래봐야 마주 보고 선 파라다이스 모텔에 꽉 막혀서 다른 건 뵈지도 않는다. 여러 개의 창문과 내부의 짙은 색 커튼, 그리고 모텔 간판 따위가 잠시 모습을 드러냈다가 이내 어둠 속에 묻혔다.

정말이네, 이 방 대실했던 사람들은 신경 좀 쓰였겠는데… 라고 생각하며 멍하니 창문을 보던 유빈은 허벅지를 탁, 내려쳤다.

"그래! 맞아! 그거였구나! 이제 알았다!"

응? 플래시 주위에 옹기종기 앉아서 과자로 주린 배를 채우던 나머지 넷이 놀라 유빈을 쳐다본다. 유빈은 얼른 옆방으로, 그리고 그다음 방으로 뛰어다니며 창문마다 플래시를 비춰봤다. 전부 마찬가지였다.

"쟤 또 왜 저래? 야, 너 왜 그래? 무슨 일인지 같이 좀 알자."

유빈이 미친놈처럼 복도를 뛰어다니자 보안관이 붙잡으며 묻는다. 유빈은 들뜬 목소리로 말했다.

"커튼! 커튼이 없어! 이 방에! 이 방만 그런 게 아니라, 2층 전체가 다 그래! 뭔가 이상했는데, 그게 뭔지를 정확히 몰랐거든!"

잔뜩 흥분한 유빈과 달리 이야기를 전해 들은 나머지 넷의 반응은 별로 신통치 않았다. 이해를 하지 못한 것 같아 유빈은 설명을 덧붙였다.

"생각해 봐! 저기, 저렇게 다른 건물들이랑 마주 보고 있는데, 창문에 커튼이 없다고! 말이 안 되잖아! 여기 여관인데, 이런 데서 어떻게… 그, 그, 그런 걸 하겠어? 알잖아? 다 들여다보일 텐데."

제니 때문에 뒷부분은 얼버무렸다. 잠시 창문과 유빈의 얼굴을 번갈아 보던 보안관과 제니가 거의 동시에 물었다.

"그래, 커튼이 없다는 건 알겠어. 그런데 그게 대체 뭘 의미

하는 건데?"

어? 그, 그건······.

순식간에 흥분이 가라앉은 유빈도 눈만 멀뚱거렸다.

글쎄, 커튼이 없는 여관이라는 게 대체 뭘까?

"나는 알 것 같은데."

날카로운 눈빛을 번뜩이며 명탐정 연기를 하던 삼식이가 입을 열었다.

"여기는··· 보여주는 걸 즐기는 취향의 마니아들 전용 여관이었던 거지."

네 사람은 잠시나마 기대를 했던 걸 후회하며 각자 생각에 잠겼다.

경계, 미로, 비밀 통로, 그리고 이 여관, 커튼이 없는 방··· 외부 사람을 지독히도 경계하던 그 시선······. 그런데 왜 하필이면 가발 가게에서부터 여기까지는 한 번에 이어지도록 만들었을까······.

"우리가 용케 비밀 통로를 찾은 게 아니었네요."

플래시로 건너편의 파라다이스 모텔을 비춰보던 제니가 중얼거린다. 비슷한 때에 답을 얻은 유빈도 고개를 끄덕였다.

응? 보안관은 아직도 이해를 못한다.

"낯선 사람이 뒤를 밟으면 이쪽으로 오도록 유도를 해놨던 거예요. 자기들이 빤히 보고 감시를 할 수 있는 장소로요. 바로 저기에서."

파라다이스 모텔을 가리키며 제니가 말했다.

아하, 그래서 커튼도 다 떼어버렸구나! 보안관과 신입이 손바닥을 친다.

"그럼 저기가 걔들 아지트였다, 이런 말이야?"

"그럴 가능성이 높지. 적어도 중간 기지 정도는 될걸?"

파라다이스 모텔의 입구는 셔터도 내려져 있지 않고 유리문이 박살 나서 엉망이다. 다가가고 싶지 않을 만큼 불길하고 으스스하다. 엉망이다.

도로 외부와 코스트코 앞에 시체를 잔뜩 가져다 놓았던 것과 비슷한 수법이다. 자신들이 숨은 곳 앞을 일부러 훼손시켜 놓은 것이다.

"그렇다는 건, 어제 그 애들이 지금 저기에 숨어서 우릴 보고 있다는 의미? 경순이나 그런 애들이?"

삼식이의 얼굴에 반가운 기대가 스친다. 유빈은 고개를 저었다.

"아니, 누가 있었다면 당연히 아까 우리가 부를 때 대꾸라도 했겠지. 아니면 어제처럼 시비를 걸었든가. 걔들은 다 잡혀간 것 같아. 그 헬리콥터 탄 놈들한테 말이야. 봐, 저 건물. 불빛하나 안 새어 나오잖아."

끄응~ 삼식이는 아쉬운 표정을 지었지만, 나머지 넷은 흥분을 감추지 못했다. 그들에게는 안된 일이지만, 우리는 이제 내일 아침, 아니, 나아가서는 한동안 먹을거리에 대해서 걱정하지 않아도 된다. 제니와 유빈의 추리처럼 저 모텔이 그 애들의 아지트라면.

3

"뭐하고 있어? 빨리 가방 챙기고 준비해."

배낭을 메고 헤머까지 든 보안관이 채근을 한다. 유빈은 망설였다.

"엇, 지금 가자고? 이렇게 깜깜하고 비도 많이 오는데? 내일 날이 밝으면……."

"날 밝는 것 같은 소리 하고 있네. 야, 바로 옆에 보물 창고가 있을지도 모르는데 배를 곯아가면서 잠을 자자고? 딴소리하지 말고 빨리 가보자. 어두운 거는 이렇게 하면 해결되잖아."

헤드 랜턴을 쓰는 보안관을 보며 신입이 걱정스러워한다.

"씨발, 그러다가 좀비 있으면 어쩌려고 그래? 위험하잖아."

"그럼 넌 여기 있든가. 야, 그리고 좀비 없어. 있으면 너희 둘이 계속 옥상 들락거리면서 담배 뻑뻑거릴 때 벌써 튀어나왔어도 나왔겠지."

그 부분에 대해서는 유빈의 생각도 크게 다르지 않았다. 다만, 100퍼센트라는 확신이 없을 뿐.

음… 유빈은 창밖을 내려다보며 잠시 고민했다. 비가 쏟아붓기 시작한 지 몇 시간 만에 길거리에는 찰박하게 물이 고여 있다. 내일 아침에는 당연히 더 높이까지 물이 차오를 것이고, 그러면 운신하기에 몇 배나 불편해진다. 여기에서 오래 머물 생각이 없다면, 더 나은 가능성을 찾아 가야 하는 게 맞다.

"그래, 가자. 대신 가봐서 영 아니다 싶으면 곧바로 이리 돌아오는 거다."

"오케이, 오케이. 그거야 당연하지!"

보안관은 호언장담을 하지만, 혹시라도 다시 도망 와야 할 경우를 대비해서 삼식이와 제니, 신입은 정문 앞에 남겨두고 가기로 했다.

"계속 플래시를 비추고 있어. 그리고 우리 둘이 뛰어들면 곧바로 이걸 들어 올렸다가 내려줘. 뭐냐고 물어볼 것도 없어. 도망 오는 경우는 하나뿐이니까."

제니에게는 플래시를, 남자 둘에게 정문 셔터를 잡고 있게 했다.

드륵, 드륵.

다행히도 셔터는 매끄럽게 작동한다. 자물쇠는 없지만, 드라이버 정도만 레일에 박아도 급한 대로 어느 정도 고정은 될 것이다.

둘 다 헤드 랜턴과 무기만 들고 배낭은 놓고 가기로 했다. 몸이 가벼운 편이 운신하기 좋으니까.

출발하기 전에 유빈이 한마디를 더 보탠다.

"음, 그리고… 만약에 30분이 넘도록 돌아오지 않으면 그때도 셔터를 내리……."

"어휴! 재수 없는 소리 하지 말아요! 그런 일 없다고요!"

제니가 조그만 손으로 얼른 입을 틀어막는다. 보안관도 유빈의 등짝을 짝, 후려친다.

"맞아! 바로 요 길 건너로 가는 건데 요란 떨지 마! 하여간 걱정박사야! 가자."

보안관에게 끌려 문을 나섰다.

드르르륵—

등 뒤에서 셔터가 내려지는 소리가 나자 갑자기 단절되는 기분이 든다.

첨벙첨벙. 발을 내디딜 때마다 물보라가 튄다. 벌써 물이 발목 근처까지 차올랐다.

"난리네."

박살이 나 있는 유리문을 보면서 보안관이 중얼거렸다. 통 유리문이 아니라 삐죽삐죽 깨진 유리 조각이 위협적이다. 유리와 문틀 사이로 자빠진 냉장고 모서리가 튀어나와 있다. 보안관이 씩 웃는다.

"이걸 보니까 점점 확실해지는 것 같네. 이쪽으로 들어오지 말아달라, 이건가?"

현관이 'ㄱ'자로 꺾여 있어서 플래시를 비춰봐도 그 안쪽이 어떤지는 알 수 없다. 보안관은 일단 문을 밀어봤다.

빠지직—

문이 움직이자 냉장고가 더 기울면서 유리 조각들을 깨뜨렸다. 하지만 아주 약간 뒤로 밀린 뒤, 문은 더 이상 움직이지 않는다. 안쪽에서 냉장고가 버팀대 역할을 아주 충실히 하고 있는 모양이다.

끄응~ 보안관이 힘을 써도 안 된다면 그 방법은 아니라는 뜻이다.

"아예 이쪽으로 당겨서 문이랑 같이 뜯자."

바깥으로 돌출된 냉장고의 양쪽 끝을 잡고 둘이서 앞뒤로 조금씩 흔들다가 움직임이 조금 커졌다 싶을 때, 아래 방향으로 확 잡아당겼다.

빠지직—!

냉장고의 무게에 두 친구의 힘까지 더해지자 스테인리스 문틀이 휘고, 유리 파편이 튄다. 케블라 장갑이 아니었다면 진작 손이 작살나고도 남았을 것이다.

같은 동작을 서너 번 반복하니 진폭이 커졌고, 한 번 더 당기니 프레임과 경첩에서 요란한 소리를 내며 드디어 문이 뜯겨져 나온다.

끼이잉— 꽈장창!

보안관과 유빈은 얼른 뒤로 물러나 발을 피했다.

"뭐야? 무슨 소리야?"

뒤쪽에서 삼식이의 놀란 목소리가 들려온다.

아, 맞다. 쟤들은 큰 소리가 날 줄 몰랐지……. 유빈은 밖으로 나가 알려줬다.

"막아놓은 게 넘어진 소리야! 걱정 안 해도 돼!"

보안관과 유빈은 자빠진 냉장고를 타 넘어 안으로 걸음을 옮겼다. 현관 내부도 지저분하기는 마찬가지여서, 자빠진 화분에서 흘러나온 흙들과 말라 죽은 화초, 시뻘건 얼룩 따위로 가득하다. 위쪽에는 이가 듬성듬성 빠진 주렴도 걸려 있어서 한결 더 으스스하다.

게다가 이 지독하게 쏟아붓는 비까지 더해지니 스산함은 몇 곱으로 늘었다. 아지트로 점찍지 않았다면 애초에 발을 들이고 싶지 않을, 그런 분위기였다.

"거기, 발 조심해. 그나저나 이렇게 해놓고 원래 있던 애들은 어떻게 왔다 갔다 다녔지?"

"여긴 아예 안 쓴 것 같은데, 안에 들어가 보면 뭔가 뒷문 같은 게 있지 않을까?"

장애물들을 대충 한곳으로 몰아놓고, 신경 거슬리게 하는 주렴도 통째 뜯어내 버렸다. 그렇게 하고 나니 한결 마음이 안정되는 것 같다.

"아! 이거, 철문이네. 애들한테 큰 소리 날 거라고 알려줘. 또 놀랄라."

보안관이 해머를 꽉 잡는다. 손잡이와 자물쇠를 통째로 박살내서 열 심산이다. 유빈이 물었다.

"근데, 그거 잠기기는 한 거야?"

"응? 아니, 확인은 안 해봤는데. 그렇지만 당연히 잠가뒀겠지……."

그렇게 말하며 보안관은 손잡이를 돌렸다. '어? 의외로 돌아간다?' 하는 표정의 보안관이 문을 당겼다. 그때였다. 근래에는 들은 적 없는 종류의 소음이 귀를 때렸다.

삐융~! 삐융~! 삐융~! 위이잉!

난데없는 알람에 보안관은 화들짝 놀라 문을 쾅! 닫았다. 유빈도 간이 떨어지는 것 같았다. 애초에 전기로 작동하는 장치가 살아 있을 거라는 가능성 자체를 머릿속에서 깨끗하게 지우고 있었기에, 그 낯선 소음이 주는 충격은 엄청났다.

삐융~! 삐융~! 삐융~!

문을 닫았는데도 알람은 계속 울린다. 다급해진 보안관은 몇 번이고 반복해서 문을 다시 여닫았다. 그래봐야 삥삥거리는 소리는 멈추지 않는다.

"야, 이, 이거 어떻게 꺼? 이거 뭐야? 야이, 씨발! 왜 여기만 전기가 들어와?"

흥분한 보안관이 악을 쓰는 것에 알람 소리까지 더해지니 정신이 홀랑 빠지는 것 같다.

빨리 안으로 들어가야 하나……

어쩔 줄 몰라 하던 유빈은 크게 심호흡을 하며 마음을 가다듬었다. …진정해. 별로 큰 소리도 아니야. 게다가 빗소리에 묻혀서 큰길까지는 안 가. 그러니까 침착해야 돼.

삐유웅~! 삐유웅~!

그러는 동안에도 알람은 쉬지 않고 그 짜증스러우면서도 단조로운 소리를 내고 있다. 살짝 열린 문틈으로 안쪽을 엿보는 보안관이 흥분해서 앞뒤 안 가리고 뛰어들까 봐 두려워진다.

유빈은 보안관의 팔을 잡았다. 우선 진정시켜야 할 것은 알람이 아니라 보안관이다.

"보안관! 보안관!"

침착해야 돼, 차분하게 가자… 라고 말하려 하는데, 보안관이 갑자기 홱 뒤를 돌아보며 인상을 썼다.

"아, 그 새끼. 거기 가만히 기다리고 있으라니까……. 위험할지도 모르는데!"

"자꾸 이상한 소리가 나니까 걱정이 돼서 그러지! 안으로 들어와 버려서 보이지도 않고. 근데 이 알람 뭐야?"

삼식이었다. 그리고 바로 곁에는 제니까지 와 있다. 큭! 유빈은 잠시나마 보안관을 진정시키려고 했던 자신이 우스워졌다. 보안관은 그 시끄러운 소음 속에서 문 안쪽을 살피면서도 뒤에 삼식이가 다가오고 있다는 것까지 눈치채고 있던 것이다.

애초에 신체 능력 자체가 다르다. 이미 알고 있던 사실이기는 하지만, 다시 한 번 절감했다.

"몰라. 하여튼 이런 요망한 짓까지 해놓은 거 보면 여기가 맞나 봐. 제니야, 내 근처에 있어. 아, 맞다. 신입은?"

"딱 문 위에 서서 여차하면 셔터를 내릴 준비 하고 있어. 뭐, 그런 보험도 있어야지."

흥, 그 새끼가 퍽이나 보험이 되겠다. 문답을 마친 보안관은 다시 시선을 앞으로 향하고 해머를 꽉 움켜쥔 채 문 안으로 들어섰다.

삼식이와 제니의 합류로 플래시의 광원이 두 개 늘자 시야도 한층 넓고 밝아져서 내부가 훤히 보인다. 어수선한 바깥쪽과 달리 모텔 내부는 깔끔하게 정돈되어 있었다.

"이건가?"

보안관이 카운터 안쪽을 살펴보고 있을 때, 삼식이가 뭔가를 주물렀다. 그러자 그렇게 신경을 긁어 대던 알람 소리가 그쳤다.

뚝. 그리고 쏴아아—

다시 들리기 시작한 빗소리가 그렇게 반가울 수가 없다.

"너 재주 좋다? 어떻게 하니까 꺼지디? 나는 열었다 닫았다 암만 난리를 쳐도 안 되던데."

보안관의 물음에 삼식이는 문틀에서 떼어낸 조그만 플라스틱 조각 하나를 들어 보인다.

"여기에 스위치가 붙어 있어."

설명을 듣고 다시 보니 신기할 것도 없는 장치였다. 문과 문틀에 하나씩 붙여두고 스위치를 켜두면 그 사이가 벌어질 때 알람이 울리는 구조다. 배터리로 작동하는 거니까 정전과도 무관하다.

"이거 굉장히 싸. 혼자 사는 여자애들이 이런 거 많이 달거든."

삼식이가 부연 설명을 하면서 뭔가 아득하게 그리운 표정을 짓는다.

개새끼, 또 무슨 좋은 추억이 떠오른 거냐…….

보안관과 유빈은 삼식이를 한 번 흘겨봐 주고 다시 실내를 수색하기 시작했다.

지금까지 보았던 다른 건물들과 마찬가지로 1층에서는 생활의 흔적이 거의 눈에 띄지 않았다. 창고를 열어봐도 시트와 청소 용품 따위뿐이다.

주차장과 연결된 후문 안팎 역시 뭔가가 잔뜩 어지럽혀져 있다. 그리고 거기에서도 문제의 그 싸구려 알람이 발견됐다.

일행은 계단을 통해 2층으로 올라갔다. 1층과는 사뭇 분위기가 달라서 복도에서부터 벌써 여러 개의 박스가 그들을 반겨준다. 음료수, 라면, 과자, 생수, 통조림… 온갖 먹을 것들이 편의점 창고처럼 한쪽 벽을 따라 그득하게 쌓여 있다.

"우와, 빙고!"

보안관의 목소리가 밝아졌다. 물론 한 가지 해결해야 할 사소한 문제는 있었다. 계단에서 복도로 진입하는 부분에 설치된 바리게이트가 바로 그것이다.

노가다끼리 아시바라고 부르는 굵은 비계용 파이프 대여섯 개가 가로로 박혀 있다. 꽤나 공을 들여 설치한 물건이지만, 해머를 든 보안관이 있을 때 그 정도는 장애물로 쳐주지 않는다.

콰앙—

해머질 여섯 번에 파이프 두 개가 떨어져 나갔고, 아무리 덩치가 큰 사람이라도 충분히 지나갈 수 있는 공간이 만들어졌다.

"파라다이스 모텔이라더니, 진짜 파라다이스 맞네. 흐흐."

복도 안에 들어선 보안관은 만족한 표정으로 음식 박스들을 쓸었다.

딸깍, 삼식이는 스포츠 음료 캔부터 따서 벌컥벌컥 들이켜 댄다.

"이 방은 옷이네. 크, 무슨 옷가게를 차려놨어."

첫 번째 방문을 열어본 보안관이 껄껄 웃는다. 그 호기로운 모습에 제니가 걱정스러운 표정을 지었다.

"저기… 오빠, 아직 남은 사람이 숨어 있을지도 모르는데. 그리고 그 사람들 총도 갖고 있었잖아요."

"하하! 제니야, 괜찮아. 아무도 없어. 생각해 봐. 공격할 시간이 얼마나 많이 있었는지. 예를 들어서… 에, 우리가 저쪽 여관에서 모여 있었을 때, 그다음에 우리가 현관문 뽀갤 때, 또 1층에서 알람 때문에 우왕좌왕하고 있을 때, 그리고 좀 전에 여기에서 저 아시바 부술 때만 해도 무방비였잖아. 그렇지? 그러니까 안심해도 돼. 좀비는 말할 것도 없고."

그런 말을 하는 동안에도 보안관은 두 번째, 세 번째, 네 번째 방문을 확확 열어젖힌다. 휴지, 물티슈, 비누… 다람쥐처럼 정말 알뜰하게도 골고루 모아뒀다.

그렇게 확실한 건가요? 정말 그런 거면 좋겠지만……. 제니가 유빈을 돌아본다. 유빈 역시 안전하다는 의미를 담아 미소를 지어줬다.

보안관의 말이 맞다. 만약 누군가 자신들을 공격하려 했다면 이미 차고도 넘칠 만큼 충분히 기회가 있었다. 그리고 그가 어제 겪어본 태권소녀 일행은 외부인이 자신들의 아지트까지 들어와 활개를 치도록 내버려 둘 만큼 너그러운 성격은 아니었다. 즉, 지금까지 아무 반응이 없다는 건 여기가 텅 비어 있다는 의미인 것이다.

"맥주네. 소주도 있고."

복도 끝 방에서 주류를 찾은 삼식이는 곧바로 그 방 창의 커튼을 젖혔다. 건너편 여관 입구에서 셔터를 꽉 쥔 채 불안해하는 신입의 모습이 한눈에 들어온다.

"신입! 올라와! 괜찮으니까!"

창문을 열고 소리를 치자 신입은 반신반의하는 얼굴로 올려다본다. 플래시 불빛이 유리에 반사되어 잘 보이지 않는 모양이다.

"파티라고!"

삼식이는 맥주 박스를 들어 올리며 크게 외쳐 주고 복도로 나왔다. 객실마다 돌아다니며 문을 활짝 열고, 안에 들어 있는 게 뭔지 확인하느라 모두의 머리에 달린 랜턴이 정신없이 흔들거리며 사방에서 빛을 냈다.

처음엔 주저주저하던 제니도, 걱정 전문가인 유빈조차도 열심이다. 그만큼 이 아지트를 찾아냈다는 건 흥분되는 일이었다. 더 이상 한뎃잠을 자지 않아도 되고, 끼니를 거르게 될까 봐 전전긍긍할 일도 당분간은 없다.

"3층엔 뭐가 있나 보자!"

2층 맨 끝 방까지 돌아보고 난 뒤, 보안관은 모두를 데리고 다시 계단을 올랐다. 때마침 신입도 숨을 헐떡이며 합류했다.

창고처럼 물건들을 모아둔 2층과 달리 3층은 사람이 살던 흔적이 여기저기서 눈에 띄었다.

이불이 흐트러진 침대, 머리맡에 놓여 있는 잡지들, 랜턴과 향초들, 방 입구에 가지런히 모아둔 신발들과 무기, 그리고 쓰레기통에 들어 있는 음식 포장지까지…….

음, 생필품과 음식에 눈이 돌아가 있다가 그런 풍경을 보니 갑자기 모두의 마음에 숙연함이 찾아든다. 이곳을 사용했던 주인들의 죽음이 예정됐음을 이미 아는 입장에서 얼마 전까지 머물렀던 생활의 흔적을 마주하자 가슴 한구석이 아려왔다.

"화장실을 이렇게 해서 썼구나."

객실에 딸린 욕실의 문을 열어본 유빈이 중얼거린다. 흰 흙 같은 것이 담긴 종량제 쓰레기봉투를 변기 안에 넣어놓고 커버로 눌러 고정시키는 방식이다. 모래를 채운 페인트 통 위에 엉덩이를 대고 앉아 볼일을 보던 다섯 명의 눈높이에서 보자면 초고도 문명에 가깝다. 물론 그런 수준까지 오르기 위해서는 머리도, 몸도 꽤나 고생을 했을 테지…….

그다음 방은 아예 문도 열려 있다. 바닥에 내던져져 내용물이 쏟아진 과자 봉지를 보니 저절로 상상이 되었다.

이 방에 살던 누군가는 어제 헬리콥터에서 흘러나오는, '오늘이 마지막 구조 기회입니다' 어쩌고 하는 그 개소리를 들었을 것이다. 물론 벌떡 일어나 이 문을 열고 뛰어나와서 죽어라 복도를 내달렸을 거고, 그리고 아마… 지금쯤은 어딘가에 갇혀서 죽을 순서를 기다리고 있을 것이다. 자신이 어떤 운명에 처해 있는지도 모르는 채로…….

"젠장, 여기에서 잘살고 있었구만. 그냥 더 버티지."

보안관이 쓰게 입맛을 다셨다. 2층에 쌓여 있는 모든 물건들이 하늘에서 뚝 떨어진 게 아니라, 이 객실들에서 살던 자기 또

래의 누군가가 목숨을 걸고 조금씩 가져와 모은 것이라는 게 실감되었다.

내일, 일주일 뒤, 한 달 뒤에 먹을 것들을 모아놓기 위해 갖은 애를 썼을 텐데, 정작 그 주인들은 헬리콥터를 탄 인간 사냥꾼들에게 끌려가 버렸다.

이 얼마나 억울하고 좆같은 일이란 말인가. 신입조차도 얼굴에서 웃음기가 사라졌다. 초상집에 온 것처럼 꽉 눌린 공기를 깨뜨린 것은 제니였다.

"그만 생각해요! 우리한테 집중하자고요!"

제니가 두 손으로 보안관의 양 뺨을 꽉 붙잡아 고정시키고 목소리를 높였다. 제니가 손바닥으로 두 볼을 꾹꾹 누르자, 똥구멍처럼 모아진 입술을 오물오물 움직이며 보안관이 대답했다.

"알았어, 알았어. 우리 내려가자. 괜히 우울해진다."

"그래, 맞아. 어쨌든 여기를 찾는 데 성공했잖아. 그러니까 오늘은 좀 기뻐해도 돼."

삼식이도 머리카락을 쓸어 올리며 애써 표정을 바꿨다. 경순이 생각이 나는 것도 무리가 아니다. 계단을 내려가며 신입이 껴는 시늉을 한다.

"그럼 술 한잔하는 거냐, 우리?"

"고오럼! 안주도 잔뜩 있는데."

삼식이가 일부러 톤을 올린다. 분위기가 더 들뜨기 전에 시어머니 유빈이 끼어들어 한마디를 붙인다.

"일단 아시바부터 다시 붙여놓고."

※　❖　※

"후우우~ 후우우~ 너 차, 차, 차, 참 잘 걸렸다. 너, 너 없었으면 오, 오늘 진짜 빠, 빡 돌았을 텐데……. 사, 사람이 아주 죽으라는 법은 없나 봐."

말을 마친 메이저는 탁자 위로 가서 온 더 락스 잔에 위스키를 채웠다. 한참 열심히 몸을 움직였더니 목이 탄다.

황금빛 조니 워커 블루가 얼음 사이를 타고 흐른다. 두어 번 술잔을 빙글거리던 메이저는 천천히 한 모금을 음미했다. 짜릿하다.

역시! 양놈들이 술 하나는 참 기가 막히게 만든다니까…….

메이저는 입술을 닦고 다시 돌아섰다. 주먹에서 묻은 피가 입안에 번지며 비릿한 향을 풍긴다.

좋아, 안주로는 이만한 게 없지.

메이저는 혀를 날름해서 입술에 남아 있던 피를 마저 핥았다.

기분이 더럽다. 오늘 하루 만에 쉐도우 쉴드 멤버가 둘이나 병신이 됐고, 문제를 일으킨 신 차장 개새끼는 잡아 족치지도 못한 채 놓쳐 버렸다. 신 차장을 데리고 나갔다는 말에 오 박사가 거품을 물고 길길이 날뛰는 걸 받아주는 것도 고역이었고, 뭐 하나 마음에 드는 일이 없었다.

"크으!"

메이저는 잔에 남은 술을 마저 비웠다. 이런 날은 손맛을 좀 봐야 한다. 불행 중 다행이라면 이번에 구해온 식사감들 중에 마침 아주 맷집 좋은 년이 하나 끼어 있었다는 거다.

"자, 사, 사, 삼 회전을 시, 시작해야지, 우리?"

철컹!

기둥에 오른손이 고정된 수갑이 흔들린다. 경순이는 자유롭게 쓸 수 있는 왼팔을 굽혀 얼굴을 보호했다. 눈 주변이 부어올라서 저 망할 놈의 움직임이 잘 보이지 않는다.

쟤들은 죽은 걸까…….

그녀의 곁에 쓰러져 있는 두 명의 여자. 온몸에 피멍이 든 여자들의 가슴이 들썩이는 기미가 없다. 이 방에서 눈을 떴을 때부터 그녀들은 이미 반송장 상태였다.

하긴 그렇게 모진 매질을 당했으니… 바닥은 온통 핏자국으로 얼룩져 있고, 숨을 들이쉴 때마다 옆구리에 찌르는 듯한 통증이 느껴진다. 갈비뼈가… 나간 게 분명하다.

어쩌다… 어쩌다 이렇게 되어버린 걸까? 분명히 구조대라고 했는데… 모두 구조해 줄 테니까 걱정하지 말고 순서대로 그물망에 들어가라고 했는데…….

샤워를 마치고 나왔을 때 예방접종이라고 놓아주던 주사. 그것이 마지막 기억이다. 깨어나 보니 속옷만 입은 채 이렇게 수갑으로 기둥에 결박당해 있었다.

"으윽! 후~!"

경순이는 차오르는 숨을 헐떡이며 이를 악물었다. 바닥에 발을 디딜 때마다 종아리에 전기가 오르는 것 같다.

"주, 주, 준비 다 됐지? 가, 가, 가, 가도 되지?"

메이저가 오른 주먹을 빙글빙글 돌리면서 히죽거린다. 그러다 갑자기 간격을 좁히면서 뛰어 들어와 옆구리에 훅을 먹인다.

훅! 대비도 못한 경순이는 숨넘어가는 소리를 내며 옆구리를 접었다. 그러느라 가드가 빈 얼굴로 또다시 놈의 주먹이 날아든다. 이미 마른 피딱지로 가득 차 있던 콧속에 혈관이 터지면서 뜨거운 피가 콸콸 쏟아진다.

개새끼, 주먹도 어지간히 맵다.

으아아아! 경순이는 아무렇게나 주먹을 휘둘렀다.

크크크, 놈은 뒤로 훌쩍 물러나 피하면서 기분 좋게 웃어 댄다.

"퉤! 치사한 새끼! 오른팔만 묶여 있지 않았어도 너 같은 건……."

입안에 고인 피를 뱉으며 경순이는 오열했다. 너무도 분하다.

철컹! 철컹!

잡아챌 때마다 수갑에 긁힌 오른 손목에서는 피가 계속 흐른다.

"아! 수, 수갑? 그, 그, 그거 풀어줘?"

메이저는 미처 몰랐다는 표정으로 가까이 다가와 주머니에 손을 넣었다. 그러더니 갑자기 표정을 바꾸며 경순의 따귀를 후려친다.

"나도 그, 그, 그렇게 해주고 싶은데, 규, 규정 위반이라 안 돼. 흐흐흐~"

악─! 무차별로 휘두르는 놈의 주먹을 한 팔만으로 어떻게든 막아보려던 경순의 입에서 비명이 터진다.

빠악!

이미 피멍이 든 허벅지에 워커발이 날아든다. 다리가 풀린 경순은 그 자리에 허물어졌다. 무방비로 노출된 그녀의 가슴에 메이저의 팔꿈치가 날아와 꽂힌다.

죽는구나… 의식이 가물거리는 순간, 그녀는 차라리 다행이라는 생각이 들었다. 눈꺼풀이 무거워지고 모든 것이 까맣게 어둠 속에 묻힌다.

치이익─

흐윽! 정신을 잃어가던 경순은 진저리를 치며 깨어났다. 코점막을 강하게 자극하는 암모니아 냄새. 그 개자식이 눈앞에서 스프레이를 흔들며 웃는다.

"이, 이제 시작인데 버, 버, 벌써 뻗으면 고, 곤란하지. 왜? 너무 힘들어? 좀 쉬, 쉬게 해줘?"

경순이의 머리채를 잡고 일으켜 세운 메이저는 옆에 쓰러져 있던 두 여자의 얼굴에도 차례로 스프레이를 뿌렸다.

으으으~ 여자들은 의식을 찾은 이후에도 좀처럼 몸을 가누지 못했다.

"일어나!"

메이저는 그녀들의 팔목을 고정시킨 수갑을 잡아챘다. 벗겨진 피부에 통증이 가해지자 여자들의 입에서 앓는 소리가 흘러나온다.

"너, 넌 좀 쉬어. 근데 나도 손을 푸, 풀어야 되니까 너 대신 마, 맞을 애를 고, 고, 골라. 얘, 아니면 얘?"

여자 둘의 머리카락을 한 번씩 움켜쥐며 메이저가 물었다. 분한 마음에 입술을 깨물고 있느라 아무 말이 없는 경순에게 메이저가 언성을 높였다.

"이 돼지 쌍년이 대, 대, 대답 안 해? 왜? 가, 같이 수, 숨어 있던 년들 보고 싶어? 하, 하나 더 데리고 올까? 가, 같이 맞을래?"

"걔들은 내버려 둬!"

경순은 세차게 고개를 저었다.

이런 꼴을 당하는 건 나 하나로 충분하다.

"그러니까 빠, 빨리 골라. 부, 분홍 빤쓰? 하얀 빤쓰? 어, 어떤 년?"

악마가 따로 없다. 경순이는 주먹에 힘을 줘봤다. 아직 감각이 있다. 저 밉살스럽게 이죽거리는 얼굴에 한 방은, 최소한 한 방은 먹일 수 있을 것 같다. 아니, 꼭 먹이고 싶다. 하지만 그러기 위해서는 또 그 지옥 같은 고통을 맛봐야 하는 거겠지… 두렵다. 경순은 눈을 질끈 감았다가 뜨며 외쳤다.

"약한 애들 괴롭히지 말고 덤벼, 이 개새끼야!"

4

"술 남기는 사람 없기. 안주도."

술병을 뜯기 전에 보안관이 말했다.

응? 무슨 의미야?

파라다이스 모텔 2층 특실에 앉아 있던 여덟 개의 눈동자가 보안관의 얼굴로 향한다.

"잔뜩 있다고 막 까놓기만 하고 안 먹고 버리지 말자는 이야기야. 우리가 땀 흘려서 구해온 게 아니니까."

곁에 쌓여 있는 박스를 두드리며 보안관이 설명을 하자 삼식이가 고개를 끄덕인다.

"아하, 그런 의미로… 동감. 딱 맥주 세 병씩만 마시자. 깔끔하게."

그렇게 나름 장중하고 검소하게 시작을 했건만, 한 시간도 못 돼서 주변에는 빈 맥주 캔들이 굴러다니고, 소주도 몇 병이나 비워졌다. 근 보름 만에 가지는 술자리니까 어찌 보면 당연한 일이기도 하다.

"야, 한잔하자? 씨발, 너 아까부터 계집애처럼 뒤로 자꾸 빠진다?"

버터 구이 오징어를 질겅거리면서 다가온 신입이 소주를 권한다.

휴, 얘는 왜 술만 취하면 나한테 와서 이렇게 찍자를 놓을까.

유빈은 웃는 낯으로 손사래를 치며 거짓말을 했다.

"아, 미안, 미안. 난 소주 잘 못 먹어. 지금 딱 정량 채웠어."

암만 바리게이트를 다시 세워놨다고는 해도 정신 줄을 잡고 있는 사람이 하나쯤은 있어야 된다. 유빈은 세 번째 맥주 캔을 딸 때, 그걸 막잔으로 정했었다.

"신입, 왜 자꾸 거기 가서 치근거려어~ 유빈이 좋아해? 암만 그래도 그리로 도망가면 안 되지. 너, 내가 준 잔 아직 안 비웠잖아."

신입 킬러 삼식이가 얼른 커버를 해준다. 보안관은 제니의 곁에 바짝 달라붙어서 그녀의 얼굴을 안주 삼아 홀짝거리느라 정신이 하나도 없다. 하긴, 예전에도 그녀의 얼굴이 캔에 박혀 있는 맥주만 골라 마시던 녀석이니까 지금 이 상황은 일종의 자아실현인 셈이다.

"…맛있다."

맥주 한 모금을 넘기고 나무젓가락으로 고추 참치 통조림을 먹으면서 유빈은 인간의 간사함을 절감했다.

잡혀간 녀석들이 불쌍한 것도 맞고, 이렇게 남이 쟁여둔 걸 마음대로 집어 먹는 게 염치없는 짓이라는 것도 잘 알지만, 그래도 이렇게 하고 있으니 몸이 즐겁다.

건너편에 앉은 제니가 찡긋 윙크를 보내며 맥주 캔을 들어 올린다. 유빈도 마주 웃어줬다. 제니는 보안관과 캔을 부딪치고 원샷을 외친다.

랜턴의 불빛에 비친 그녀의 모습은… 뭐랄까…….

어이, 어이, 뭐해, 이 새끼야. 유빈은 정신을 차리기 위해 머리를 흔들고 두 손으로 얼굴을 쓱쓱 비볐다. 안 그러려고 의식을 하는데도 자꾸 시선이 그녀에게로 가 꽂힌 뒤, 움직일 줄을 모른다. 대체 무슨 분란을 만들려고…….

분위기 전환을 해야겠다 싶어서 유빈은 자리에서 일어났다. 아까부터 방광도 적잖이 빵빵하다.

"응? 어디 가, 유빈아?"

소주 세례를 퍼부어 신입을 공격하고 있던 삼식이가 물었다.

"…오줌 눌 건데."

"뭐하러 멀리 가? 여기에서 뭐. 화장실 있잖아."

보안관이 방에 붙은 욕실을 가리킨다. 칸막이가 통유리로 되어 있어서 안이 훤히 다 보이는데도 저런 말을 하는 걸 보면 얼큰하게 취했다.

"나도 같이 가자. 첨부터 맥주를 먹었더니…….."

삼식이가 따라나선다. 두 사람은 플래시를 들고 복도를 지나 3층으로 올라갔다. 음식이 쌓여 있는 방 화장실에다 지린내를 풍기고 싶지는 않다.

"어이쿠!"

플래시를 앞세워 아무 방이나 열고 들어가려던 유빈이 깜짝 놀라 얼른 다시 문을 닫았다. 벽에 걸려 있는 커다란 옷들을 보자마자 그게 누구의 방이었는지 알 수 있어서였다. 공연히 삼식이에게 경순이를 기억나게 할 필요는 없잖은가.

"왜 그래? 뭐가 있어?"

"아니, 그냥 여자 방이라서… 괜히 민망한 것 같잖아."

대충 얼버무리며 서둘러 그다음 방을 연다. 똑같은 구조다. 침대, 냉장고, 컴퓨터, 그리고 코너에 화장실 문.

유빈은 화장실 문 손잡이에 손을 댔다. 그때였다. 어둠 속에서 뭔가가 확 튀어나온다.

"으억!"

첫 번째 공격을 겨우 피한 유빈의 입에서 놀란 숨소리가 터져 나왔다. 삼식이도 덩달아 비명을 지른다. 유빈은 놀란 눈으로 돌아봤다.

뭐지? 좀비인가? 아니다! 아는 얼굴이다!

"너!"

반가움과 놀람, 그리고 두려움의 감정이 한꺼번에 밀려드는 바람에 유빈의 뇌는 혼란스러워졌다. 그래서 그 긴박한 순간에도 제대로 반응을 하지 못했다.

그때……

덜컥!

두 번째 공격을 정통으로 맞은 유빈의 턱이 홱 돌아간다. 유빈은 피시싯, 거품을 뿜으며 복도에 나가떨어졌다. 게슴츠레한 눈이 감기기 직전 그가 본 것은 어제의 그 태권소녀였다.

"야! 너!"

당혹스럽기는 삼식이도 마찬가지여서 한 글자짜리 단어만 계속 주워섬긴다. 하지만 유빈보다 나은 운동신경 덕에 날아오는 주먹은 계속 피할 수 있었다.

"너! 너! 살아 있었구나! 경순이는? 경순이는 어딨어? 걔도 그 헬리콥터 안 탔어? 아! 아야! 아파! 그만해!"

쉴 새 없이 날아오는 주먹을 어깨로 받아 충격을 줄이면서 삼식이가 물었다. 쉽게 쓰러지지 않는 적을 보고 당황했는지 태권소녀의 인상은 한층 더 찌푸려진다.

"뭐야? 삼식아, 왜 그래? 억, 너! 야! 야!"

비명 소리를 듣고 한걸음에 뛰어 올라온 보안관에게도 한 글자 바이러스가 전염되었다. 보안관은 '야!'만 죽어라 외치면서 삼식이와 태권소녀 사이로 끼어들었다.

"야, 너! 근데… 다리가 왜 그래? 다쳤냐?"

"익! 이잇!"

태권소녀는 힘찬 발차기를 시전하던 어제의 그 당당함 대신 독기 어린 표정으로 주먹만 날려 댄다. 보안관이 그녀를 상대하는 동안 삼식이는 얼른 유빈이에게 뛰어가 뺨을 두들겨 깨웠다.

<u>으으음~ 어후~</u>

정신이 돌아온 유빈의 입에서 앓는 소리가 났다. 복도 저 끝에서 비추는 플래시 불빛 두 개가 더해진다.

신입과 제니일 테지. 젠장, 기절했던 건가. 세상에 망신도 이런 개망신이…….

"왜 이래? 우리가 뭘 어쨌다고!"

손바닥으로 태권소녀의 공격을 쳐내면서 보안관이 짜증을 부렸다.

"어쨌냐고? 내 집에 들어와서 도둑질한 새끼가, 뭘 어쨌냐고? 응? 이야아!"

목의 핏대를 올리던 태권소녀는 곧바로 훅을 날렸다. 물론 빗나간다.

"갚아줄게! 주면 되잖아! 너 있는 줄도 몰랐어! 그러니까 왜 우리가 부를 때 대답을 안 해?"

도둑놈으로 몰린 것 때문에 발끈한 보안관이 오히려 더 큰 소리를 질렀다. 거기에 태권소녀가 내지른 주먹이 살짝 스치자 인내심이 폭발을 했다.

"아이, 계집애가 진짜!"

태권소녀를 밀쳐 낸 보안관은 자신의 분노를 킥에 담아 벽을 걷어찼다.

쿠웅―

유리창이 흔들릴 정도로 엄청난 옆차기다. 그 위력을 본 태권소녀는 곧바로 두 팔에서 힘을 빼고 쓸쓸히 고개를 숙였다.

"…내가 졌다. 마음대로 해."

"뭐어? 뭐라는 거야?"

"반항해 봐야 소용없다는 거 알았으니 이제 다 각오했다고, 새끼야! 좋겠다? 다리 다친 여자를 이겨서. 이렇게 긴말 필요 없잖아? 여기 말고 2층으로 가. 가서 아무 방이나 잡아."

"뭐어? 아오~ 이게, 말을 해도 꼭! 누구를……."

졸지에 성폭행범 비슷한 취급을 받은 보안관은 분해서 펄펄 뛰었다.

"네가 일방적으로 때렸잖아! 그래놓고 무슨 피해자인 척을 해, 이 또라이야! 쟤 좀 봐! 너 쟤 저렇게 한 게 미안하지도 않냐? 보나마나 쟤는 너 여자라고 손도 안 댔을 텐데."

어휴… 유빈은 얼굴을 감싸 쥐었다. 보안관이 자신을 말싸움에 끌어들이는 바람에 쪽팔려서 죽을 맛이다. 여자한테 맞고 기절했다는 게 무슨 자랑이라고 저렇게 시끄럽게 구는지.

"오빠, 괜찮아요?"

제니가 다가와서 걱정스럽게 묻는다.

어후~ 제니야, 남자가 이런 상황일 때는 제발 그냥 못 본 체해주면 좋겠는데…….

얼굴에 불이라도 붙은 것처럼 화끈거린다. 맞은 곳이 부어오르느라 그런 것인지, 부끄러워서 그런 것인지도 분간이 가지 않는다. 어쨌든 이젠 정말 창피함의 극치에 올라간 거라고 생각했는데, 한 단계가 더 기다리고 있었다.

그녀가 입 주변을 닦아준다. 아마 거품까지 물었던 모양이다.

큭, 그래. 긍정적으로 생각하자. 적어도 똥은 지리지 않았잖아…….

모든 걸 포기한 유빈은 손을 들어 제니에게 괜찮다는 표시를 했다. 그러고는 삼식이의 부축을 받아 일어서려는데, 바닥이 소용돌이라도 치는 것 같다. 다리가 후들거려 제대로 서지 못하는 유빈에게 태권소녀는 경멸의 시선을 던졌다.

아, 쟤도 성격 참 어지간하네. 유빈은 얼얼한 턱을 어루만지며 바닥에 떨어뜨렸던 플래시를 집었다.

"됐어, 보안관. 그만 열 내고… 저기, 너. 너도 이제 그만둬. 주먹질해 봤으니 너도 대충 알잖아. 우리 그렇게 나쁜 애들 아니야… 음식 먹은 거랑, 정문 망가뜨린 거는 미안하게 됐어. 그

건 변상하라면 비 그치는 대로 해줄게. 우린 그냥 너희가 여기 없다고만 생각했어. 그 까만 헬기에 속아서 끌려간 줄 알았다고."

"아니! 계산이 그게 아니지! 유빈이, 너 맞은 건 어떻게 보상받을 건데?"

나 뻗은 이야기 좀 그만해라… 근데 태권소녀, 넌 대체 왜 헬기 이야기를 전혀 모르는 사람처럼 아무 대꾸도 없니?

유빈이 한숨을 쉬는 동안 삼식이가 끼어들었다.

"경순이는?"

태권소녀는 삼식이를 향해 도끼눈을 부릅떴다.

"나 하나로는 모자라서 걔까지 또 어떻게 해보겠다고? 너희, 정말 바닥이 어디니?"

"아니, 그게 무슨……"

"내가 졌다고. 마음대로 하라고 했잖아! 변상이고 뭐고 다 필요 없으니까, 그냥 빨리 할 짓이나 하고 가라고! 패싸움 나봐야 여럿 다치기만 할 테니까!"

그러니까, 그 패싸움을 할 네 패거리들이 어디로 갔냐고… 라는 말이 삼식이의 입에서 나오기도 전에 보안관이 또 버럭 한다. 원래 체온이 99도라서 언제나 끓어오를 준비가 되어 있는데다가 술까지 들어갔으니… 뭐, 놀랄 일도 아니긴 하다. 상대가 여자만 아니었다면 벌써 작살이 나도 여러 번 났을 상황이다.

"이 계집애가 진짜! 우리를 뭐로 보고! 할 짓이라니? 내가 언제 너를 뭘 어쩐다고 한마디라도 했어? 응? 너희는 그렇게 난잡하게 하고 살았었냐?"

"훗, 그래. 마음대로 모욕해라. 이런 것도 패자인 내가 감당해야 할 수모 중의 하나겠지."

한쪽은 계속 가련한 피해자 코스프레를 하고, 다른 한쪽은 흥분해서 방방 뜨는 것의 무한 반복이다. 여기에 술기운이 얼큰하게 오른 신입도 보안관의 뒤에 숨어 분란을 키운다.

"미친년, 삼류 영화 찍고 자빠졌네. 너 은근히 바라나 보다?"

이러니 대화라는 게 될 리가 없다. 참다못한 제니가 나섰다.

"그만! 그만! 다들 더 이상 아무 말 하지 마요!"

"하지만 제니야……."

"아니요! 하지만이고 뭐고 없어요! 딱 1분만! 1분만 조용히 생각 좀 해요! 실컷 싸웠잖아요!"

"훗, 네가 뭔데……."

"언니도! 입 다물어요!"

역시 가수!

압도적인 성량의 사자후가 터지자 기세에 밀린 태권소녀도 주춤한다.

쏴아아―

그제야 다시 빗소리가 들린다.

보안관과 태권소녀는 아직도 분이 풀리지 않아서 씩씩거리며 서로를 노려보고 있다. 그래도 조금은 열기가 가라앉은 것 같아서 제니는 유빈이 들고 있던 플래시와 자신의 것을 바닥에 내려놓았다. 어지럽게 흔들리던 여러 개의 불빛 중에서 두 개가 벽 쪽으로 돌려지자 그것만으로도 분위기는 한층 더 안정되었다.

처음 3층으로 올라와서 거품을 물고 쓰러져 있는 유빈을 봤을 때엔 제니도 태권소녀를 용서할 수 없었다. 게다가 사람을 깔보는 저 건방진 말투, 그리고 모든 것을 다 안다는 듯 구는 태도까지 전부 다 마음에 들지 않았다. 그런데 갑자기 머릿속에 섬광처럼 기억이 스쳐 가면서 태권소녀가 왜 저런 행동을 하는지 이해할 수 있을 듯했다.

테라와 소속사 사장을 차례로 잃고 처음 세 친구를 따라 복지센터로 가던 그때, 제니의 가슴도 불안으로 터질 것 같았다. 무력한 존재가 되어 낯선 사람들에게 자신의 운명을 맡기는 순간이었으니까. 겉으로 내색하지 않으려 애를 썼지만, 사장이 경고했던, 그 험한 꼴을 정말로 당하게 될지도 모른다는 걱정에 이가 딱딱 부딪칠 만큼 떨었었다.

제니는 세 명의 오빠를 만나게 된 것이 정말 큰 행운이라는 걸 잘 알고 있다. 그렇지 못한 다른 수많은 여자들에게 법과 문명이 사라진 세상은 가혹하고 끔찍한 곳이었으리라는 것도.

왜 혼자만 여기에 있는지 그 이유는 모르겠지만, 조금 전까지 태권소녀는 외롭게 다섯 명의 이방인과 맞서고 있었다. 그것도 다리가 불편하기까지 한 상황에서⋯⋯. 물론 그녀를 공격하려는 사람은 아무도 없었지만, 그녀는 그런 사실을 모를 테니까.

깊은 어둠 속에서 다섯 개의 플래시 불빛이 정신없이 자신의 얼굴을 비춰 대고, 바로 눈앞에서는 결코 이길 수 없는 압도적인 무력의 보안관 오빠가 흥분해서 소리를 버럭버럭 지른다. 거기에 술 냄새까지 풍겼으니 저 태권소녀가 험한 꼴을 당할까 봐 지레 겁을 먹은 것도 무리는 아니다. 밉살스런 말투는 아마 두려움을 감추려는 몸부림일 테지…….

거기까지 생각이 미치자 더 이상 태권소녀가 밉지 않았다. 후우~ 보안관 곁으로 걸어가며 생각을 정리한 제니는 차분하게 말을 건넸다.

"언니, 좀 진정됐어요?"

"흥, 난 처음부터 흥분한 적 없어. 저기 이 고릴라가 혼자 흥분해서 방방 뛰었지."

"뭐어? 이 미친…….."

제니는 곧바로 끓어오른 보안관의 손을 꽉 잡아 진정을 시키며 말을 이었다.

"믿든 안 믿든 그건 자유네요, 이 오빠들… 정말 좋은 사람들이에요. 언니가 걱정하는 그런 일, 절대 없어요. 제가 보장할 수 있어요. 그러니까 그렇게 날을 세우지 않아도 돼요."

"내 말투는 원래 이래. 그러니까 듣기 싫으면 나가. 그러면 서로 깔끔하잖아?"

"언니가 정 싫어서 못 견디겠다면 그렇게 할게요. 하지만 지금은 밤이고, 비도 오니까…….."

"비가 오면 남의 집에 마음대로 들어와서 도둑질해도 되는구나? 몰랐네."

제니에게 비아냥거리는 동안에도 태권소녀의 시선은 보안관에게만 고정되어 있다.

이 여자, 경계심이 지독하게 단단하구나… 라고 느낀 제니가 말을 고르고 있을 때, 삼식이가 불쑥 물었다.

"야, 너 근데 그 방 화장실에 뭐가 있기에 그렇게 하고 있냐?"

"뭐, 뭘? 무슨 소리야?"

태권소녀의 목소리가 흔들렸다. 마음대로 하라고 할 때보다도 더 큰 떨림이다.

"아까부터 계속 화장실을 가로막고 서 있잖아. 계속 문손잡이를 주물럭거리면서 잘 닫혔는지 확인도 하고."

"내, 내가 손잡이를 만졌다고? 아닌데?"

태권소녀의 얼굴에는 당혹감이 가득하다. 연기가 어설프다.

그래? 화장실을 보호하려던 게 아니란 말이지… 라고 말하며 삼식이는 화장실 쪽으로 저벅저벅 걸어갔다.

"그럼 좀 비켜봐. 나 오줌 좀 싸게. 아까부터 계속 참았어."

"나한테 이래라저래라 하지 말고 다른 방에 가! 화장실이 여기밖에 없어?"

절뚝이며 삼식이를 막아서는 그녀에게서 조금 전까지의 도도함과 밉살스러움은 싹 사라져 버렸다.

"이것 봐라? 정말로 수상하네. 너 대체……."

"야, 얘 좀 말려! 너 조금 전에 뭐라고 했어? 얘들 다 정말 좋은 사람들이라고 했지? 네가 보장할 수 있다면서? 이렇게 남이 싫다는 일을 억지로 하려고 하는 게 네가 말하는 좋은 사람들이야?"

다급해진 태권소녀는 삼식이의 팔을 잡고 늘어지며 제니에게 구원을 요청했다.

아… 제니는 혼란스러웠다.

이게 대체 무슨 상황인 거지? 대체 뭘 숨겨놓고 있으면 저 도도한 척하는 여자가 저렇게 간절해지는 거지? 삼식이 오빠를 말려야 하는 걸까?

제니는 도움을 요청하며 유빈의 눈을 봤다.

유빈도 당혹스럽기는 마찬가지였다. 그런데 이제 보니 화장실 문 앞의 카펫에 곡선을 그리며 두 줄로 파인 자국이 있다.

뭐지, 이 자국? 뭘 끌고 간 건가?

그렇게 그들이 갈등하는 동안 누구보다 빠르게 결단을 내린 삼식이가 냉정하게 말했다.

"경순이가 어디 있는지 말해. 안 그러면 난 네가 걔한테 몹쓸 짓을 하고 여기에 숨겼다고 생각할 수밖에 없어. 딱 셋까지만 센다."

"그런 거 아니야!"

"하나!"

"저기, 그냥……."

"둘!"

"…제발."

이제는 완전히 여자의 목소리로 돌아온 태권소녀가 애원을 하며 두 손을 꼭 붙든다.

하지만 태권소녀의 애원에도 삼식이는 흔들리지 않았다.

"셋!"

그렇게 긴장이 최고조에 달했을 때, 쾅! 소리가 나도록 요란하게 화장실 문이 열렸다. 그리고 안에서 분노로 떨리는 앳된 목소리가 소리쳤다.

"혜주 누나 그만 괴롭혀, 이 개새끼야! 죽여 버릴 거야!"

모두의 시선이 화장실 내부로 향한다. 거기에는 휠체어에 탄 소년이 있었다. 한 손에는 식칼, 한 손에는 플래시. 아직 솜털이 채 가시지 않은 소년의 얼굴은 분노로 이글이글 타올랐다.

"너냐? 네가 혜주 누나 괴롭혔냐? 응? 이 씨발!"

소년은 꼭 쥔 식칼을 들어 보이며 삼식이를 위협한다. 너무도 예상 밖의 광경이어서 모두들 할 말을 잃었다.

"규영아! 문 열지 말랬잖아!"

태권소녀가 소년을 감싸며 주저앉자 소년은 울음을 터뜨렸다.

"그치만, 흐윽! 누나가 힘들어하잖아. 으으~ 이 나쁜 개새끼들아! 우리 누나가 나 때문에 이런 더러운 새끼들한테! 나 같은 건 죽어버렸어야 했는데! 으앙!"

신입이 술에 잔뜩 취해서 나불거린 말이 맞았다. 삼류 신파 영화도 아니고, 이게 무슨…….

난데없는 울음바다에 세 친구와 제니는 아연할 수밖에 없었다. 부상당한 여자가 휠체어 탄 미성년자를 보호하려고 그렇게 애를 썼는데, 삼식이는 그런 비밀을 억지로 까발리려 들었으니…….

상황만 놓고 보면 이제 정말로 보안관 일행은 나쁜 놈들이 되어버린 거다. 모두의 등골에 식은땀이 주르륵 흐른다.

"경순이 아니잖아, 이 바보 새끼야! 애초에 머리 나쁜 새끼가 왜 갑자기 예리한 척 추리는 한다고 지랄을 해 가지고. 너, 이 상황 어떻게 수습할 거야?"

보안관이 진땀을 뻘뻘 흘리며 삼식이에게 귀엣말로 타박을 한다. 어지간해서는 뻔뻔함을 잃지 않는 삼식이도 당혹스럽기는 마찬가지였다.

"아니… 상황이 의심하기 딱 좋았잖아……. 여러 가지 단서로 볼 때."

"단서 같은 소리 하고 앉아 있네. 아, 나 미치겠다. 쟤 왜 저렇게 우냐? 이러면 진짜 우리가 큰 죄 지은 거 같잖아."

보안관은 어쩔 줄을 몰라 한다. 억울하다. 냉정히 말해서 우리 편은 계속 일방적으로 두드려 맞다가 그저 문 한 번 열어보자고 했던 것뿐인데… 문제는 그 문 안에서 나온 상대가 너무 엉뚱한, 해결 불능의 존재인 것이다.

"아, 그 새끼 존나 징징거리네. 씨발, 나라 잃었냐? 명색이 사내대장부라는 게. 남자는 말이야… 이 새끼야, 딱 일생에 딱 세 번 우는 거… 읍!"

알딸딸하게 취한 신입이 되도 않는 꼰대 소리를 늘어놓다가 유빈에게 입을 틀어막힌 채 뒤쪽으로 끌려 나갔다.

"저기, 진정해. 그만 좀 울어."

제니가 달래보려 다가가자 보안관이 가로막는다.

"오빠, 왜요? 저렇게 울다가 정말 기절할 것 같아요."

"쟤 칼 있어. 게다가 이빠이 흥분해 있고. 애든 어른이든 칼로 그으면 다쳐. 가까이 가지 마. 야! 걔 칼 버리라고 해!"

보안관이 태권소녀에게 소리치자 휠체어에 탄 소년이 곧바로 받아쳤다.

"으아아! 나를 죽이기 전에는 이 칼을 빼앗을 수 없을걸? 죽은 다음에도 악귀가 돼서 평생 저주할 거다! 죽는 순간 똑똑히 보고 다 기억할 거야! 너도! 너도!"

손발이 오그라드는 멘트를 잘도 진지하게 날린 소년은 한 사람, 한 사람의 얼굴을 향해 플래시를 비추며 온갖 저주를 퍼부었다.

"너도 저주할 거야, 덩치 큰 바보 새끼야! 너도! 그리고 너! 어… 어라?"

제니의 얼굴을 비춘 소년은 잠시 할 말을 잃었다. 한동안 그녀의 얼굴에 멈춰 있던 플래시가 천천히 아래로 훑고 내려갔다가 다시 올라와 가슴에서 멈췄다. 확신을 얻은 소년은 큰 소리로 외쳤다.

"제니?"

조금 전에 통곡하던 때와는 목소리의 톤이 완전히 달라졌다. 눈물이 쏙 들어갔다.

"우와, 짱이다! 진짜 제니야! 누나, 저거 제니라고!"

'저거? 이런 싸가지… 이 새끼야, 저분이라고 해야지!' 라고 나서려던 보안관을 제니가 얼른 제지했다.

제니? 태권소녀가 반문하자 소년은 답답하다는 듯 대답했다.

"그래, 누나! 핑크 펀치 제니!"

그제야 태권소녀도 깜짝 놀라 고개를 돌린다.

참 일찍도 알아봐 주는군. 그만큼 긴장해서 아무것도 안 보이는 상태였단 의미겠지.

어쨌든 이제는 대화가 가능할 것 같아서 제니는 머리카락을 쓸어 넘기며 한 발짝 앞으로 나섰다.

"진정이 좀 됐니?"

"어… 어, 네. 네!"

"그럼 우리 이제 이야기 좀 할까? 이야~ 안 우니까 훨씬 잘 생겼네."

"정말이요?"

땡그렁—

소년의 손에서 힘없이 떨어진 칼이 화장실 타일을 때린다. 태권소녀는 복잡한 표정으로 제니를 바라본다. 제니는 자애로운 미소를 곁들여 손을 내밀었다.

"그러엄~ 자, 일단 나오자. 누나가 도와줘도 되겠니?"

그 후에는 일이 매끄럽게 진행됐다. 연예인 파워가 톡톡히 발휘되는 순간이었다. 태권소녀도 처음보다는 훨씬 경계를 푼 시선으로 보안관과 나머지 남자들을 바라본다. 물론 완전히 믿는 눈치는 아니다.

양쪽으로 갈라 앉은 두 팀의 사이에 제니는 플래시를 켜뒀다. 은은한 조명은 대화하는 상대의 마음을 연다. 유빈이 이야기의 물꼬를 텄다.

"자, 그러면 우리부터 먼저 소개를 할게. 우리는 이렇게 다섯 명이 전부야. 첨부터 남자 넷, 여자 하나였어. 태릉 위쪽에서 여기까지 정말 힘들게 왔고, 동료가 필요해. 믿을 만한 동료. 제니는 따로 설명 안 해도 잘 알고 있을 테니까… 나는 유빈이야. 그리고 저기 덩치 큰 애는……."

보안관이 말을 자르며 끼어든다.

"아니, 무슨 미팅하냐? 그딴 호구조사 말고 헬리콥터 이야기부터 해야지! 그거 타면 다 죽는다고. 야, 너희 나머지 어디 있어? 걔네들한테도 빨리 알려야 돼. 까만 헬리콥터 타고 구조대라고 구라 치고 다니는 새끼들이 있단 말이야. 아마 너희도 그 방송 들었을 거라고 생각하는데, 어차피 이 근처로 날아다녔으니까."

"뭐라고?"

태권소녀의 미간이 찌푸려진다.

아, 좀 한 번에 알아먹어라. 보안관은 귀찮아하면서도 한 번 더 반복해서 설명을 해줬다.

"구조해 준다고 다니는 헬리콥터가 있는데, 그거에 타는 순간 저세상행이라고. 그것도 아주 좆같은 방법으로 죽으니까 절대 타지 말라는 이야기야. 그거 알려주려고 기껏 찾아와서 하루종일 헤맸는데 도둑놈 취급이나 당하고, 에휴~ 지랄 맞게. 하여튼, 뭐, 그건 지난 일이고, 너도 빨리 네 일행들한테 알려. 이 밤중까지 헬리콥터가 돌아다닐 것 같지는 않지만, 미리 조심해서 나쁠 것 없잖아. 어린애는 우리가 봐주고 있을게. 저거 봐라, 저 새끼. 눈이 아주 제니한테 가서 꽂혔네. 야, 인마. 시선 관리 좀 해."

"…거짓말하지 마. 군인들이 그런 짓을 왜 하겠어?"

"걔들 군인 아니야. 태양 그룹 직원들이 군인인 척 구라 치는 거야."

"그런 말도 안 되는 소리를 믿을 것 같아? 대체 무슨 꿍꿍이야, 너희들?"

"이거 봐, 삼식아. 내가 안 믿을 거라고 했지? 그러니까 어젯밤에 안 오길 잘한 거야. 괜히 그 깜깜한데 위험하게……."

보안관이 '그것 봐' 하는 표정으로 돌아보자, 삼식이가 진지한 얼굴로 끼어들었다.

"정말이야. 우리한테 증거도 있어. 거기에서 일하던 사람이 찍은 건데… 아참, 배낭 저쪽 여관에 두고 왔지? 하여튼 그 사람 핸드폰에 비디오가 엄청 많이 있어. 잡아온 사람들 좀비 밥으로 주는 비디오."

"…그런 게 어떻게 너희 손에 들어갔어?"

태권소녀의 목소리가 떨린다.

음, 이야기하자면 긴데… 삼식이가 머리를 긁적이며 말했다.

"이렇게 하자. 백 번 듣는 것보다 비디오 한 번 더 보는 게 나으니까, 내가 지금 가서 핸드폰을 가져올게. 넌 경순이랑 애들한테 알려서 이리로 오라고 해. 같이 보면 되잖아. 아, 혹시 보조 배터리 있어? 그거 아마 간당간당할 텐데. 어제 하도 많이 주물럭거려서."

"…애들 여기 없어."

"응? 좀 크게 말해. 안 들려."

"애들 여기 없다고! 다 그 헬리콥터 탔단 말이야!"

태권소녀가 얼굴을 감싸 쥔다. 휠체어 소년도 다시 울상이 되었다.

하아아~ 삼식이가 깊은 한숨을 내쉰다. 파라다이스 모텔 314호실에는 잠시 무거운 정적이 찾아왔다.

"너희가 봤다고 하는 비디오. 그게 사실이 아닐 가능성은 없어?"

침묵을 깨고 태권소녀가 물었다. 그녀의 질문이 내포한 간절함을 알기에 유빈은 잠시 유혹을 느꼈다. 그녀의 마음을 편하게 해주고 싶다는 유혹. 기르던 개가 죽었을 때 시골의 친척에게 보냈다는 거짓말로 아이들을 안심시키는 부모들처럼……

하지만 그녀는 어린아이가 아닐뿐더러 이 일에는 자신들의 목숨도 걸려 있다. 냉정하게 바라보지 않으면 살아남기 어려운 세상이다. 유빈은 딱 잘라 말했다.

"아니, 그럴 가능성 없어. 증거가 너무 확실해."

"내 눈으로 보기 전에는 안 믿어!"

태권소녀가 고함을 지르자 삼식이가 곧장 일어났다. 금방 가서 핸드폰 가져오겠다며 방을 나서려 할 때, 태권소녀가 다급하게 삼식이를 불러 세운다. 영문을 모르겠다는 표정을 짓는 삼식이를 마주 보지도 못하고 태권소녀가 모깃소리로 중얼거렸다.

"그냥… 가지고 오지 마. 안 볼래."

그러고는 넋 나간 얼굴로 보안관과 삼식이, 제니의 얼굴을 차례로 돌아본다. 친구들 모두 조금 전 유빈이 단호하게 한 말에 긍정하는 표정을 지어 보였다.

"흑! 으으으흑~!"

다시 머리를 감싸 쥐고 있던 태권소녀가 소리 죽여 흐느끼기 시작했다. 그녀의 울음이 잦아들기를 기다렸다가 유빈이 물었다.

"그래도 다행히 너랑 얘는 여기 있어서 살았네. 다른 애들은 다 그 헬기에 탔다면서?"

후우~ 태권소녀는 눈물과 콧물로 범벅이 된 얼굴을 닦아내고 초점 없는 눈으로 허공을 본다.

"어제… 너희들 가고 좀 지나서 헬리콥터 두 대가 왔어. 구조대라고 하더라. 정말 그렇게 보였고. 우린… 큰길에서 감시를 하고 있었어. 손을 흔드니까 헬기에서 군인들이 내려와서 그물망 안에 들어가라고 하는 거야. 수용소로 데려가 주겠다고. 그때 내가… 내가 기다려 달라고 했어. 일행이 더 있으니까 잠시만 기다려 달라고. 그리고 여기로 뛰어왔어. 야간 감시조 애들이 쉬고 있었거든. 왔더니 애들도 벌써 뛰어나올 준비를 하고 있었어. 걔들도 확성기 소리를 들었으니까. 구조대래! 내가 소리를 질렀지. 바보처럼 잔뜩 들떠서……. 그런데 5층에서 내려오는 애들 중에 규영이가 없는 거야. 뭐… 이해는 해. 다들 흥분해서 자기 한 몸 챙기기도 바빴을 테니까. 그래서 내가 올라왔지. 멍청했어. 두 번 왕복하면 되는 거였는데, 급한 마음에 규영이를 업고 휠체어까지 들고…….”

“그러다가 계단에서 굴렀구나? 여기는 그때 다친 거고?”

보안관이 태권소녀의 오른쪽 발목을 가리킨다. 긴 트레이닝복과 신발에 가려져 미처 몰랐지만, 지금 자세히 보니 꽤나 부어 있다. 태권소녀는 잠시 뜸을 들이다 고개를 끄덕였다.

“그래. 내가 멍청해서 하마터면 규영이까지 죽을 뻔했어.”

“아니야! 나 다치는 거 막으려다가 그렇게 된 거잖아! 내가 짐이 돼서!”

휠체어소년이 태권소녀를 두둔한다. 보안관은 소년의 말을 끊었다.

“누가 짐이고 뭐고 그런 이야기는 됐고… 너, 치료는 제대로 했어? 그냥 놔뒀다가 일주일 고생하면 나을 거 한 달 내내 고생한다.”

"지금은 많이 괜찮아졌어. 어제 잠깐 고생했지만……."

그 거짓말을 하는 동안에도 태권소녀의 얼굴에서는 굵은 땀이 뚝뚝 떨어진다. 조금 전 남자들과 난투를… 아니, 일방적으로 죽기 살기의 주먹질을 해 댔던 게 어지간히 무리가 갔던 모양이다.

그렇게 계단에서 구른 뒤 태권소녀는 다시 소년을 업고 절룩이며 한 계단씩, 한 계단씩 걸었다. 자신과 규영이가 합류할 때까지 당연히 기다려 줄 것이라고 생각했기에 불안하지는 않았다. 정 급하면 누군가 데리러 올 수도 있는 일이고.

그렇게 비지땀을 흘리며 겨우 한 층을 내려왔을 때, 머리 위로 지나가는 프로펠러 소리를 들었다. 그리고 잠시 후에 또 한대. 두 대의 헬기가 모두 날아가 버린 것이다.

태권소녀는 무슨 일이 벌어지고 있는 것인지 도무지 이해할수가 없어서 잠시 멍해져 있었다.

설마… 버림받은 건가? 아니, 그럴 리가 없지. 군인들이 왜하필 나만 내버려 두고……. 그리고 군인들이 출발하겠다고 해도 다른 친구들이 그걸 얌전히 수긍했을 리가 없다. 우리가 어떤 사이인데. 보름이 넘는 시간 동안 서로 의지하면서 목숨을 걸고 함께 싸운 동료인데…….

설령 다른 사람들은 다 그럴 수 있다고 해도 경순이 언니만큼은 믿을 수 있는 사람이다. 혼자만 피신할 만큼 의리가 없는 사람이 아니었다.

어쨌든 떠나간 헬기는 돌아오지 않았고, 옥상에 올라가 기다리던 태권소녀는 구름 속에 달이 떠오른 이후에야 깨달았다. 자신이 여기 버려졌다는 것을…….

"그 일로 맘 상해 있을 때 우리가 온 거구나. 흠, 하필이면 한창 예민해져 있을 때……. 혼자만 남겨졌지, 몸은 불편하지, 게다가 지켜야 하는 애도 있지. 우리가 믿을 만한 사람들인지 아닌지도 그때는 확실히 몰랐을 테고."

"난 지금도 너희 별로 안 믿는데?"

태권소녀의 퉁명스러운 말에 유빈은 미소를 지었다.

"믿어도 돼. 아니, 믿어줘. 나도 너를 믿을 만하다고 생각해."

"뭘 보고 나를 믿는다는 거야? 네가 나에 대해서 뭘 안다고."

"너, 말은 이렇게 사납게 해도 모질지 못한 애인 거 다 알아. 아까 나 덮칠 때 만약에 그게 주먹이 아니라 칼이었다면 난 지금쯤 저세상에 있을걸? 칼까지는 아니더라도 망치나 그 정도만 됐어도 턱뼈가 작살났을 테고. 너 엄청 무섭고 긴장했는데, 그런 상황에서도 일단 한 수 접어준 거잖아."

"누, 누가!"

태권소녀의 얼굴이 빨개진다.

"그냥 주먹만으로도 충분했을 뿐이야, 너 같은 약골 상대로는……."

"그런데 저 애새끼는 왜 변소에 처박아뒀던 거냐? 저까짓 놈 누가 욕심 부린다고. 혹시… 쟤 무슨 엄청난 사연이 있거나 그런 새끼인가? 재벌 2세라서 현상금이 붙었다거나……."

맥주를 가지고 올라와 홀짝거리던 신입이 규영을 가리킨다. 규영은 곧바로 받아쳤다.

"네 상상력은 그게 전부냐? 출생의 비밀? 막장 드라마 어지간히 봤나 보다? 혜주 누나는 그냥 나를 보호해 주려고 했던 거야! 숭고한 희생이라고!"

규영아… 태권소녀는 소년을 진정시켰다. 보안관 일행이 정문을 부수고 들어오는 소리를 들었을 때, 그들이 할 수 있는 최선의 방법은 그저 숨는 것뿐이었다.

그리고 화장실 문을 닫기 전, 그녀는 규영에게 신신당부를 했었다. 무슨 일이 있더라도 문을 열지 말라고. 꼭 돌아와서 구해 줄 테니까 3, 3, 7 노크 소리가 들리기 전까지는 절대로 문을 열지 말라고.

무슨 수모를 당하더라도 그 꼴을 규영이가 보게 하고 싶지 않았다. 게다가 몸이 불편한 아이를 단지 거추장스럽고 손이 많이 간다는 이유만으로 죽이려 드는 놈들도 있다. 인철이도 그런 부류였으니까.

"너희 몇 명이었는데?"

유빈이 물었다.

"나까지… 스물세 명 남았었어. 계속 줄어서."

"그럼 널 놓고 간 게 말이 되네. 들어봐. 아마 경순이도 너랑 같이 가겠다고 버텼을 거야. 그런데 힘으로 끌고 갔거나 다음 헬기편으로 온다고 속이거나 했겠지. 스물한 명이나 스물세 명이나 큰 차이 없는데, 차라리 그 시간에 한 군데 더 도는 게 나으니까."

"걔들을… 원망했었어. 후우~ 정말 바보처럼 아무것도 모르
면서… 그저 날 버리고 간 배신자라고만 생각해서……. 내가,
부르러 오지만 않았다면 여기 있던 애들은 살 수 있었는데. 내
가 죽인 거야……."

또다시 눈가가 촉촉해진 태권소녀를 제니가 가만히 안아준
다.

"아니에요! 언니 잘못이 아니에요. 그 사람들이 나쁜 거지,
언니는 아무 잘못 없어요. 그리고 언니는 도와주려고 했던 거잖
아요. 저 같은 겁쟁이처럼 도망치지 않고……."

제니의 목소리가 떨렸다. 아마 테라와 헤어지던 때, 도와달라
고 내민 그녀의 손을 잡아주지 못했던 것이 두고두고 가슴속 칼
날이 되어 자신의 가슴을 후벼 파고 있을 터였다.

공명이라도 하는 것처럼 태권소녀의 울음소리는 더 커졌고,
소년까지 눈물을 뚝뚝 떨어뜨린다. 일이 이렇게 되자 난감해진
것은 남자들이다.

"아… 난 담배 좀 피워야겠어."

여자 전문가인 삼식이까지 신입과 함께 빠져나가 버린다. 경
순이를 다시 만나게 될 거라는 생각에 잠시나마 어지간히 설레
었을 녀석의 심정을 알기에 참으라는 말도 못했다.

방에는 보안관과 유빈만 남았다.

하아아… 저절로 한숨이 난다. 머쓱할 뿐 아니라 우는 소리
를 듣고 있기도 괴로워서 영혼이 빠져나가는 것 같다. 하지만

아직 낯선 사람들과 제니만 남겨두고 자리를 비울 수도 없어서 허벅지를 꼬집어가며 버텨야 했다. 시간이 너무도 더디게 간다. 아까부터 소변을 보지 못한 유빈에게는 더욱 그랬다.

6

"아유, 강 소위님도 참! 그렇게 농담하시면 가희는 정말로 믿는단 말이에요."

가희가 애교 가득한 웃음을 지으며 소위의 가슴을 두드렸다. 미녀의 손길이 스치는 것만으로도 젊은 장교의 얼굴은 붉게 상기되었다.

"농담이 아닙니다. 정말로, 진짜 아름다우십니다. 가희 씨가 커피 가져다주실 때마다 보면 뒤쪽에서 아우라가 뿜어져 나오는 것처럼 빛이 나요. 지금도 문 여시는데 저는 이게 꿈인가 해서……."

"호호호! 강 소위님, 말씀을 너무 잘하신다. 바람둥이신가 봐. 조심해야겠는걸요. 이러다가 홀랑 넘어가 버릴까 봐 무섭네요. 가희는 순진해서 잘 상처 받는데……."

말을 하는 내내 가희는 쉬지 않고 강 소위의 어깨와 팔을 만지고 쓸어내린다. 호감을 가진 여자의 모습을 연기하기 위해 계속 머리카락을 뒤로 쓸어 넘기는 것도 잊지 않았다.

후리기 전문가에게 걸려든 것도 모르고 강 소위의 표정은 기대와 흥분, 그리고 승리감으로 도취되어 있다. 연예인이 나에게 커피를 가져다주고 친근함을 표시하고 있다. 그것도 모두 잠이 든 깊은 밤에 몰래 찾아와서… 이건 신호일지도 모른다.

가희의 콧김이 닿을 때마다 그 이상을 상상하며 그의 욕망은 부풀었다. 장교라는 완장을 달고 있지만 이제 겨우 스물다섯. 세상과 여자는 그에게 거의 미지의 영역과 다름없었다.

"가희 씨, 피곤하실 텐데 그렇게 서 계시지 말고 여기 좀 앉으세요. 비록 야전침대지만 체육관 맨바닥보다는 훨씬 편안할 겁니다."

가희가 못 이기는 척 침대에 엉덩이를 붙이자 강 소위도 얼른 그 곁에 와 앉는다. 시험 삼아 소위의 허벅지 바깥쪽을 살짝 쓸었더니, 덥석 그 손을 잡는다.

이렇게 상대방의 행동에서 욕정이 노골적으로 묻어 나오기 시작하면, 유혹을 멈추고 발을 뺄 시간이다. 가희는 벌떡 일어나며 입을 가리고 웃었다.

"어머, 어머, 가희 바보가 하는 짓 좀 봐. 어떡해요, 가희가 또 바쁘신 분을 계속 붙잡았네요. 벌써 새벽 두 시가 넘었는데……."

"아니, 괜찮습니다. 더 계셔도……."

가희는 강 소위의 목소리에 잔뜩 묻어 있는 아쉬움을 애써 모른 척하며 능청을 떨었다.

"이해해 주세요. 소위님과 이야기하고 있으면 마음이 편안해져서 자꾸 이래요. 꼭 오래 사귀었던 사이처럼 편안한 것 같아서. 조금 전에도 오빠라고 할 뻔했지 뭐예요."

"가희 씨만 좋으시다면 언제든지 그렇게 부르셔도 됩니다. 저도 아주 예쁜 여동생이 생긴 것 같아서 행복합니다."

너는 여동생 가슴골을 그런 눈으로 쳐다보니? 여동생 손을 그렇게 주물럭거려?

가희는 속으로 코웃음을 지었다. 물론 입술을 통해서는 전혀 다른 말이 나온다.

"정말이요? 그럼 무서워서 잠 안 오고 그럴 때마다 이렇게 와도 되는 거예요? 가희는 요새 자꾸 무서운 꿈 꾸거든요. 그런데 여기… 민간인들 함부로 드나들면 혼난다고 들었는데. 힝~"

"후훗, 몰래 오시면 되죠, 오늘 밤처럼."

"네에! 그럴게요. 커피 드시고 힘내세요! 아참, 이렇게 왔다는 거는 절대로 비밀이에요. 아시죠? 가희는 연예인이라서 아무래도 이미지라는 게……. 후훗."

그가 더 흥분해서 엉겨 붙기 전에 가희는 서둘러 인사를 했다. 빼꼼, 살짝 문을 열고 복도에 사람이 있는지부터 살핀 가희는 얼른 강 소위의 방에서 빠져나왔다.

"뭐라고 하더냐?"

가희가 어두침침한 복도를 지나 체육관 주차장으로 나왔을 때, 처마 그늘 속에 숨어 있던 육만배가 불쑥 모습을 드러내며 물었다. 밤새도록 펜스 주변이 서치라이트로 환히 밝혀지는 이 건대 쉘터에서 그들이 서 있는 자리가 가장 어두운 곳이다.

"아유, 깜짝이야. 회장님, 인기척이라도 좀……. 음, 얘는 고민도 안 하고 바로 몰래 오라고 했어요. 물어보자마자 바로 답이 나오던데요?"

"그래? 중대장에 대해서는 더 알아온 것 없나?"

"뭐, 또 칭찬이에요. 문형식이라고 하면 육사 때부터 떠르르했다대요. 딱 부러지고 머리도 좋고… 근데 너무 유도리 없고 곧아서 별까지는 어려울지도 모른다고. 아, 맞다. 요즘 들어 부쩍 위쪽하고 마찰이 많다는 걱정도 하더라고요. 그런데 이런 이야기가 중요해요?"

"지금 만나고 온 놈이 누구라고 했지? 강 소위?"

"네, 맞아요."

육만배는 수첩을 꺼내 '강'이라고 적어둔 줄에 X표 하나, 별표 하나를 추가했다. 이놈은 벌써 X표가 세 개나 된다. 가희가 고개를 갸웃거린다.

"그런데 회장님, 그런 건 매번 왜 물어보라고 하시는 거예요? 만나는 놈들한테 전부 똑같은 걸……."

중대장을 제외한 나머지 세 명의 장교와 개별적으로 접촉하라고 하면서 육만배는 한 가지씩 공통된 질문을 준다. 그리고 그 반응을 물어 혼자만 아는 기록으로 남긴다.

시키니까 하기는 하지만, 가희 본인은 그 영문을 모르겠다. 메모를 마친 육만배는 빙그레 웃었다.

"후후, 어떤 놈이 네 배필로 좋을지 고르느라 그렇지."

"네, 네. 제대로 말씀 안 해주실 거 알고 있었어요. 알았는데 한 번 여쭤나 봤네요. 하긴 뭐, 저 같은 년이 그런 복잡한 이야기 들어봐야 뭐하겠어요, 시키는 대로 하면 되는 거지. 그래서 이제 순서가 뭔가요? 강 소위랑 자요?"

"아니, 걔는 슬슬 멀리해라."

가희가 나름 비꼬아봤는데 육만배의 어조에는 변함이 없다.

"그래요? 의외네요. 그래도 제가 보기엔 셋 중에 제일 약삭빠르고 눈치도 있는 것 같던데. 적당히 편법도 잘 쓰고. 저번에 담배 좀 구해줄 수 있냐고 하니까 그것도 아무 말 없이 가져왔잖아요."

"그래, 그래서 이렇게 잘 피우지. 하지만 그건 그거고, 사업은 또 다른 거니까."

육만배가 담배를 물자 가희는 곧바로 불을 붙여주었다.

후우우~ 담배 연기를 길게 내뿜으며 육만배가 말했다.

"그런 놈은 안 돼. 법 어기는 걸 우습게 아는 놈들은 죄책감 같은 것도 없거든."

나나 당신처럼 말이죠.

가희는 육만배의 교활한 눈을 보며 생각했다. 물론 그래도 그녀는 육만배를 싫어하지 않는다. 정말 견디기 힘든 짓까지도 서슴없이 시키는 잔인한 인간이지만, 주제넘는 짓만 하지 않으면 육만배의 그늘 아래서 그녀는 안전하다.

세상에는 그와 비슷하게 잔인하면서도 무능하기까지 한 놈들이 얼마든지 있다. 적어도 그녀가 겪은 세계에서는 그랬다.

힘 있는 놈의 노예냐, 떨거지들의 노리개냐 중에서 하나를 선택해야 했던 게 가희의 인생이고, 그녀는 기꺼이 앞의 것을 택

했다. 그런 선택의 기회조차 가져 보지 못하는 비슷한 처지의 년들도 수두룩하다.

"강 소위는 탈락이네요. 그럼 박 소위랑 김 소위 중에서 누구를 녹여놓을까요?"

"글쎄다. 아직 고민 중이니까 적당히 조절해 가면서 애만 좀 태워라. 두 놈이 비슷하네."

육만배가 나직이 중얼거렸다. 두 애송이 장교가 비슷하게 미련하고, 비슷하게 충직하다. 앞뒤 재는 재주가 없는 점도 닮았다.

외부로 식량을 구하러 나가는 김에 담배 좀 몇 보루 구해다 달라는 사소한 부탁마저도 주저하다가 겨우 들어줄 만큼 규칙에 매여 있고, 미녀가 야밤에 찾아왔는데도 지휘관의 명령을 어기지 않으려고 노력한다.

실로 바보 같은 놈들이다. 그래서 쓸모가 있다. 그가 꾸미고 있는 계획은 욕망에 눈이 먼 바보가 없으면 실현되지 않을 것이기에.

※　✦　※

육만배와 가희가 음흉한 꿍꿍이를 꾸미고 있는 곳에서 채 10미터도 떨어지지 않은 체육관 3층에서는 대위 문형식과 박 소위가 커피로 졸음을 달래가며 지도를 노려보고 있었다. 지도에 그어진 붉은 선은 좀비들의 공격을 차단해 줄 펜스가 설치된 곳이다. 아직 그어야 할 선이 많다.

거미줄처럼 복잡하게 여러 도로가 연결된 현 쉘터의 위치는 방어에 취약하다. 2만 평에 달하는 건국대 호수에서 끌어와 필터 처리를 거쳐 사용하는 생활용수만 아니라면 벌써 예전에 쉘터를 다른 곳으로 옮겼을 것이다.

대체 왜 이런 곳에 쉘터를 배치한 것인지, 문 대위는 아직도 이해할 수 없었다.

"가로수 제거 작업은 얼마나 진행되었나?"

문 대위가 물었다. 박 소위는 고민된다는 표정으로 대답했다.

"그렇게 속도가 나지 않습니다. 나무들도 워낙 촘촘히 박혀 있고, 작업 인원이 적은 것도 문제고… 특히 안전 조치를 병행하느라 준비 시간이 오래 걸립니다."

솔직하게 성과 부진을 보고하면서도 박 소위의 얼굴에는 머뭇거림이 없다. 그것은 그간 쌓인 신뢰 덕에 가능한 일이었다. 군에서 너무도 흔하게 마주쳐야 하는, 무능한 권위주의자들과는 차원이 다른 지휘관을 모신다는 자부심과 믿음이 그들의 중대에는 있었다.

"음……."

문형식은 하루 만에 빳빳하게 수염이 돋아 오른 턱을 어루만지며 생각에 잠겼다. 24시간 내내 휴식이 보장되어 있지 않은 대좀비전의 특성상, 병력은 늘 심각하리만큼 부족하다. 취침하는 병사들과 체육관 내부의 질서 유지 병력을 제외하면 평상시 운용이 가능한 수는 50여 명 내외에 불과하다.

거기에 또 근처 건물 옥상에 배치한 저격조들과 탱크 세 대로 구성된 기갑 소대 인원은 빼야 하니까 실제로 작업에 투입될 수 있는 수는 두, 세 개 분대를 넘지 않는다.

그런 상황에서 대로변의 가로수들을 잘라내는 작업을 수행하고 있으니, 시간만 잡아먹는 것도 무리는 아니다. 하지만 생존의 문제가 걸린 일이므로 마냥 손을 놓고 있을 수도 없다.

무성하게 자라나 있는 가로수들과 길 양쪽으로 밀어놓은 자동차 더미가 방패 역할을 해주는 바람에 밀려드는 좀비를 상대하는 게 여간 어렵지 않다. 그건 그저 선과 면으로 된 지도만 보고 병력을 배치하는 사령부에서는 결코 알 수 없는, 시가전 현장의 당면한 문제이다.

"작업에 투입된 재소자들 보호를 더 낮은 수준까지 격하시키기만 해도 효율은 훨씬 증가할 겁니다. 작업 시간도 반으로 단축시킬 수 있습니다."

적은 병력으로 이나마 건대 쉘터를 방어해 내고 가용 면적을 넓혀가며 외부 식량까지 확보해 반입할 수 있는 것은, 국방부가 선심 쓰듯 배정해 준 교도소 재소자들의 노동력 덕이 컸다.

그리고 그렇게 군인들의 손에 강제로 맡겨진 재소자들은 소모품처럼 취급되기 마련이었다. 어차피 이놈들은 죄수니까… 박 대위의 이 제안도 그런 맥락에서 출발한 것이다. 문 대위는 곧바로 고개를 저었다.

"그건 안 돼. 지금 실행하고 있는 보호 조치라야 겨우 안전

펜스를 설치해 주는 수준인데, 그렇게 하면 좀비들이 몰려왔을 때 그 사람들이 대피할 공간이 없어지는 거야."

"하지만 그 사람들은 재소자잖습니까? 죄 지은 놈들까지 보호하려다가 공연히 더 큰 위험을 감수할 수는……."

"박 소위."

문형식이 나지막한 목소리로 부른다.

네, 넷. 박 소위는 하던 말을 멈추고 상관의 다음 이야기를 기다렸다.

"자네, 우리가 왜 국군인지 아나?"

"네? 잘 못 알아들었습니다."

"국군이라는 명칭 말이야. 다른 이름이 붙었을 수도 있잖은가. 예를 들어… 음, 대한군이나 대한민국군, 또 민주공화국의 군이니까, 공화국군이라고 할 수도 있잖나. 하지만 우리는 대한민국의 국군이라고, 더 흔히는 그냥 '국군'이라고 불리지. 그 이유를 알고 있는지 묻는 거다."

잠시 고민해 보던 박 소위는 결국 '잘 모르겠습니다'라고 답했다. 솔직히 생각을 해본 적도 없다.

"이걸 물어보면 다들 잘 모르더군. 의외로 간단한데. 우리를 부르는 명칭이 국군인 이유는 헌법에 그렇게 규정되어 있기 때문이야. 1장 5조 2항에 그 명칭과 할 일이 규정되어 있네. '국군은 국가의 안전보장과 국토방위의 신성한 의무를 수행함을 사명으로 하며, 그 정치적 중립성은 준수된다'라는 문장이야. 만약 그 조항에 국군이 아니라 민국군이라고 적혀 있었다면 나는 민국군 대위였겠지. 우리가 누구이며 뭘 해야 하는지 그 모든 걸 헌법이 규정하는 거니까."

'좋은 걸 배웠습니다! 앞으로는 항상 명심하겠습니다' 라고 말하면서도 박 소위는 그의 상관이 재소자 이야기를 하다 말고 왜 이런 뚱딴지같은 이야기로 옮겨가는지 이해할 수 없었다.

그런 그의 마음을 다 안다는 듯 문형식은 이야기를 이어갔다.

"헌법에는 군에 관한 조항이 그리 많지 않아. 관심만 가지면 누구나 외울 수도 있을 정도니까. 하지만 그중 그 어떤 조항에서도 일개 장교에게 민간인을 임의로 심판할 권리를 부여하지는 않았네. 설사 비상계엄이 선포된 상황에서라도 군사재판이라는 과정을 거치도록 되어 있어. 자네나 나나 재판관이 아니고, 이 쉘터는 군사 법정도 아니지. 저기 저 건물에 수용되어 있는 사람들은⋯⋯."

문 대위는 창가로 걸어가 재소자들의 숙소를 바라봤다. 그들을 좀비로부터 보호하는 것은 그저 두 겹으로 둘러쳐진 철책이 전부다. 그 허술한 보안만으로도 이미 쉘터에서 안전을 보장 받고 있는 다른 민간인들과는 충분히 차별되고 있는 것이다.

"여기에서 격리 수용된 채 매일 노동을 하는 것만으로도 사법부에서 명령한 징역보다 나을 게 없는 삶을 살고 있다고. 하지만 저 파란 수의를 보며 절대 착각하지 말아야 할 것은 저들 역시 엄연한 대한민국의 국민이고, 민간인들이라는 사실이야. 다시 말해 우리가 보호해야 하는 대상이지. 그걸 꼭 기억하고 한시도 잊지 않도록 해야 돼."

이야기를 하는 내내 문형식 대위의 눈은 확신과 신념으로 빛난다. 마주 보고 있는 부하 장교가 도저히 반론을 제기할 수 없는, 그런 표정이었다.

박 소위는 마지못해 고개를 끄덕일 수밖에 없었다. 하지만 그는 이미 예전부터 자신의 입장을 확실히 정해두고 있었다. 죄수는 죄수다. 그런 것들을 위해서까지 목숨을 걸 생각은 없다.

2장
암야행

1

　계엄하의 제주에는 왕래하는 행인이 그리 많지 않았다. 요 며
칠 전부터는 경비가 훨씬 더 삼엄해져서 길목마다 설치된 바리
게이트를 굳은 얼굴의 군인들이 지키고 있다.

　덕분에 사람들은 어지간한 일이 아니면 아예 바깥출입 자체
를 자제했다. 그 정도는 신경 안 쓴다고 큰소리를 뻥뻥거리던
한량들도 총을 겨눈 군인들로부터 한 번 시달리고 나면 간이 콩
알만큼 줄어들어 방구석에 처박혔다.

　　"이거 어떻게 할까요?"

그 한량들이 군인들로부터 검문을 받으며 들었던 가장 무서운 말이었다. '이거 어떻게 할까요?', 그 말이 얼마나 두려운 것인지는 직접 당해보지 않으면 모른다. 대여섯 명의 무장한 군인들이 빙 둘러싸고 주소와 이름, 외출한 이유 등을 질문하다가 갑자기 상관에게 그렇게 묻는 것이다. '이분'이 아니고 '이거'다.

게다가 어떻게라니… 죽일 수도, 살릴 수도, 혹은 어딘가로 끌고 갈 수도 있다는 말로 들린다. 그래봐야 아무도 모른다. 길거리에 사람이 없으니 보는 눈도 없다. 아무 죄도 없이 그런 취급을 받는데도 분노보다 공포가 더 크게 마음을 흔들었다.

하이바 그늘 아래에서 눈빛을 번뜩이며 총으로 자신의 가슴을 겨누고 있는 군인들을 보며 사람들은 법이고 뭐고 다 소용없어졌다는 것을 절실하게 느꼈다.

"걔들 왜 눈이 돌아갔는지 알아? 현직 장관이 서귀포에서 죽었대. 그것도 대낮에 대갈통이 터져서."

"아닌데. 내가 들은 이야기로는 죽은 사람이 해병대 사령관이라던데? 그 호텔 폭파된 날, 거기서 죽었다더구만."

사람들 사이로 유언비어와 진실이 적당히 섞인 채 빠르게 퍼져 나갔다. 그리고 시간이 갈수록 민심은 흉흉해졌다. 배급이 곧 끊길 것이라는 소문이 돌면서 남의 것을 탐내는 사람들이 생겨났고, 강도를 색출한다는 핑계로 군인들이 벌이는 가택수색 때문에 온갖 말썽이 끊이질 않았다.

우리 집에 강도 없으니 귀찮게 하지 말라고 항의를 해봐도 군인들은 강제로 밀고 들어와 워커발로 집안 곳곳을 헤집다 사라졌다.

"문단속 잘하십쇼!"

'미안합니다'라는 말 대신 마치 명령과 같은 고압적 음성을 남기고 가는 군인들의 뒤통수에는 당연히 원망과 저주의 욕설이 퍼부어졌다. 들리지 않을 정도로 낮은 목소리의 욕설이…….

이럴 때 죽어나는 것은 말단 사병들이다. 병사들은 장교의 닦달에 지치고, 민간인들의 원망에 시달리면서 매일 진땀을 쭉쭉 뽑아야 했다. 물론 이렇게 대대적인 규모의 가택수색은 강도 따위 때문에 실시되는 것이 아니다. 국가 전복을 꾀한 역도의 무리들을 색출하기 위함이다.

킹메이커가 살해당한 이후 교수와 해군 장성들의 불안감은 극도까지 치달았다. 즉시 동원할 수 있는 거의 모든 병력으로 대규모 수색을 진행했지만 이렇다 할 성과를 거두지 못했기 때문에 교수는 밤에도 잠을 제대로 이루지 못했다.

당연히 제거됐다고 믿었던 채 장군의 시체가 쉐라톤 호텔의 폭발 현장에도, 그리고 서귀포의 횟집에도 없다는 사실이 가장 충격적이었다. 그것은 그가 아직 살아서 이승남과 함께 쿠데타를 획책한다는 의미였고, 현 정부의 최고 실세인 교수와 그의 손을 잡은 해, 공군 장성들의 불안감을 몇 배나 증폭시키기에 충분한 사건인 것이다.

육군에서 채 장군이 가지고 있는 라인의 힘은 결코 무시할 수 없다. 그가 섬 안에 고립되어 있는 동안 반드시 제거해야 한다.

"이틀 주겠어. 이틀 안에 그 두 새끼 내 앞에 데려와. 모가지만 잘라 와도 되고, 산 채로 개처럼 끌고 와도 돼. 어쨌든 채양균, 이승남, 그 두 새끼가 뒈졌다는 걸 내가 이 두 눈으로 직접 확인할 수 있도록 해. 당신의 능력이 별 네 개를 달기에 충분하다는 걸 증명하라고."

이승남의 자리를 꿰찬 신임 해군 참모총장 안병도에게 교수는 악에 받친 명령을 내렸다. 안병도는 득의만면한 미소를 지으며 고개를 주억거렸다.

"네! 실망시켜 드리지 않겠습니다!"

하지만 호기로운 대답과 달리 이틀은 아무것도 이루지 못한 채 훌쩍 지나가 버렸다. 두 놈의 명은 질겼다. 게다가 놈들은 단순히 숨어 지내기만 하지도 않았다. 아니, 그러기는커녕 날카로운 발톱을 드러내서 오히려 이쪽의 목숨을 하나씩, 하나씩 빼앗아갔다.

첫 희생자는 안병도였다. 방탄 처리가 된 관용차에서 내려 음식점으로 들어가는 순간, 타앙— 하는 소리가 들렸고, 7.62㎜탄이 헤집고 나간 안병도의 두개골에는 커다란 구멍이 뚫렸다. 이틀 만에 해군 참모총장 자리를 다시 공석으로 만든 저격이었다.

그 뒤로도 하나씩, 하나씩 장성들과 정부의 고위직 관료들이 어디에서 날아온 것인지도 모르는 총알에 목숨을 잃었다. 이제 더 이상 아무도 강정 기지 밖으로 나가려 하지 않는다.

당연히 검문과 수색을 강화했지만, 그래봐야 별다른 소득이 없었다. 아무리 제주도가 좁다고 해도 상주인구만 60만이 넘는다. 그 모든 집들을 샅샅이 뒤지는 동안 시간은 흐르고, 주택가가 아니어도 도망쳐 숨을 곳은 얼마든지 있었다.

결정적으로 교수 쪽에서는 채 장군이 대체 몇 명의 병력과 함께 이동하고 있는지, 그 정확한 규모조차 파악하지 못하고 있었다. 그렇게 연기처럼 자취를 감췄던 채 장군의 반란군이지만, 오늘 오후 드디어 꼬리를 잡는 데 성공했다.

516로와 산록북로를 잇는 삼거리 초소 경계 분대가 전원 살해된 채 발견된 것이다. 교전의 흔적이 역력한 현장에는 산록북로를 따라 올라가며 점점이 혈흔이 뿌려져 있었다.

그때부터 비상이 내려지고 새벽 세 시가 넘은 지금, 산록북로의 끝자락에는 수색 작전에 투입되기 위해 도열한 1개 대대 병력이 불안함에 지친 표정으로 한라산 북쪽 능선의 검은 그림자를 노려보고 있는 중이다.

언제 머리 위로 총알 세례가 퍼부어질지 모른다는 공포, 게다가 밤이 되어도 가실 줄 모르는 이 찌는 듯한 더위, 거기에 방탄조끼까지 입고 있자니 그저 죽을 맛이었다.

가만히 서 있을 뿐인데도 병사들은 하이바 아래로 땀을 뚝뚝 떨어뜨렸다. 피아 식별 표식이라고 헬멧에 둘러준 초록색 밴드가 너무나 허접해서 오히려 비현실적이기까지 했다.

"아, 아, 거기, 끝에 줄 맞춰. 야! 너, 좌로 2보 가."

신경질적이 된 부사관들이 병사들 사이를 돌아다니며 간격을 조정한다. 살해당한 초소 경비병들의 처참한 시신을 본 터라 그들도 기합이 바짝 들어가 있다.

까딱 마음을 놓았다가는 자신들도 같은 처지가 될 수 있다. 태어나서 처음으로 그들은 정말 죽고 죽이는 전쟁을 경험하고 있는 것이다.

"명심해라. 이 간격을 항상 유지한다. 수상한 움직임이 발견되면 경고 없이 곧바로 방아쇠를 당긴다. 트랩을 발견하면 즉시 멈춰 선 다음 소리쳐서 알린다. 이 세 가지만 명심하면 아무도 다치지 않고 적을 섬멸할 수 있다. 블랙 호크가 작전 내내 상공에서 지원과 엄호를 해줄 것이다."

지시를 내리는 장교 본인조차도 그 말을 믿지 않았기에 목소리는 떨리고 갈라졌다. 그에게 애초부터 이 수색은 미친 짓으로밖에는 보이지 않았다.

야간에 저 광활한 한라산 전체를 샅샅이 훑어 올라가며 매복해 있을 적을 찾는다니… 동네 뒷산 수색도 이렇게 해서는 별 소득을 거두기 어려울 것이다. 이건 그저 빨리 저격의 공포에서 벗어나 두 다리를 뻗으며 자고 싶다는 욕망밖에 없는 윗대가리들이 죄 없는 병사들을 갈아 넣는 짓이다.

하지만 이런 상황에서 하달되는 명령에 반기를 드는 것은 자살행위다. 그러니까 안 되는 일인 줄 뻔히 알면서도 시키는 대로 하는 것 외에는 선택지가 없었다.

군이란 내려오는 명령을 수행하는 집단이지, 논쟁으로 정답을 찾는 집단이 아니다. 건국 이래 한 번도 바뀐 적이 없는 문화다.

홍홍홍홍— 투두두두—

서귀포항 방향에서 날아온 네 대의 블랙 호크가 완만한 호를 그리며 회전한 뒤, 상공에 머문다. 블랙 호크의 서치라이트가 닿는 지역에는 대낮만큼이나 환하게 밝혀진 빛의 원이 만들어졌다.

밝게 도색된 그 해군용 헬기들이 이 작전의 모든 성격을 다 말해준다. 염분 부식 방지 처리가 된 고가의 시호크가 아니라, 일반 블랙 호크라도 감지덕지하게 구입해서 시호크처럼 꾸며 썼을 정도로 해군은 군 예산이라는 파이를 제대로 나눠 먹지 못해왔고, 그것을 독점해 온 육군의 채양균에게 해묵은 앙금이 있다.

이제 그 빚을 갚아주고 군 내부의 서열을 재조정할 시간이다. 따라서 코브라 공격 헬기를 비롯한 육군의 모든 병력 자원은 이 작전에서 배제되었다. 아예 작전이 실시된다는 정보 자체가 하달되지도 않았다. 그들은 채 장군의 라인이므로 신뢰하고 제주도에 들일 수 없는 것이다.

와삭와삭.

일렬로 늘어선 제1조가 군견들을 앞세운 채 수풀을 헤치며 한라산을 오르기 시작했다. 그들을 엄호하기 위해 대기하던 제2조도 20여 분의 시간 차를 두고 출발했다.

깊은 밤의 어둠을 덮어쓴 산은 수색자들에게 호의적인 협력자가 아니었다. K—2의 레일에 부착된 플래시와 516로에 세워진 차량들이 비추는 서치라이트, 거기에 헬리콥터의 지원까지

다 더해졌어도, 빽빽하게 자라난 나무들에 가로막혀 여전히 사방에 음영 지역이 존재했다.

그리고 이 망할 놈의 잡초들이 자꾸 발목을 잡는다. 식은땀을 줄줄 흘리며 한 발짝, 한 발짝씩을 떼는 병사들은 나직이 한숨과 욕설을 내뱉었다.

소문에 의하면, 쿠데타에 가담했다가 실패하고 도주한 해병대 병력만 일개 소대가 넘는다고 한다. 쉐라톤 호텔에 폭발이 일어나던 날, 그곳을 경비하던 부대가 통째로 사라졌다는 말도 있다. 그런데 이렇게 촘촘히 선 채로 전략적으로 불리한 낮은 지대에서 걸어 올라가도 되는 것인지…….

수류탄 몇 발만 날아와도 수십 명이 몰살당하기 딱 좋다. 자꾸 두려운 망상이 마음을 휘젓는다.

"씨발, 이런 거는 UDT가 하면 되잖아. 왜 걔들이 안 오고 우리가……."

한 병사가 원망 가득한 마음을 담아 중얼거렸다. 다른 병사들의 생각도 크게 다르지 않았다. 하지만 그들이 모르고 있는 것은 이미 UDT도 이 작전에 참여하고 있다는 사실이다.

한라산을 오르고 있는 수색대로부터 북쪽으로 300미터 떨어진 폴리텍 대학 본관 건물의 옥상에서는 헤클러 & 코흐 사의 MSG90 저격소총 여섯 정이 한라산의 북쪽 능선을 계속 훑고 있었다.

야간 조준경을 통해 그들을 지켜보고 있는 저격수들과 감적수들은 UDT SEAL의 최정예 팀. 저격수들은 덤불 속 어딘가에 숨어 있을 반란군들이 수색대라는 미끼를 덥석 물기만을 기다리고 있다.

어디 소속인지 상대방 역시 꽤나 솜씨가 좋아서 아직 위치를 숨기고 있지만, 놈들이 수색대 병사들을 사격하기 위해 방아쇠를 당기는 그 순간, 총구의 불빛만은 감출 수 없을 것이다. 그래 주기만 하면 이 승부는 끝난다.

저격수는 차분히 기다리고 또 기다렸다.

후우우웅~

축축하고 후텁지근한 바람이 대학 건물 주변을 휘돌아 나간다.

한동안 순조롭게 진행되던 수색이 난항을 맞은 것은 새벽 네 시가 막 지난 시점이었다.

틱, 관음사 탐방로 우측의 완만한 비탈을 오르던 병사는 자신이 뭔가 심상치 않은 걸 건드렸음을 깨달았다. 뗏장 속에 묻혀 있던 가느다란 낚싯줄이 전투화 부리에 걸려서 들어 올려진다.

허윽―! 병사는 공포에 사로잡힌 상태에서도 출발 전 지휘관이 지시했던 당부를 용케 기억해 냈다.

"트랩! 트랩입니……."

'트랩입니다!' 라는 말을 다 외치기도 전에 엄청난 열과 에너지가 그의 몸 전체를 튕겨 올리며 갈가리 찢는다.

콰앙―!

파편과 돌 조각이 사방으로 튀었고, 주변은 순식간에 아수라장으로 변했다.

끄아아아~! 으아아아악~!

크고 작은 부상을 당한 병사들의 절규가 메아리를 만들어내며 울린다. 블랙 호크의 서치라이트가 폭발이 일어난 지역을 비추는 동안, 의무반이 달려가 부상자들을 끌어냈다. 개들이 미친 듯이 짖어 대고, 그곳에서 멀리 떨어진 병사들조차 두려움을 절감하면서 발이 얼어붙었다.

"멈춰 서 있지 마! 오히려 더 위험하다! 계속 움직여!"

장교와 부사관들이 열심히 독려를 해서 수색대의 긴 행렬은 다시 위쪽으로 오르기 시작했다. 가라니까 가기는 하지만, 병사들의 마음속에는 이미 불만과 공포가 가득 들어찼다.

그리고 잠시 후, 그 부정적인 감정에 부채질이라도 하듯 두 번째, 세 번째 폭발이 연이어 일어났다.

콰아아앙—!

크레모아의 살상력은 수류탄과는 달랐다.

끄아악!

툭, 투투둑.

부채꼴로 확산된 폭발에 휘말려 날아가며 피폭자들의 방아쇠가 당겨졌고, 그 총성을 조준 사격이라 오인한 주변의 병사들이 지형지물 속에 몸을 숨기면서 전방의 막연한 어둠 속을 향해 대응사격을 시작했다.

사방으로 날리는 예광탄이 시선을 어지럽힌다. 그러는 동안 죄 없는 아름드리나무들만 벌집처럼 파이고 터지고 부러졌다.

"사격 중지! 사격 중지!"

지휘관이 악을 써보지만, 이미 폭발과 총성으로 마비된 병사들의 청각은 그것을 알아듣고 방아쇠에서 손을 떼기까지 한참의 시간을 필요로 했다.

  하아, 하아~ 거친 숨소리를 내뱉는 병사들은 좀처럼 앞으로 발을 내디딜 용기를 내지 못했다. 자욱한 연기와 화약 냄새로 뒤덮인 숲 속에서 수색 병력들은 지옥을 실감하고 있었다. 하지만 우습게도 그들은 아직 적군을 구경조차 하지 못한 상태이다.

  ㄹ

  "우와… 뭔가 장난 아니네. 씨발, 무섭다, 야."

  "저희가 차출된 게 아니라서 다행이지 말입니다."

  크레모아의 폭발음은 2.5㎞ 떨어진 용강 마을 회관에까지 전해졌다. 임시 창고로 사용 중인 그 건물에서 경계 근무를 서던 병사들은 삼삼오오 모여 서서 멀리서 울리는 총성과 불빛을 보며 뭐라고 한마디씩 중얼거렸다.

  이 새벽에 근무를 선다는 게 좋을 리는 없지만, 그래도 저렇게 한라산을 기어오르느라 피똥을 싸는 녀석들에 비할 바는 아니었다.

  타타타타타―

  조용한 새벽 공기를 타고 계속 총소리가 날아온다.

  "애들 존나 죽어 나가겠다. 저게 뭔 난리냐. 으! 저거 봤어? 불꽃이 팍 퍼지는데?"

"근데 분대장님, 이렇게 뒤숭숭한 상황이면 우리한테도 추가 병력 지원해 줘야 하는 거 아닙니까?"

"크크, 이 새끼야. 여기에 뭐가 있다고 추가 병력씩이나 파견을 해? 기껏해야 전투식량 나부랭이나 조금 쌓아놓고 있는데. 네가 탈주병 새끼들이면 이딴 거 먹으러 여기까지 오겠어? 편의점 아무 데에만 가도 사제 식량이 산더미같이 쌓여 있는데. 안 그래?"

"흐흐, 하긴… 저 같아도 안 먹을 것 같습니다."

"그런 거야, 인마. 그리고 낮에 한라산 쪽으로 들어간 핏자국을 발견했대. 어떤 새끼들인지 몰라도 이제 다 뒈지는 일만 남았어. 포위망 금방 좁혀들 건데 뭐."

그런 이야기를 나누는 동안 그들의 배후로 검은 그림자가 천천히 좁혀 들어오고 있었지만, 그 낌새를 알아차리는 사람은 아무도 없었다. 10년 이상 살인 기술을 연마한 프로들이 이제 겨우 일 년 남짓 총 쏘는 법을 배운 아마추어들을 덮치는 것이기에 어찌 보면 당연한 일이었다.

"전원 준비 마쳤답니다."

부근의 숲 속에 모습을 감춘 채 슈타이어 SSG—69 저격 소총에 부착된 야간 조준경으로 마을 회관을 살피던 특임대원이 보고했다. 소령은 감정이 없는 어조로 명령을 내렸다.

"신호 보내줘."

신호 보내겠습니다, 그의 좌우에 있는 두 저격수가 작게 복창한 후, 거의 동시에 방아쇠를 당기자 두 가지가 훌륭하게 기능을 했다. 선더 트랩 소음기와 서브 소닉 308 실탄.

찰칵, 탁, 하는 소리밖에는 들리지 않았다. 그리고 그마저도 수색 지역에서 울려오는 소음에 묻혀 완전히 사라졌다. 하지만 225그레인의 화약이 날려 보낸 탄자는 침묵을 지키면서도 똑바로 300미터 이상을 날아가 목표물을 꿰뚫었다.

퍽―!

옥상 위 사대를 지키고 있던 K―3 사수의 얼굴 한가운데에 구멍이 생겨났다. 피가 만들어낸 안개구름을 확인하는 것과 동시에 저격수는 노리쇠를 당겨 재장전을 했다. 그런 후, 곧바로 첫 번째 목표에서 2미터 떨어진 위치의 경기관총 부사수를 쐈다.

탁.

이번에도 총알은 깨끗하게 명중했다. 모래주머니 위에 기대 쓰러진 부사수의 눈에서 피가 솟는다.

복창부터 분대 지원화기가 무력화되기까지의 총 소요 시간은 채 2초도 걸리지 않았다.

"깔끔하지 않았습니까, 소령님?"

여전히 조준경에 눈을 붙인 채 첫 번째 저격수가 묻는다. 아주 약간의 애교와 웃음이 섞인 그 자랑에 소령은 냉담하게 대꾸했다.

"똑같은 걸 K―2로 하는 놈도 있었다. 게다가 뛰어다니면서."

그들이 이야기를 나누는 동안 옥상 위에 있던 나머지 경비병을 처리한 두 번째 저격수가 표적을 바꾸어 방아쇠를 당겼다.

파작, 마을 회관 현관의 등이 깨지고 마당 전체가 순식간에 어둠에 묻힌다. 그리고 그것을 신호로 이미 잠입해 있던 특임대원들도 행동을 개시했다.

"흡!"

불꽃과 헬기에 정신이 팔려 있던 병장의 목을 울트라마린 나이프가 훑고 지나간다. 곧바로 입을 꽉 틀어막은 손이 얼굴을 뒤로 꺾어 그어놓은 상처를 벌렸다. 잘린 경동맥에서는 피가 왈칵왈칵 솟아올랐고, 그 피는 다시 기도로 역류해 들어간다.

죽음의 고통과 공포를 채 온전히 느끼기도 전에 날카로운 칼날이 겨드랑이를 반복적으로 뚫고 들어왔다가 다시 나가며 반항의 시도 자체를 무력화한다.

퓨욱— 퓨욱—

주변에서는 영화에서나 들어본 적 있는 소음기의 소리가 불규칙하게 울리고, 뿌옇게 감겨오는 시야에 조금 전 함께 이야기를 나누던 상병의 모습이 들어온다.

바닥에 쓰러져 경련하는 상병의 얼굴에 검은 옷을 입은 놈이 MP5를 겨누고 두 발을 더 쐈다. 거기까지가 그가 본 세상의 마지막 풍경이다. 그에게도 확인 사살을 위한 사격이 가해졌지만, 이미 그는 더 이상 아무것도 느낄 수 없는 상태였다.

퓨욱— 퓨욱— 퓨욱—

마을 회관 안쪽에서도 불꽃과 함께 소음기 소리가 울렸다. 그 단조로운 소리 외에는 비명도, 아우성도 없이 아주 고요하게 특임대의 습격은 진행됐다.

옥상 위로 올라가 기관총 사수들의 시체를 확인한 특임대원이 수신호를 보내는 것으로 모든 작전은 완료되었다.

"정리했습니다, 장군님."

소령이 보고하자 채양균은 몸을 일으켰다. 둘은 저격수와 병력의 호위를 받으면서 마을 회관으로 걸어갔다. 가로등조차 변변히 밝혀지지 않아서 주변은 완벽하게 어둠 속에 묻혀 있다.

쿠쿵―

또다시 산 쪽에서 폭발음이 들린다. 헬리콥터도 라이트를 번쩍거리며 쉬지 않고 날아다니고 있다.

"저 새끼들, 진짜 저기로 가서 그 지랄을 하고 있구만. 속을 거라고 예상은 했지만, 막상 뻘짓거리하는 걸 보니까 참 마음이 복잡해진다. 봐라, 저런 새끼들이 애들을 지휘하고 있으니 내가 속 편히 이선으로 물러나 쉴 수가 있겠냐? 어떻게 생각해, 조철웅?"

훤하게 불이 밝혀진 한라산 북쪽을 보며 채 장군이 중얼거렸다. 특임대 소령이 가볍게 미소를 지었다.

"큰 어른이 자리를 비우시면 군이 흔들립니다. 그리고 군이 흔들리면 그때는 국가도 없습니다."

"하하, 새끼. 이건 군인 안 했어도 먹고사는 데 지장은 없었겠어. 하여튼 말 잘해. 그건 그렇고…….."

채 장군이 돌아서서 시체들로 뒤덮인 마을 회관을 굽어본다. 약관의 군인들이 두 눈을 부릅뜬 채 차갑게 식어간다. 바닥에는 그 시체들을 끌어 이동시키는 동안 흘러나온 붉은 선혈이 길게 선을 그리며 이어져 있다.

"얘들한테는 좀 안된 일이긴 하네. 뭐, 군인이니까 죽이기도 하고 죽기도 하는 거지만."

무책임한 소리를 지껄이며 채 장군은 담배 연기를 내뿜었다. 주변에서는 정신없이 얽힌 핏자국 사이로 그의 병사들이 뛰어다니며 음식을 꺼내 와 방금 징발하기로 결정한 트럭에 싣고 있다.

성동격서. 오늘 아침 초소병들을 죽인 후 혈흔까지 남겨서 모든 시선을 돌려놓고, 그쪽으로 병력이 집중된 틈을 타 이렇게 허술해진 배후를 친 것이다. 대단한 피해를 준 건 아니지만, 식량을 성공적으로 확보했다는 점에서 의의가 있다.

애초 80명이 잠입한데다 쉐라톤을 지키던 해병들까지 모두 끌고 나온 터라 음식이 절대적으로 부족하다. 하지만 해병 애들 역시 똘똘해서 데리고 나온 보람은 확실히 있다.

"이것 봐라. 이 새끼들, 내 사진도 어디서 이런 걸… 잘 나온 것도 많은데. 철웅아, 얘들 하는 짓 봐라, 이거. 하여간에 맘에 드는 게 한 개도 없구나. 음, 이승남이 사진은 좀 닮았네."

회관 입구에 붙어 있던 수배 전단지를 떼어내며 채 장군이 투덜거렸다. '반란 수괴 ― 사살 시 2계급 특진과 포상'이라는 빨간 글씨 아래에는 정면을 보고 있는 채 장군과 이승남의 사진이 나란히 붙어 있다.

변장을 했을 때의 사진도 어설픈 합성으로 만들어 하단에 추

가해 두었다. 채 장군은 가만히 전단지를 바라보다가 곱게 접어서 주머니에 넣었다. 이런 흉악한 것도 세월이 한참 흐른 뒤에 보면 좋은 기념이 될 것이다.

투타타타타타─ 콰아앙─

아직도 한라산 북쪽에선 끊임없이 고성이 이어지고 있다. 불빛도 어지럽게 번쩍인다. 고작 폭발물 트랩 몇 개로 저만큼의 병력을 이렇게 장시간 붙들어놓고 있다니, 우습기까지 하다.

"왜 죽은 놈들이 지키던 위치 부근에 우리가 숨었다고 생각할까? 아니, 아무리 급해도 자기가 마시는 우물 옆에 똥싸놓겠냐고. 밥통 같은 새끼들. 아참, 저기 매복해 있는 애들 말이야, 혹시 정말로 발각되고 그러는 거 아니냐?"

물론 북쪽 능선 방향에 숨지는 않았지만, 한라산에는 아직 특임대 병력이 꽤 잠복해 있다. 그들은 앞으로도 일주일간 쉼 없이 들락거리며 경비병들을 교살하고 더 많은 트랩을 설치해야 한다. 이 혼란을 만들어내는 데 있어 가장 핵심적인 역할을 담당할 그들이 사살되어 버린다면 여러모로 골치가 아파질 것이다. 채 장군의 물음에 소령은 자신 있게 말했다.

"굴 파고 들어가서 덤불 속에 숨어 지내는 것만 10년 가까이 훈련한 애들입니다. 바로 옆에서 일주일을 지내도 절대 알아차리지 못합니다."

"좋아, 그 자신감. 그래야 내 새끼들이지."

채 장군은 만족스러운 표정으로 시간을 확인했다. 04시 35분.

지금쯤이면 남동쪽의 표선해 비치와 북서쪽의 애월항 쪽에서도 별동대의 초소 급습이 끝났을 시간이다.

한 교수, 이 새끼. 감히 나를 숙청하려고 해? 매일 아침 네가 받게 될 보고에 우울하고 불안한 내용만 가득 채워주마!

그의 플랜 B는 그렇게 양복쟁이들의 혼을 빼고 서서히 지치게 하는 것이다. 내일 아침이면 수색대는 아무 전과도 올리지 못한 채 수많은 사상자와 부상병들만을 데리고 복귀할 테고, 한 교수는 아무 죄도 없는 애들을 달달 볶아 다시 한라산으로 내몰게 분명하다.

그런 일이 얼마나 사람의 진을 빼고 소모시키는지 양복쟁이 놈들은 모른다. 그리고 사람은 지치고 얼이 빠지면 누구나 멍청한 실수를 저지른다. 그는 그걸 기다리고 있었다.

"가자."

채 장군이 문을 닫자 그를 태운 차량이 라이트도 켜지 않은 채 어두운 골프장을 향해 출발했다. 조금 전 탈취한 트럭이 그 뒤를 따른다.

채 장군에게는 남겨진 시간이 별로 많지 않다. 앞으로 일주일, 그에게 허락된 7일 동안 그는 하루도 빠짐없이 테러를 하고, 일부러 단서를 남겨 적의 신경을 끊어지기 직전까지 당길 것이다. 그리고 7일째에 탈진해서 허술해진 그들의 심장을 쳐 정권을 장악할 것이다.

일주일이라… 채 장군은 손을 꼽으며 다시 날짜를 확인했다. 이미 플랜 D는 카운트다운에 들어갔고, 여기에 갇힌 그는 그 가동 시간을 되돌릴 수 없다.

　성공 아니면 공멸. 두 가지의 선택지만이 존재한다. 그 외의 타협은 불가하다. 그것이 그가 선택한 도박이었다.

3장
멋진 신세계

1

제니는 자기도 모르게 깜짝 놀라 눈을 떴다.

이상하다. 너무… 편안하다. 뭐지, 이 푹신함은?

자신이 파라다이스 모텔의 침대 위에 있다는 것을 인식할 때까지 아주 짧은 시간 동안 그녀는 약간의 불안함마저 느꼈다. 딱딱한 바닥에서 잠이 들고, 새벽 공기에 부들부들 떨다가 깨어나던 습관이 이제는 아예 몸에 밴 모양이다.

아아, 맞아. 여기였지…….

머리맡에 놓여 있는 랜턴을 보자 어젯밤의 일들이 기억난다. 밤이 아주 깊어서야 새로 만난 사람들과 헤어지고 이 방에 들어왔다. 혼자 방을 쓴다는, 그 당연했던 일이 이제는 꽤나 어색하게 느껴져서 랜턴의 불빛을 한참이나 들여다본 후에야 겨우 잠이 들 수 있었다.

제니는 다시 침대에 몸을 눕히고 눈을 감았다. 간만에 느끼는 이 안락함을 좀 더 즐겨보고 싶다. 커튼 사이로 햇살이 비쳐 들지 않는 걸 보면 아직 아침이 밝지 않은 모양이니, 좀 더 여유를 부려도 괜찮지 않을까.

그렇게 잠시 더 누워 있는 동안 감각이 하나씩 살아나면서 창문을 두드리는 빗소리가 들린다. 그리고 창밖이 어두운 게 이른 시간이라서가 아니라 궂은 날씨 때문이라는 걸 깨달을 정도로 뇌도 움직임을 시작했다. 제니는 팔목을 들어 시간을 확인했다.

일곱 시. 착한 어린이는 일어나야 할 시간이다.

"우웅~!"

길게 기지개를 쭉 켜고 침대에서 벗어나 문을 열었다. 그런데 놀랍게도 벌써 복도를 서성이던 사람이 있다.

"아, 오빠. 일찍 일어나셨네요? 잘 잤어요?"

복도에 서 있는 유빈에게 제니가 인사를 건넸다.

으응, 안녕… 손을 들어 보이는 유빈의 눈은 퀭하고, 얼굴에는 졸음이 덕지덕지 붙어 있다. 아무리 봐도 잘 잔 얼굴은 아니다.

"왜 그렇게 피곤해 보여요? 혹시… 밤샜어요? 이 자리에서?"

"아니, 아니. 사실 난 일어난 지 얼마 안 됐어. 처음엔 삼식이가 먼저 보초 서줬거든."

"그 오빠도요? 왜요?"

드르렁, 삼식이의 방에서 코 고는 소리가 울려 나온다. 당연하다는 표정의 유빈은 눈짓으로 301호를 가리켰다. 태권소녀와 규영이 든 방이다.

"왜겠어, 낯선 사람끼리 어찌어찌 같은 공간을 쓰게 됐으니까 그렇지."

"에? 뭐야… 그거 감시잖아요. 믿는다면서요? 믿으니까 그 언니한테도 믿어달라고 했었잖아요."

"믿는 건 믿는 거고, 그래도 또 해야 할 일은 해야지. 그건 별개의 문제인테."

"그건 무슨 억지예요? 게다가 감시를 하려면 오빠가 아니라 보안관 오빠한테 부탁했어야죠. 오빠는 어차피 저 언니한테 못 이기니까."

눈에 장난기가 데구루루 흐른 제니가 유빈을 놀리고 있을 때, 301호 문이 열리고 태권소녀가 얼굴을 내민다.

"아, 다들 일어났네. 잘 잤니?"

"네, 언니. 방 내주셔서 고맙습니다."

"다행이네."

태권소녀가 쑥스러운 미소를 만들어 보인다. 막 일어난 척하고는 있지만, 그녀의 얼굴도 유빈만큼이나 지쳐 보여서 피곤이 뚝뚝 떨어진다. 아마 계속 잠을 이루지 못하고 있으면서도 남자들이 왔다 갔다 하는 인기척 때문에 복도에 나오질 못했던 모양이다. 제니의 목소리가 들리자마자 저렇게 자신이 깨어 있음을 알린 걸 보면, 어지간히 답답했던 게 분명하다.

제니는 그런 태권소녀의 행동에 안쓰러움과 기쁨을 함께 느꼈다. 아직 이 새로운 조합은 서먹서먹하기 짝이 없고, 서로에게 신뢰 같은 건 성급한 단어다. 그러나 적어도 상대방은 제니를 완충제 정도로는 생각해 주는 것 같다. 새 일행이 마음을 열기까지 그녀의 역할이 중요했다.

"뭘 해야 돼?"

유빈에게 고개를 돌린 태권소녀가 진지한 표정으로 물었다.

어? 예상치 못한 질문에 유빈은 금방 답을 못하고 머뭇거린다. 지금까지 그들은 세 친구의 자연스러운 라이프 사이클 안에서 살았었다. 일어나면 당연히 다 같이 모여서 수다를 떨며 씻고 밥을 먹었다. 그다음에 유빈이나 보안관이 하지는 일을 함께했다. 거기에 신입이 끼어 있었고, 또 중간에 제니를 만나 함께 살기 시작했지만, 사이클에 변화는 없었다.

조금 쑥스러워하면서도 '밥 먹어' 라고 말할 수 있던 건 그게 그들이 구해온 식량이고, 그 장소가 그들이 지켜낸 공간이었기 때문이다. 또 복지 센터의 구조가 뻥 뚫려 있어서 다 함께 모여 앉는 것이 자연스러운 일이기도 했다.

하지만 여기는 애초에 사생활을 극대화시키기 위해 만들어놓은 모텔이라는 곳이고, 아래층에 쌓여 있는 음식은 그들의 땀과 무관한 것들이다. 이래라저래라 하기가 망설여질 수밖에 없다.

"아침 먹으면 좋겠는데, 그… 너희는 밥 어떻게 먹었었어?"

"어떻게라니? 대충 알아서 먹는 거지. 요리 당번 같은 건 따로 안 됐어."

식순이 역할을 시킬까 봐 불안해진 걸까?

태권소녀의 목소리에 다시 가시가 돋으려고 한다. 유빈은 다급하게 설명했다.

"아니, 아니… 그런 게 아니라 방식을 물은 거야. 어딘가에 다 같이 모여서 먹었는지, 아니면 따로 자기 방에서 먹었는지… 뭐, 이런 거."

아… 그거.

태권소녀는 고개를 끄덕이더니, 무표정하게 대답했다.

"그냥 너희가 하던 대로 해. 우리는 두 명뿐이니까."

"그래. 그러면 30분 뒤에 내 방에서… 뭐, 정확히 말하면 내 방은 아니지만, 어제 내가 304호에서 잤거든… 거기에서 볼까?"

알았어. 규영이 깨울게, 라는 말을 남기고 태권소녀가 문을 닫자 유빈은 가볍게 숨을 몰아쉬었다. 처음이다 보니 조심스러운 게 한두 개가 아니다. 옆에 와 있던 제니가 어깨로 툭, 치며 속삭인다.

"우와, 오빠, 저 언니한테 마음이 있나 보다. 얼굴이 아주 그냥 새빨개졌는데요? 새벽부터 복도에서 서성거리던 게 괜히 그런 게 아니었네. 그렇구나, 오빠는 강한 여자를 좋아하는 타입이었구나. 이런 거죠? 두근! 날 기절시킨 건 네가 처음이야."

"하, 하하……. 네… 여자한테 맞고 거품 문 사람입니다. 놀림 받아도 싸지요. 그냥 처음이라 말 한마디도 조심스러운 거야. 워낙 성격도 까칠한 것 같고, 괜히 오해 사고 싶지 않으니

까. 아, 그리고 왜 보안관을 안 세웠냐면, 걔는 좀 쉬었어야
돼."

유빈이 중얼거리는 모습은 가히 걱정박사답다. 하지만 30분
뒤, 304호의 분위기는 그가 우려했던 것보다는 훨씬 호의적이
고 밝았다. 스타트는 태권소녀가 끊어줬다.

"뭘 좋아하는지 몰라서 그냥 내가 아침에 먹는 걸로 가져왔
어."

말로는 그렇게 했지만, 한쪽 발을 절며 들어온 그녀가 침대
위에 내려놓은 묵직한 봉투 안에는 다양한 종류의 음식들이 골
고루 들어 있었다.

즉석 밥, 즉석 죽, 통조림 반찬, 캔에 든 연어와 햄, 육포, 크
래커, 봉지에 든 누룽지, 그리고 시리얼까지. 음료도 여러 가지
여서 멸균 팩에 든 우유부터 물, 주스, 캔 커피. 거기에 종이컵
과 일회용 식기도 있다.

누가 봐도 정말 신경을 써서 골고루 담았다는 걸 알 수 있을
정도였다. 그 아픈 다리를 끌고 계단을 오르락내리락했다는 점
을 감안하면 고마움은 더 컸다.

"고마워. 잘 먹을게."

배낭에서 비상식량을 꺼내 먹어야 하나 어쩌나 망설이고 있
던 유빈이 감사 인사를 하자 태권소녀가 무뚝뚝하게 몇 마디를
보탰다.

"다음부터는 안 가져다줄 거야. 음식 어디에 있는지 너희도
다 알잖아."

"우리가 게을러서 안 가지고 왔냐? 네가 하도 도둑놈 취급 하니까 또 그 소리 들을까 봐 무서워… 읍!"

보안관이 또 입바른 소리를 떽떽거려서 유빈이 얼른 입을 막았다. 하여간 이놈은 전쟁의 화신 같은 놈이고, 분위기도 모른다. 태권소녀는 보안관을 힐끔 쳐다보더니, 고개를 다른 방향으로 돌리며 중얼거렸다.

"맘대로 하라고 말했잖아. 당연히 물건도 포함되지, 멍청이."

"너, 사람 볼 줄 아는구나!"

멍청이라는 말에 꽂힌 삼식이가 환하게 미소를 지었고, 신입도 술이 덜 깨 탱탱 부은 눈으로 킥킥거린다.

윽, 죽을 떠 넣으려고 입을 벌리던 유빈은 아주 작게 신음을 흘리며 턱을 잡았다.

으~ 인정하기 쪽팔리지만, 어제 맞은 곳이 아프다. 관절이 제자리에 있기는 한 건가… 시험 삼아 몇 번 턱을 움직여 보다가 태권소녀의 시선을 느낀 유빈은 친절한 표정을 지으며 웃어 줬다.

"아니, 아니. 괜찮아. 그냥 조금 부은 거야. 이도 다 멀쩡하고, 씹는 데도 문제없으니까 미안해하지 않아도 돼."

"미안하다고 한 적 없는데? 근데 너, 운동 좀 해야겠더라."

태권소녀는 진지하게 대꾸했지만, 보안관과 삼식이는 깔깔거리며 좋아서 아주 죽는다.

허… 흐흐… 유빈도 씁쓸하게 웃었다.

아무래도 이 건은 두고두고 아주 오래갈 것 같다……

증인도 너무 많고, 게다가 그 증인들이 놀리기를 워낙 좋아하는 것들이라 잘하면 묘비에까지도 써줄는지 모른다.

'여자에게 맞아 기절했던 남자 여기 잠들다' 뭐, 이렇게……

"근데 제니 누나, 한강으로 가던 길이라고 했죠? 우리도 같이 갈 수 있을까요?"

방에 들어오고부터 내내 오직 제니에게만 눈을 고정시키고 있던 규영이 물어온다.

"그러엄~ 당연히 같이 가지. 그런데 이렇게 비가 와서는 당분간 어려울 거야. 산책로를 따라 차를 타고 가야 하는데, 물이 안 빠지면 길이 막히거든."

"좀 기다리다 보면 금방 마를 거예요. 그때까지 제니 누나도 여기서 안전하게 기다리면 되죠. 그치, 혜주 누나~!"

제니가 웃으며 말상대를 해주자 규영의 얼굴은 금방 홍조를 띠었다. 어제 칼을 휘두르며 저주를 퍼붓던 때와는 목소리도 달라져서 혀 짧은 소리로 귀염을 부린다. 시리얼을 떠 넣던 태권 소녀가 고개를 갸웃거렸다.

"거기에 있다는 수용소인지 뭔지는 안전한 곳이 맞아? 어제 너희가 말한 그런 데가 아니라는 걸 어떻게 알 수 있어?"

"그야… 정부가 운영하는 데라고 했으니까요. 군대가 보호해 준다는 말도 있었고."

"그거 그냥 찌라시에 적혀 있던 거잖아. 인쇄기만 있으면 그런 거는 누구라도 찍어낼 수 있어."

태권소녀의 우려를 확실하게 안심시켜 줄 수 있는 사람은 없다. 그제 그 비디오를 보고 난 후부터 세 친구 역시 모든 게 혼란스러웠으니까. 유빈이 머리를 긁적이며 말했다.

"우리도 그 부분이 영 찜찜하긴 해. 처음 출발할 때에는 그저 밥 주고 재워준다고 하니까 그 전단지 하나만 믿고 출발한 거지. 태양 그룹같이 큰 회사가 그런 짓을 할 거라는 상상도 못했었고, 게다가 우리 살던 데에 워낙 좀비가 많이 몰려와서 더 버티고 있을 수도 없는 상황이었거든."

"여기도 별로 나을 거 없어. 이제는 큰 도로에 좀비가 없는 시간이 더 적을 정도니까. 그것들은 한 번 몰려들기 시작하면 감당이 안 돼. 너희는 무슨 실수를 저질렀어? 어제 보니까 담배 피는 녀석들도 있던데."

태권소녀의 시선이 삼식이와 신입에게로 향한다. 신입은 움찔했지만, 삼식이는 태평하게 물었다.

"너도 담배 이야기 하는 것 보니까 무슨 상관이 있긴 하나 보네. 정말 좀비들이 그 냄새 맡고 오는 거야? 아는 거 있어?"

"몰라. 확실하게 아는 게 있었다면 어제 네가 담배 피울 때 못하게 했겠지. 그냥 나도 누군가에게서 주워듣고 말하는 것뿐이야. 얼마 전에 누가 그러더라고. 담배 피는 놈이랑 같이 숨으면 좀비들이 거길 귀신 같이 알고 쫓아온다고. 그러니까 조심하자는 분위기였어. 혹시 모르는 일이면 안 하는 게 나으니까……. 그럼 너희는 담배 계속 피웠다는 거네? 그래도 괜찮았어?"

"아니, 뭐… 딱히 맘대로 피운 거는 아니고, 우리도 신경이 쓰이기는 했는데……."

삼식이가 머뭇거리자 태권소녀가 그럴 줄 알았다는 식으로 고개를 끄덕인다.

"남자애들 방에 올라가 보면 전자 담배 있을 거야. 그걸로 바꾸든가."

"별걸 다 가지고 있네. 그건 안 피워봤는데… 정말 담배 피우는 맛이 나기는 할까? 맞다. 그리고 그거, 전기 쓰는 거잖아. 충전을 어떻게 해? 아, 그것도 보조 배터리를 쓰면 되나?"

삼식이가 자문자답을 하는 동안 곁에 앉은 신입은 '그거 다 소용없어. 괜히 뻘짓거리하는 거야'라며 손을 내저었다. 제니가 태권소녀의 어깨에 살며시 손을 얹으며 물었다.

"언니, 혹시 구급약도 가지고 계세요? 파스나 소염제나 압박 붕대 같은 거. 언니 발목 치료해 드릴게요. 지금도 많이 부었어요."

"돼, 됐어. 그런 거는, 그냥 내가 하면 돼."

태권소녀는 완강하게 거절을 했다.

에잉, 혹시 의사 놀이를 같이하게 될 수 있을까 들떴던 삼식이가 괜히 아쉬워한다.

휘이이이~

음식 냄새도 뺄 겸, 사람들의 체취도 뺄 겸해서 열어둔 창문 사이로 강한 악취가 바람을 타고 날아 들어왔다. 좀비들 특유의 그 지독한 냄새는 비가 오는 날에도 예외 없이 강렬하다. 그리고 규모에 비례해서 냄새의 스케일도 달라진다.

읍, 유빈이 얼른 창문을 닫았다. 그래봐야 이미 들어온 냄새는 그대로다. 태권소녀는 담담하게 말했다.

"익숙해질 거야. 요즘은 하루에도 열댓 번씩 저렇게 지나가니까."

"열댓 번이라고? 정말 그렇게 자주?"

"낮이든 밤이든 정찰 나가면 일고여덟 번은 봐. 그거 곱하기 2는 할 줄 알잖아."

행렬이 길게 뻗은 도로를 통과하는 데만 30분은 걸릴 텐데, 그런 게 열댓 번이나 반복된다면 온종일 좀비들이랑 사는 거나 다름없다.

골목 안으로 숨어 들어와 있다고는 해도 대로까지 겨우 몇 십 미터뿐인데……

상상하는 것만으로도 유빈은 아찔함을 느꼈다. 번화가를 버리기로 결정했을 때, 좀비들은 1킬로미터 밖에 있었다. 그 정도도 무섭다고 도망을 쳤건만……

물론 그때 그들의 머릿속에는 오로지 쉘터까지 한나절이면 닿을 수 있다는 섣부른 희망뿐이었지만, 하여튼 그렇게 텅 빈 곳을 버리고 온갖 고생을 해서 도착했더니 오히려 더 낯설고 힘든 환경이라니…… 자신의 멍청함에 새삼스레 질린다.

하지만… 괴로워하고 자신을 연민한다고 해서 환경은 바뀌지 않는다. 환경을 바꾸려면 끊임없이 보고, 생각하고, 발버둥이라도 쳐봐야 한다. 때로는 그 발버둥이 더 부정적인 결과로 이어진다고 해도 그저 얌전히 슬퍼하다가 죽어줄 생각은 없다.

후우~ 한숨을 삼킨 유빈은 고개를 들고 애써 쾌활하게 웃으며 말했다.

"자, 밥 다 먹었으면 우리도 슬슬 정찰 한 번 나가봐야지?"

ㄹ

"으, 머리야……."

잠에서 깬 진우는 욱신거리는 관자놀이를 꽉 눌렀다. 바로 근처에 뒀던 생수병을 벌컥벌컥 들이켜도 갈증은 가시질 않고, 온몸은 열이 펄펄 끓고 쑤신다.

어후~ 젠장.

겹겹이 덮었던 담요를 걷어내고 몸을 일으켜 소파 등받이에 기대는 그 간단한 동작을 하기 위해 진우는 이를 악물어야 했다.

더럽게 아프다. 하긴 그 비를 다 뒤집어써 가며 밤새도록 난리를 쳤던 걸 생각하면 무리도 아니다. 그나마 이 농협 사무실 소파에서 곰팡내 나는 담요라도 덮고 잤으니 이 정도지, 바람 맞고 찬 바닥에서 쓰러졌더라면 아마 일어나지도 못했을 것이다.

"약. 약 좀 먹었으면 좋겠다……."

얼굴을 쓸어 붙어 있던 잠을 털어내고 바닥에 뉘어둔 총을 버릇처럼 집으려던 진우는 가벼운 비명을 질렀다.

윽—!

잊고 있었다. 어제 쌀집에 숨어 있던 좀비, 그 개새끼와 총으로 줄다리기를 하다가 유리에 찢긴 오른팔을.

후우~ 진우는 몸 전체를 휘감는 격통이 지나가기를 기다렸다가 팔을 묶어둔 스타킹을 풀었다.

찐득하게 마른 피딱지와 진물이 뜯겨 나가면서 날카로운 새 통증을 준다.

크흐흐흐~ 씨발~

진우는 웃는 것도 아니고, 우는 것도 아닌, 애매한 소리를 내며 상처를 살펴봤다. 당연한 이야기지만, 아직 온전히 붙지 않았다. 그리고 문틀에서 떨어져 나온 작은 조각들도 점점이 박혀 있다.

"아아, 정말… 좆같아서 진짜."

눈에 보이는 페인트 조각과 유리 조각들을 떼어내는 동안 찌릿찌릿한 고통 때문에 손가락이 벌벌 떨린다. 진우는 훈련소에서 맞았던 파상풍 예방주사가 진짜 효과가 있는 것이기를 진심으로 빌었다.

다행인 점을 고르라면 힘줄이 찢겨 나가거나 신경이 다치지는 않은 것 같다는 정도이다. 아니었다면 어제 그만큼의 저격은 해낼 수 없었을 테니까.

그래도 불안해서 진우는 손가락을 오므렸다 폈다 하며 계속 테스트를 했다. 방아쇠를 당기는 이 감각이 그가 가진 힘의 9할이다.

"옷이나 나나, 아주 너덜너덜하구나."

군데군데 찢기고, 피 얼룩이 지고, 구멍이 난 군복을 보면서 진우가 한숨을 쉬었다. 우스운 건 이 허접하고 꼴 보기 싫은 옷이 어느새 몸에 배서 편안해졌다는 것이다. 주머니의 위치나 개수도 그렇고, 여차하면 숲 속에 들어가 위장을 해야 한다는 점을 감안해도 그렇다. 카모플라주 무늬가 들어간 아웃도어 재킷을 구하기 전까지는 이걸 버릴 수는 없을 거라고 생각했다.

"아저씨는 편해요?"

전술 조끼를 걸치고 축축한 전투화 사이로 발을 집어넣던 진우가 사무실 구석으로 시선을 돌려 중년 사내의 시체에게 말을 걸었다. 어제 사무실에 뛰어들었을 때 그를 놀라게 했던, 그 교살당한 시체다.

아침에 일어났을 때 놀라기 싫으니까 뭐라도 덮어두고 자야지 생각은 했는데, 자꾸 눈이 감겨서 그냥 둔 채 잠이 들고 말았다. 버릇처럼 생각이 혼잣말로 입 밖에 나온 것인데, 듣자마자 못할 말을 했다는 후회가 들었다.

"편할 리가 없지. 저렇게 되어 있는데."

피가 몰려 부어 있는 사내의 얼굴을 보며 진우가 자신에게 답을 해줬다. 튀어나온 눈, 길게 빼문 혀, 검게 변한 안색… 어디 하나 편해 보이는 구석이 없지만, 무엇보다도 퉁퉁한 목을 꽉 조이고 있는 넥타이가 가장 신경 쓰인다. 오래 보고 있을 만한 모습이 아니었다.

"와! 이거, 뭐가 이렇게 뿌옇게……."

창가로 다가가자 블라인드 사이로 안개가 자욱하게 낀 바깥의 풍경이 들어온다. 강원도니까 안개가 놀라울 것은 없지만, 오늘은 유별나게도 짙다.

어제는 그렇게 퍼붓더니 오늘은 또 안개냐?

진우는 우호적이지 않은 날씨에 질려 고개를 설레설레 저었다. 지끈, 팔의 상처와 머리가 동시에 짜릿한 통증을 준다.

약. 그래, 약국부터 찾아야 해. 그런데 어제 돌아다니면서 약국을 봤던가?

진우는 기억을 더듬으면서 사무실 책상에서 찾은 종이에, 역시 사무실 책상 위에 놓여 있던 볼펜으로 필요한 물건들을 적기 시작했다.

가장 먼저 쓴 단어는 '약' 이다. 진통제, 소염제, 배탈 약. 그리고 그다음에는 '반창고(붕대)' 라고 적었다. 팔의 상처에 붙일 무언가도 필요하지만, 미리 챙겨두면 앞으로도 요긴할 것들이다. 이제 더 이상 다치지 않을 거라고는 믿지 않으니까.

그리고 가방. 배낭도 좀 괜찮은 놈이 있으면 좋겠다. 할머니 장바구니는 여러모로 불편하다. 또 가방에 넣을 것으로 '점퍼'를 썼다. 고어텍스나 방수 방풍 기능이 있는 아웃도어 점퍼. 밤에 꺼내 입는다면 덜덜 떨며 잠을 청하지 않아도 될 테니까 꼭 필요하다.

긴 줄, 음료수, 음식, 라이터, 손전등, 배터리, 양말……

적다 보니 갖고 싶은 게 점점 늘어난다. 모두 구할 수 있을지 어떨지도 모르지만, 구해진대도 휴대할 수 있는 부피와 무게에는 분명한 한계가 있다. 단순히 젊어지고 걷기만 하면 되는 게 아니라 언제라도 기민하게 뛰고 숨고 뛰어내릴 때 신체 능력이 제한되지 않아야 한다.

일단 K—2가 두 정이나 되니까 그것만으로도 벌써 7킬로그램이다. 담요를 쓸까 말까 고민하던 진우는 미련을 버리고 펜을 주머니에 넣었다.

그냥 이만큼만 챙겨도 장거리 이동을 하는 데 적잖이 도움이 될 것이다. 이렇게 작은 동네에서 부디 필요한 것들과 마주할 수 있기를 빌었다.

"운이 좋기를 바라자."

준비를 마친 진우는 두 정의 K—2를 챙겨 들었다. 되찾은 자신의 총은 허리 뒤쪽에 오도록 사선으로 메고, 어깨에는 어제 새로 주운 총을 걸었다.

"갈게요."

죽은 이에게 인사를 던지고 하이바를 쓴 진우는 계단을 반쯤 내려가다가 다시 사무실 문을 열고 되돌아왔다. 그러고는 중년 사내의 목을 단단히 조이고 있던 넥타이를 당겨 풀었다.

빳빳하고 차가운 시체의 목에서 넥타이를 벗겨내 옆에 놓아준 뒤, 진우는 다시 문을 나섰다. 이제야 좀 숨이 트이는 기분이다.

"자, 약국부터 가봐야 하나? 어디에 가면 약국이 있을까?"

기대 반, 걱정 반의 심정으로 거리에 발을 딛자 안개의 농도가 걱정스럽게 느껴졌다. 아침인데도 가시거리가 20미터는 될까 싶을 만큼 사방이 온통 뿌옇고, 공기는 축축하다.

농협과 슈퍼를 잇는 도로 위에는 머리가 날아간 좀비들의 시체가 어지럽게 널려 있다.

시체, 안개, 그리고 낯선 마을…….

한마디로 여러모로 불길해 보이고 오싹한 풍경이다. 공포 영화에서라면, 그것도 주인공이 죽는 공포 영화에서라면 아주 좋은 조합일 테지만.

머리를 가볍게 흔들어서 밀려드는 두려움을 날려 버린 진우가 첫 번째로 만난 가게는 식료품점. 그걸 보자마자 그는 자신의 경솔함을 자책했다.

"아! 그렇구나. 멍청했다, 진짜."

불에 타서 내부가 온통 새까맣게 그을린 가게. 당연히 내부의 상품들도 다 못쓰게 되었다.

하아~ 불을 질러도 그 많은 집들 중에 왜 하필이면 이런 시골에서 보기 드문 식료품점이자 잡화점에 불을 질렀던 걸까?

세상에, 어쩌자고 그 많은 라이터와 음식과 음료수와 술이 있는 곳에… 흥분 속에서 앞뒤 재지 않고 내렸던 결정이 몇 시간이 지난 지금 커다란 아쉬움으로 돌아온다.

삐걱―

아직 뭔가 쓸 만한 게 남아 있을까 해서 불타고 남은 잔해들 사이로 들어가려던 진우는 금방 포기해 버렸다. 그런 물건도 없거니와, 화재에 시달린 낡은 건물이 금방이라도 무너져 내린다면 더 상처를 입기 십상이다.

"뭐… 일반 가정집도 많이 있으니까."

진우는 계획을 전환하여 한 집씩, 한 집씩 차분히 뒤져 보기로 했다. 어차피 아무도 없는 마을이고, 하루나 이틀 정도 여기에서 허비하다가 늦는다고 해도 땅속에 묻혀 있는 만 발은 크게 화를 내지 않을 것이므로……

편안하게 잘 수 있다는 점에서는 오히려 큰 이득이다. 수십 가구는 족히 되어 보이는 마을에서 한 집당 좋은 게 하나씩만 나와도 배낭 하나를 채우는 정도는 문제없으리라.

"실례합니다."

남의 집이니 말은 그렇게 했지만, 정작 진우는 총을 겨눈 채 대문을 발로 밀고 들어갔다.

삐이익―

낡고 기름칠이 벗겨진 철문에서는 기분 나쁜 소리가 났다.

개집이 보이고, 원래 개가 묶여 있었을 목줄은 비어 있다.

집주인이 도망치면서 풀어준 걸까, 아니면 굶주림을 못 견딘 개가 제 힘으로 풀고 나간 걸까?

중요한 건 개가 풀려났다는 사실이다. 지난 며칠 동안 진우는 몇 번이나 들개 떼를 보았다. 시골이라 풀어놓고 기르는 개들도 많았을 테니, 그리 놀라운 일은 아니다.

아직 가까이에서 대치해 본 적은 없어도 진우에겐 그렇게 떠돌아다니는 개들은 작은 고민거리였다. 사람 모양의 좀비를 그렇게 많이 죽여놓고서 이런 말을 한다면 좀 위선적으로 보일지도 모르지만, 그에게는 개를 죽일 용기가 없었다.

살아 있는 것이므로 죽이고 싶지 않다. 하지만 과연 개들도 같은 생각을 하고 있을지……. 그게 딜레마였다.

만약 개 떼들이 달려든다면 어떻게 하지?

머릿속으로 정리해 둔 매뉴얼은 있다.

제1단계, 하늘에 총을 쏴서 소리로 겁을 주어 도망치게 할 거다. 만약 그래도 개들이 도망가지 않으면 제2단계… 2단계부터는 없다. 온통 뿌옇고 막연하기만 해서 엉망이다.

아까운 총알을 낭비하는 것도 문제고, 사람보다 개가 훨씬 빠르다는 것도, 개새끼들의 이빨에 무슨 균이 얼마나 묻어 있는지 모른다는 것도, 그리고 그놈들이 대단히 굶주려 있으며 떼를 지어 다닌다는 것도 다 골치 아픈 문제였다.

"개새끼들아, 제발 멀리 도망가 있어라. 근처에 있지 말아라……."

삐걱거리는 마루 위에 올라서면서 진우는 개를 위한 주문을 외웠다. 다행히 아무리 청각을 곤두세워 봐도 개 짖는 소리는 들리지 않는다.

안방으로 들어간 진우는 서랍들부터 다 열었다. 약, 진통제, 그리고 상처가 더 벌어지기 전에 꽉 조일 수 있는 깨끗한 뭔가가 필요하다.

약은 금방 찾았다. 그것도 엄청 많이. 시골에는 노인들이 많고, 노인들은 으레 약을 달고 사니까. 그런데 젠장, 문제는 그 약들이 설명서가 동봉된 케이스가 아니라 약국에서 조제된 것들이라는 데 있었다. 봉투 안에는 줄줄이 사탕처럼 묶인 치료제들이 한 번 먹을 양씩 포장된 채 주인을 잃고 남겨져 있다.

"싱경통… 당뇨… 유마치스……."

맞춤법을 무시하고 삐뚤삐뚤 적혀 있는 봉지의 글씨가 진우에게 쓴웃음을 짓게 한다. 다 비슷하게 생긴 약들이 대여섯 알씩 묶여 있는데, 정작 각각의 효능이 뭔지 모르니 무용지물이다.

게다가 붕대는 없고 파스만 잔뜩 사다 모아뒀다. 이 집은 포기다. 할아버지 체구가 어지간히 작은 사람이었는지, 건질 만한 옷 한 벌도 없었다.

"소주만 풍년이네……. 이게 당뇨니 류머티즘에 좋았을 리가 없는데."

냉장고 옆에 짝으로 놓여 있는 소주를 지나치며 진우는 군침을 꾹 삼켰다. 소주 한잔으로 통증을 달래고 싶은 마음은 굴뚝같지만, 감각과 판단력이 흐트러지면 안 된다. 당장 어제만 해도 슈퍼에 불을 질러 버리는 실수를 하지 않았던가.

낡고 조그만 진달래색 배낭을 찾아낸 진우는 거기에 사탕과 양갱, 그리고 마른 멸치가 든 봉지를 쑤셔 넣은 뒤 옆집으로 향했다.

"으아, 들어가기 싫다."

마당에 들어서자마자 눈을 찌푸리게 만드는 것은 유리가 날카롭게 깨진 마루문과 거기에 뿌려놓은 것처럼 안쪽에 잔뜩 달라붙어 있는 핏자국들이다.

핏자국은 마루 내부에서 길게 안방 쪽으로 이어졌다. 피의 색깔이나 말라붙은 정도로 봐서 요 며칠 사이에 생긴 건 아니다. 하지만 누가 봐도 이건 살인 사건의, 그것도 날카로운 흉기를 이용하여 반복적으로 찌른 아주 잔인한 살인 사건의 현장이다.

난자되어 있는 시체가 기다리고 있을 게 빤한 이런 곳에는 안 들어가는 게 낫다. 별로 무섭지는 않지만, 괜히 감정이 소모된다. 어차피 비어 있는 집이 많으니까, 라고 핑계를 대면서 진우는 고이 문을 닫고 돌아 나왔다.

그런 방식으로 열댓 집을 돌고 나니 그래도 꽤 수확이 있었다. 몇 개쯤 빼먹은 타이레놀을 발견해서 두 알을 우적우적 씹어 삼키고 나머지는 가방에 넣었다.

팔의 상처는 에틸알코올로 소독한 뒤, 유효기간이 한참 지난 상처 치료제를 듬뿍 바르고 거즈로 잘 동여맸다. 비타 500, 박카스, 구론산, 타우스까지. 자양 강장제도 종류별로 몇 병이나 들이켰다. 그렇게 하고 나니 기분 탓인지는 모르겠지만, 온몸을 콕콕 쑤시고 머리통을 옥죄던 통증이 조금은 가라앉는 느낌이다.

고이 접어 매듭까지 만들어둔 빨랫줄도 세 묶음이나 챙겼고, 라이터에 두툼한 양말, 싸구려 전자시계, 맥가이버 칼까지… 진우는 목록에 충실한 쇼핑을 해 나가고 있는 중이다. 장롱 안에서 포장도 뜯지 않고 고이 모셔둔 새 U넥 반팔 셔츠와 팬티를 만났을 때에는 가벼운 설렘까지 느꼈다.

농협 사무실 1층에 정수기가 있었으니까 이따가 필요한 걸 다 찾고 나면 그 물로 목욕을 해야지. 그리고 위아래로 새 속옷을 입어야지.

정말 간만에 보송보송해질 걸 기대하니 콧노래가 절로 난다. 그런데 아직 못 찾은 것도 있다. 방수 방풍이 되는 아웃도어 점퍼가 영 마땅치 않다. 사이즈도 문제지만, 색깔이 너무 튄다.

"아, 이것도 색깔이 이렇게 알록달록하네. 아저씨들… 그냥 검은색이라도 좀 사지."

붉고, 노랗고, 푸른색이 어지간히 촌스럽게 조합된 점퍼들. 입고 미팅에 나갈 것도 아니니까 대단한 걸 바라는 건 아니다. 그저 숲 속에서 '나 여기 있소' 라고 두드러지게 위치 표시를 하지 않을 정도의 검은색이나 쑥색이면 만족할 건데, 그런 물건이 눈에 띄지 않는다.

결국 한참을 더 돌아다닌 끝에 조금 구식이기는 해도 많이 낡지는 않은 어두운 회색 점퍼 하나를 찾아낸 진우는 그걸 잘 접어서 배낭 위쪽에 넣었다.

휴우~ 큰 숙제를 하나 끝낸 스스로가 대견해서 뿌듯한 미소를 지었다.

두 번째 좀비 병사의 총과 약국은 아직 찾지 못했지만, 그래도 정말 간만에 씻을 수 있다. 이도 닦고, 면도도 하고, 근질근질한 사타구니에 비누칠도 좀 해야지, 그렇게 개운한 상태가 되어 마실하듯 다시 한 번 동네를 살살 돌다 보면 나머지도 다 찾게 되겠지……

생각만 해도 청량감이 찾아오는 것 같아서 농협 건물로 돌아가는 길에는 가벼운 콧노래까지 흘러나왔다. 그렇게 모든 게 다 잘 풀리리라고 생각하던 때였다.

부르르르릉~!

엔진 소리다. 잊기도 어려울 것 같은 군용 트럭의 엔진 소리.

어제 도망갔던 그놈들인가?

진우는 다급하게 주변을 둘러봤다.

어디에 숨지? 그런데 왜? 왜 갑자기 또 이리로 오는 거지? 어제 동료를 둘이나 버리고 갔으면 충분히 피를 본 거 아닌가? 혹시 복수를 하러?

아니, 그러기에는 너무 늦다. 전열을 재정비하고 돌아오는 데 열두 시간이나 걸릴 리가 없다. 골목 안으로 뛰어든 진우는 자세를 낮추고 벽에 기댄 채 귀를 기울였다.

부르르릉—

고요하던 작은 마을이 순식간에 시끄러워졌다. 진우는 살그머니 고개를 내밀었다. 두 대, 세 대… 총 네 대의 트럭과 두 대의 레토나가 농협 사거리 안으로 들어온다. 어제 그가 보았던 병력보다 오히려 늘었다. 그리고 온 방향도 반대쪽이다.

"높으신 분들 없을 때 우리도 사제 물건 좀 먹어보자."

어제 그 초소에서 병사들이 나누던 대화가 기억이 난다.

그런가? 어딘가로 행차했던 높으신 분들이 돌아오는 길이었던 건가?

아찔해진 진우는 눈을 질끈 감았다. 자유를 위해 그 개고생을 했는데 여기에서 붙잡혀 탈영병 취급이나 받다가 또다시 누군가의 쓰다 버릴 졸병으로 편입되기는 싫다.

문제는 식료품점과 농협을 잇는 구간에 잔뜩 자빠져 있는 좀비의 시체들이었다. 레토나에 탄 장교들이 이 길을 지나 어딘가로 갔을 때에는 없던 시체 더미.

그 부자연스러운 광경을 보고도 과연 그냥 지나쳐 줄 것인지… 진우는 바짝바짝 타들어 가는 입술을 움직여 작은 목소리로 계속 중얼거렸다.

제발 그냥 지나가라. 좀비 시체, 너희들도 많이 봤잖아. 그냥 눈살 한 번 찌푸리고 지나가 다오…….

끼익―

하지만 브레이크 소리가 울리며 차량들이 멈춰 섰다. 그리고 진우는 의외로 덤덤하게 그 사실을 받아들였다.

그럼 그렇지, 내가 언제 운이 그렇게 좋았다고. 후우~

잡히기는 싫으니 이제 숨어야 한다. 진우는 발소리를 죽여 골목 안으로 조금씩, 조금씩 걸어 들어갔다.

"이 시체들 뭐야? 여기에서 교전이 있었나 본데? 야! 저기 저 죽어 있는 병사 확인해 봐. 저거 우리 애 아니야?"

"야, 빨리빨리 내려!"

정신없이 떠들어 대는 장교와 부사관들, 병사들의 복창과 전투화 소리. 사거리는 순식간에 장날처럼 와자지껄해졌다. 아침나절에 그렇게 무성하던 안개가 그리워진다. 안개 속에 숨어서라면 여기에서 벗어나기도 그리 어렵지 않을 텐데.

"우와~ 쩐다."

"뭐야, 이 새끼야! 뭘 보고 쩐다 만다 멍청한 소리를 하고 있어! 야! 너희 사주경계 똑바로 안 해?"

"중사님, 이 좀비들 말입니다. 전부 대가리에 한 방씩만 뚫려 있습니다."

"여태 좀비가 대가리 뚫려야 죽는 것도 몰랐어?"

"아니, 그런 의미가 아닙니다. 다른 데는 관통상이 없습니다. 대가리만 날린 겁니다."

"…그러면 저격이라는 이야긴가? 저격을 할 만한 데가… 야, 너희! 저 건물 올라가 봐. 그리고 너희! 저 죽은 애 총 어디 있어? 빨리 찾아!"

"소대장님! 저희 중대 애 맞습니다!"

"걔는 왜 죽었어? 엉? 이거 무슨 상황이야? 왜 터널 경비 하던 놈이 여기에 시체가 돼서 누워 있어? 초소에 무전 때려! 야! 걔도 총상 있어?"

"그렇습니다! 아! 실탄도 분실된 것 같습니다!"

고요하던 사거리가 멍청하고 시끄러운 대화들로 가득 메워진다. 정신없이 뛰어다니는 워커 소리. 진우의 마음도 덩달아 다급해졌다. 이제 여기서 잡히면 아군 살해범으로까지 몰리게 생긴 상황이다.

아니야, 이 멍청이들아… 너희 부하들이 군기가 빠져서 소주 가지러 왔다가 좀비한테 물려서 작살난 거라고! 내가 죽인 건 좀비였어, 사람이 아니라!

그렇게 변명을 해봐야 소용이 없을 것이, 그는 지금 이 순간에도 팔목 잘린 좀비의 총을 옆구리에 꽉 끼고 있는 채다.

삐이익—

골목으로 나 있는 창문을 최대한 조용히, 살살 당겨 열었다. 그러고는 얼른 그 안으로 몸을 던져 넣었다.

쿵—

마룻바닥이 조금 울렸지만, 이미 저 바깥의 농협 앞에서는 워낙 시끄럽게들 뛰어다니고 있어서 그 정도쯤의 작은 소리는 들리지 않을 것이다.

"아, 젠장! 하필이면……."

고개를 들자마자 진우의 입에서 탄식이 터져 나왔다. 깨진 유리창, 거기에 범벅이 되어 있는 핏자국, 마루 위에 길게 남은 피의 흔적.

아까 그 집이다. 끔찍한 시체의 모습을 보기 싫어 그냥 외면하고 나왔던 집. 옆집으로라도 갈까… 하고 망설이는데, 골목 안으로 들어온 전투화 소리가 들린다.

저벅저벅, 진우는 얼른 안방으로, 그러니까 말라붙은 피딱지가 길게 라인을 그리고 있는 방향으로 뛰어갔다. 물론 피가 묻지 않은 부분만 골라 디뎠다. 그런 데에 발자국을 남길 만큼 멍청하지는 않다.

쿵, 문을 열고 들어가려는데 뭔가가 걸려 더 이상 밀리지가 않는다. 반응을 보기 위해 한 번 더 세게 밀어 쳤다. 움직임이 느껴지지 않는다. 좀비는 아니다. 진우는 문 사이를 비집고 힘

겹게 방 안으로 들어갔다.

"윽! 내가 이럴 줄 알았지."

문과 벽 사이에 긴 시체를 보며 진우는 인상을 찌푸렸다. 비스듬히 기대앉은 중년 여자의 시체는 어디 한 곳 멀쩡하다고 할 만한 데가 없다.

난자당해 잘리고 베인 상처들은 끔찍하게 벌어져 있다. 피투성이의 몸을 끌고 간신히 집 안으로 도망 온 것인지, 여자의 주위에 다른 발자국은 없었다.

몸 전체 중 부러지고 뒤틀린 손가락과 종아리뼈는 뭔가 크고 무거운 무기를 막으려다가 박살이 난 것으로 보인다. 원망스럽다는 듯 홉뜬 눈과 쩍 벌어진 입은 그 어느 공포 영화의 장면보다 오싹하다. 그녀의 시체에서 가장 끔찍한 점은 머리가 온전하다는 사실이었다. 다시 말해 좀비가 아니었던 상태인데 이렇게 잔혹한 테러를 당한 것이다.

"아… 농협 그 아저씨도 그렇고, 이 아줌마도 그렇고… 이 동네 인심이 왜 이리 흉악한 거야? 왜 멀쩡한 사람을……."

중얼거리며 방문을 닫는 동안에도 진우의 눈은 방 안 구석구석을 훑었고, 머리는 바쁘게 돌아갔다. 옆구리에 식칼이 꽂힌 채 죽은 아줌마의 일은 소름이 끼치도록 유감스럽지만, 일단 그 자신의 운명부터 챙겨야 한다.

이 방에 숨을까, 아니면 다른 방으로 옮길까?

"야! 나 엄호해라! 응? 확실히 해야 한다! 후우~ 후우~"

"네! 아, 알겠습니다!"

대문 밖에서는 병사들이 떨리는 목소리로 역할을 분담하고 있다. 아마 모든 집들을 다 수색하고 다니는 모양이다. 그 겁먹은 목소리가 진우에게 아이디어를 주었다.

몰랐는데 이 방은 꽤 입지가 좋다. 진우는 대문을 열자마자 시각을 압도하는 검붉은 핏자국에 승부를 걸기로 했다. 저 겁먹은 놈들이 그렇게 불길한 기운이 가득한 곳으로 들어올 리가 없다. 그리고 만약 정말 간덩이가 부어서 이 방의 문을 연다고 해도 섬뜩한 비주얼의 아줌마 시체가 그들을 물리쳐 줄 것이다.

하지만 이 각도라면 놈들이 시체를 바로 발견할 수 없는데…….

잠시 고민하던 진우는 오만상을 찌푸리며 시체의 양쪽 겨드랑이 사이로 손을 집어넣었다.

차갑고 뻣뻣하고, 정말이지 엄청난 냄새가 난다. 하지만 진우는 이를 꽉 물고 문과 마주 보는 위치까지 여자의 시체를 끌어내 와 가장 효과적인 자세로 앉혔다. 그러고는 문이 완전히 열리지 않도록 베개 따위들을 받쳐 뒀다. 준비를 마친 진우는 원래 시체가 있던 자리에 서서 숨을 죽인 채 기다렸다.

"으허억!"

대문을 열던 병사가 비명을 지르는 게 들려온다. 고참이 곧바로 타박을 한다. 그의 목소리에도 긴장과 두려움이 가득했다.

"어우, 깜짝이야! 이 새끼! 왜 소리를 지르고 지랄이야! 놀랐잖아!"

"그게 아니고 말입니다! 저 피! 저 피가!"

"어휴~ 씨발, 진짜 좆같기는 하다. 무슨 도살장도 아니고."

두 병사가 더 들어오지 않고 주춤거릴 때, 멀리서 또 다른 누군가가 끼어들어 호통을 친다.

"야! 거기! 뭐해, 이 새끼들아! 제대로 안 해?"

"네, 넷! 들어가고 있습니다!"

등을 떠밀린 병사들의 발소리가 마당을 울린다.

저벅저벅, 들어오는 놈들도 죽을 맛이겠지만, 진우도 심장이 오그라드는 것 같다.

만일의 경우가 닥쳤을 때, 나는 뭘 할 수 있을까?

진우는 입술을 잘근잘근 씹으며 고민했다. 분명히 총구를 앞세워 들어올 테지. 그러면 그 총구를 잡아당기고 그다음 놈을 개머리판으로 후려치고……

그렇게 저 두 놈을 제압하고 뛰어나가면 달아날 수 있을까? 괜히 등 뒤에 총알이 박히는 거 아닌가? 그렇다고 순순히 투항을 하면 나에게는 어떤 미래가 기다리고 있을까?

진우는 자신과 마주 보는 위치의 중년 여자 시체로 시선을 돌렸다. 저 눈, 저 표정. 다시 봐도 정말 섬뜩하다.

제발, 저 시체의 저 끔찍한 모습이 병사들의 발걸음을 되돌리게 해줘야 할 텐데……

"고 상병님, 마루에 핏자국이 깨끗한 걸 보면 말입니다, 이리로는 안 온 것 같지 말입니다?"

"쓸데없는 소리 하지 말고 올라가. 올라가서 저 방 문 열어봐."

"예? 제가 말입니까?"

"그럼 이 새끼야, 너 말고 할 사람이 누가 있어. 빨리 뛰어 올라가."

마루 앞에서는 두 병사가 거의 만담을 하고 있다.

어제 그 터널 경비병들도 그렇고… 이 녀석들, 실전 경험이 거의 없는 모양이다. 어지간히 덜덜 떤다. 좀비들이 몰려오기만 하면 이놈들도 오래 버티기는 틀렸다.

삐거덕, 마루가 울리는 소리. 놈들이 겨우 용기를 쥐어짜서 다가온다.

삐거덕, 삐거덕, 그리고 끼이이익―

문이 아주 천천히 밀려 들어온다. 진우는 숨을 멈춘 채 문과 벽 사이에 몸을 밀착시켰다.

"으아아아아! 어후!"

두 병사가 거의 동시에 비명을 지르고 마당으로 뛰어나간다.

왜 그래? 뭐 찾았어?

외부에서 물어오는 소리가 들린다.

아닙니다! 시체가 있어서 그렇습니다!

대답하는 병사들. 그런 후, 후다닥 발소리가 울렸다. 집 밖으로 나간 것이다.

"너희, 확실히 수색했어? 분실된 개인화기 회수할 때까지 수색 안 끝나!"

"저, 전부 뒤졌습니다! 저기엔 시체만 있습니다. 예전에 죽은 시쳅니다!"

그 말이 별다른 의심을 받지 않았는지, 발소리들이 멀어져 간다. 그리고 옆집 대문이 열리는 소리.

하아아~ 그제야 진우도 참았던 숨을 내쉬었다.

그러나 아직 끝난 게 아니다. 병사들에게 명령을 내리던 목소리는 분명 총을 다 회수하기 전에는 돌아가지 않겠다고 했다. 완전히 빈말 같지가 않다는 게 문제다. 좀 전의 두 녀석보다 겁이 적은 놈들이 다시 이 집을 수색하러 오기 전에 달아나야 한다.

"달아난다고? 젠장, 내가 잘못한 게 뭔데……."

생각하고 보니 억울하다. 자신이 한 일이라곤 저 어리바리한 부대 놈들을 습격하러 올라가던 좀비를 싹 다 잡아 죽인 것뿐이다. 물론 그 과정에서 남의 총을 쓰기는 했지만, 수십 명의 목숨을 구해주고 겨우 총 한 자루를 가져가는 건데, 그게 죄란 말인가.

마음 같아서는 지금 당장이라도 뛰어나가 큰 소리로 외치고 싶은 지경이다.

너희들, 오해하고 있어, 이 멍청이들아!

…뭐, 그건 어차피 실현될 수 없는 일이니까 진우는 상상을 그만두고 현실로 돌아왔다. 먼저 크게 신세를 진 중년 여자의 시체를 향해 눈으로 사과부터 한다.

가뜩이나 괴로웠을 텐데, 마음대로 움직여서 미안합니다…….

그러는 동안 어쩌면 저 사람도, 그리고 그 농협의 아저씨도 비극적인 최후를 맞은 게 오해 때문일지 모른다는 생각이 들었다. 공포에 질린 사람들로부터 좀비로 변할 것이라는 오해를 받아 살해당했을지도… 끔찍하지만 이렇게 미친 세상에서는 충분히 일어날 수 있는 일이다.

자신의 손으로 묻어주고 온 좀비 할머니, 농협의 그 아저씨, 또 이 아주머니까지……. 난 죽어버린 이들에게만 이런저런 말들을 전하고 있구나, 생각하며 진우는 벌어진 문틈으로 바깥을 내다봤다.

텅 비었다. 발소리는 조금 전보다도 더 멀어져서 이제 다음 골목으로 향하고 있었다. 움직이려면 지금밖에는 없을 것 같다.

심호흡을 마친 진우는 살금살금 마루로 나와 조금 전 자신이 들어왔던 창문을 열었다. 그러고는 고양이처럼 소리 없이 골목 위에 내려앉았다.

"야! 건성으로 보지 말고 확실하게 수색해!"

멀리서 들리는 말소리에 저절로 움찔한다. 가슴을 쓸어내린 진우는 자세를 낮추고 뛰었다. 어제 좀비들과 정신없이 뛰어다니기도 했고, 오늘 집집마다 뒤지고 다닌 덕에 동네의 지도가 머릿속에 선명히 그려진다는 게 그나마 다행이었다.

진우는 병사들의 시선을 피해가며 달리고, 숨고, 지름길을 가로질렀다. 마침내 비닐하우스까지 도달했을 때에는 긴장감으로 심장이 터질 것 같았다. 비닐하우스는 어제 그가 잠시 몸을 숨겼던 때와 조금도 변함이 없는 상태로 서 있다. 그가 토해냈던

토사물도, 머리가 터져서 죽은 좀비들도, 그 좀비의 머리에서 흘러나온 뇌수도 그대로였다.

"아, 숨차. 하아~ 하아~ 여기만 오면 토할 것 같네. 무슨 악연이냐."

비닐하우스를 벽 삼아 기댄 채 잠시 숨을 돌렸다. 일단 안전이 확보되자 미련이 생겨난다. 젠장, 마을에 남아 있는 수많은 먹을거리들과 편안한 잠자리, 그리고 끝내 하지 못한 목욕.

아쉬운 것들이 너무 많아서 손으로 다 꼽지도 못할 지경이다. 멀리 뒤쪽에서는 아직도 삼삼오오 모여 다니며 여기저기를 헤집고 소란을 떨어 대고 있다. 그 꼴을 보니, 저놈들 정말 총을 찾기 전까지는 돌아가지 않을 모양이다.

수색 병력이 여기에 도착할 시간도 별로 머지않았다. 비단 그게 아니더라도 이 마을은 오래 머물 곳이 못 된다는 걸 진우는 절실히 깨달았다. 저들이 얼마나 자주 이 길을 지나는지 몰라도, 그때마다 오늘처럼 운 좋게 들키지 않기란 정말 어려울 것이다. 아쉽지만 다 버려두고 가는 게 현명하다.

"진정하자, 진정해. 그래도 좋은 일이 많았잖아."

그래. 진우는 얻은 것에 집중하기로 했다. 방수 점퍼, 물, 음식, 실탄과 총, 그리고 무엇보다도 꼼짝없이 죽었다고만 생각했던 목숨.

뭐, 그 정도면 꽤 괜찮은 거래를 했다고 스스로를 납득시킨 후에 힘차게 고개를 끄덕이고 일어섰다.

배낭에서 물병을 꺼내 입술을 적신 진우는 비닐하우스 둘레

에 쳐진 울타리를 넘어 비탈진 언덕의 나무들 사이로 걸어 들어
갔다.

싸구려 전자시계에 표시된 시간은 오전 11시 51분. 잠시 표
류했던 북쪽으로의 긴 여정이 지금 막 다시 시작됐다.

3

"11시 52분, 새로운 놈들 입장. 우와, 이 새끼들도 장난 아니
게 많은데!"

"음, 이번에는 26분 간격이네. 어디 보자, 11시 52분……."

보안관이 망원경을 통해 저 멀리 망우로 사거리의 상황을 보
고 알려주면, 구구단을 못 외우는 기록원이 그 등장 시간과 앞
행렬과의 간격 따위를 계산해 자못 진지한 표정으로 적는다.

호랑이 담배 피던 시절에 경전철역 옥상에서 번화가를 지나
는 좀비 무리를 관찰하던 때와 거의 다를 바가 없다. 달라진 거
라면 오늘은 신입 대신 어린애 하나가 끼어들었다는 것 정도.

제니 곁에 바짝 붙어 앉아 온갖 애교와 추파를 던지는 데만
열중하고 있던 규영은 좀비가 지나간다는 소릴 들으면 어김없
이 가까이 와서 보안관의 옷깃을 잡아당기며 보챈다.

"나도, 나도 볼래!"

아, 또? 그냥 아까 봤던 거하고 똑같아. 별 차이도 없어… 라
고 귀찮아하면서도 보안관은 망원경을 넘겨준다. 유빈은 손톱
주변의 거스러미를 물어뜯으며 생각에 잠겨 있고, 제니와 태권

소녀는 빗방울이 닿지 않는 구조물 밑에 앉아 그런 남자들의 뒷모습을 물끄러미 바라보고 있다.

그들의 현 위치는 파라다이스 모텔에서 두 블록 정도 떨어진 7층짜리 건물의 옥상. 바로 길가는 아니지만 높이가 있어서 멀리 사거리 너머까지 시야가 확보된다. 그제 보안관 일행이 처음 이곳에 왔을 때 호루라기 소리가 들려왔던 그 장소이기도 하다.

'자식, 어지간히 호기심도 많구만. 하긴 굉장히 오랜만에 바깥 공기를 쐬는 거라고 했지……'

앞으로 몸을 기울인 채 열심히 바깥 구경, 좀비 구경을 하는 규영을 보며 보안관은 자비로운 '큰형 미소'를 지었다. 데리고 나오길 잘했다는 생각이 든다.

길가의 건물로 이동해서 나오기까지 규영을 휠체어째 들고서 비밀 통로를 통과해 두 층을 내려가고, 다시 일곱 층을 올라오느라 몸은 좀… 아니, 상당히 힘들었지만, 그만한 보람이 있지 않은가. 흐뭇해진 보안관은 규영의 머리통을 잡고 장난스럽게 좌우로 휙휙 흔들었다.

탁, 갑자기 발끈한 규영이 보안관의 손을 쳐낸다. 그러고는 원망을 담은 눈으로 노려본다.

어라, 이놈 봐라?

어처구니없어진 보안관은 즉시 쓰다듬던 손의 모양을 꿀밤으로 바꾸어 한 대 콩, 쥐어박았다. 그러고는 물었다.

"왜 까불어? 뭔데?"

선 응징, 후 질문. 애새끼라도 예외는 없다.

"아! 머리 만지지 말라고! 20분 동안 빗고 나온 건데!"

그 말을 하면서도 규영은 황급하게 모자를 벗어 허벅지 위에 올리고 두 손바닥으로 머리카락을 정성껏 펴서 붙인 다음, 구레나룻을 쭉쭉 잡아당겨 제비 꼬리처럼 만들어 댄다.

"야! 비가 이렇게 오고 모자까지 썼는데 그게 네 생각처럼 스타일이 유지될 것 같아? 아까 벌써 다 흐트러졌지. 그리고 누가 본다고 그래? 아무도 네 머리 모양 안 봐!"

"안 보긴 왜 안 봐? 자기네들이 거지꼴을 하고도 창피한 줄 모르니까 남들도 다 그런 줄 아나!"

"거지꼴이라니! 이 셔츠도 제니가 직접 골라준 거야, 뭘 알고 말해!"

"웃기시네! 꿈에서나 그랬겠지. 제니 누나가 잘도 그렇게 촌스러운 걸 골랐겠다. 레드 카펫 시선 강탈자인데!"

그렇게 항변하는 동안에도 규영의 시선은 제니를 슬금슬금 돌아보았다. 그리고 그때마다 매번 황홀한 표정을 짓는다.

좀비의 출현 시간과 규모, 간격, 시야 밖으로 사라진 시간 따위를 다 적고 나서 삼식이가 대화에 참전했다.

"근데 얘 테라에 대해서는 안 물어보고 용케 꾹 참네? 저렇게 연예인을 좋아하면서."

"흥, 그깟 빈유 로리, 어디서 뭘 하든 무슨 상관이야? 관심 없어."

규영은 과장되게 팔짱까지 끼어가며 입술을 삐죽 내민다.

"죽었어."

헉, 규영은 깜짝 놀라 삼식이를 돌아봤다. 관심이 없는 게 아니었던 모양이다. 삼식이는 무표정한 얼굴로 덧붙인다.

"그러니까 제니 앞에서 개 이야기 꺼내지 말라고."

시무룩해진 규영이 머리를 숙인 채 고개를 끄덕인다. 그리고 잠시 후, 다시 제니를 돌아보며 연극배우의 독백처럼 중얼거렸다.

"아직도 우리 곁에 남아 있는 아름다운 것들을 보자. 그리고 행복해지자."

"뭔 소리야, 뚱딴지같이?"

보안관이 물었다. 가만 보니 이놈도 꽤나 또라이 기질이 보인다.

"안네 프랑크의 말이야. 힘들 때마다 되새기면 용기가 생겨."

"그래, 용기 많이 생겨라. 그것도 나쁠 거 없지. 근데 반말 찍찍 싸지 말고 존댓말 좀 써. 애새끼가 좀 굽히고 들어오는 맛이 있어야 귀여워해 주지."

"가슴을 펴라. 스스로 허리를 굽히는 자는 억압 받을지니… 마틴 루터 킹. 나는 존경하는 사람한테만 존댓말을 쓸 거야. 나이로 벼슬하던 시대는 이제 끝났어."

보안관과 삼식이가 얼굴을 마주 봤다. 어이가 없다.

뭐지, 애들 보는 만화에서 막 튀어나온 것 같은 이 새끼는?

보안관이 물었다.

"너 몇 살이야? 설마 초딩이냐?"

"덩치가 작다고 얕보지 마! 엄연한 중학생이다! 그것도 2학년!"

중2… 아아, 그랬구나.

모든 것이 이해가 된다. 세 친구 모두 고개를 끄덕였다. 이놈을 이기기란 쉽지 않을 것 같다.

"이젠 형들하고 잘 노네요? 역시 남자끼리라서일까요?"

멀찍이 떨어져서 보안관, 삼식이, 규영이가 투닥거리는 걸 보고 제니가 흐뭇한 미소를 지었다. 줄곧 말없이 생각에 잠겨 있던 태권소녀가 무겁게 입을 열었다.

"미안해."

"네?"

"어제 많이 힘들었지? 처음이라 좀 무서웠어. 그러면 안 되는 거였는데."

"아, 처음엔 다 낯설고 그러니까요. 오빠들한테 물어보세요. 저도 처음에 얼마나 자주 울었는지 몰라요. 만날 긴장해서 눈치 보고."

"어휴~ 불쌍하게……."

제니를 돌아보는 태권소녀의 표정에는 진심 어린 동정이 뚝뚝 묻어난다. 제니는 당황스러워서 두 손을 내저었다.

"아니에요, 불쌍하긴요. 오히려 전 진짜로 운이 좋았던 건데요. 지금도 그렇고요."

"오늘부터는 규영이랑 방 따로 쓸게. 그러니까 너 혼자 고생하지 말고 나눠서… 나눠서 짊어져."

으응? 이거, 어째…….

둘이 서로 전혀 다른 주제에 대해 이야기하고 있던 것 같다. 제니는 눈을 가늘게 뜨며 물었다.

"언니… 그… 뭘 나눈다는 말이에요?"

"그렇게 무덤덤한 척하지 않아도 돼. 다 알아. 어젯밤에도 계속 남자들이 문을 열고 들락거리는 소리 들었어. 교대하자 어쩌고 하면서 역겨운 소리 하는 것도. 후~ 지금까지 매일 그랬을 테지…….

아, 또 그 이야기구나. 좋은 오빠들이라고, 걱정하는 그런 일 없을 거라고 했는데도…….

하긴 믿기 어려운 이야기이긴 하다. 제니는 쓴웃음을 지었다.

"그거 완전 오해예요, 언니. 저기 저 오빠랑 저 키 큰 오빠가 교대로 복도에서 밤새도록 서성거린 건 맞는데요, 그냥 버릇처럼 보초를 선 거였어요. 저 오빠들, 저한테 손끝도 대지 않았어요, 어젯밤은 물론이고, 지금까지 단 한 번도."

"그럼… 그, 너는 저 고릴라가 독점했던 거야? 대장이랍시고?"

"아아뇨~! 그것도 아니에요. 보안관 오빠도 마찬가지예요. 그냥 저를 귀여워하고 아껴주는 거지, 성적인 뭔가를 요구한 적은 한 번도 없어요. 정말 단 한 번도! 언니에게도 마찬가지일 거구요. 어제 제가 장담할 수 있다고 했잖아요."

이번에는 태권소녀가 눈을 가늘게 뜨며 의심이 가득한 시선으로 제니를 본다.

"…그 말을 믿으라고? 성욕이 없는 것도 아니고, 당장 저 멀대만 해도 경순이 언니랑 같이 잤다는 걸 우리 둘 다 알고 있는데. 그런데 너를, 다른 사람도 아니고 너를 그냥 뒀다고? 보름이 넘도록?"

"경순이 언니랑 삼식이 오빠는 억지로 한 건 아니었잖아요. 둘이 서로 갑자기 전기가 찌리릭 통했으니까. 제 생각에 저 오빠들은 뭐랄까, 세상이 이렇게 되어버려서 오히려 더 조심하는 것 같아요. 강박적일 정도로요."

흠, 다시 침묵 모드로 들어간 태권소녀는 빗속에 서 있는 세 남자를 다시 한 번 뚫어져라 쳐다봤다.

그녀는 사람의 호의라는 것을 믿지 않았다. 원래부터 그랬고, 좀비 세상이 온 후에 훨씬 더 불신하게 되었다가 조금 나아지는가 싶었지만, 이틀 전 검은 헬기가 왔을 때 아주 입장이 확고해졌다. 사람은 기대를 배신한다.

"네 말이 사실이라고 해도 그건 또 그것대로 힘들었겠네. 언제 저놈들이 돌변해서 덤벼들지 모르니까 지금도 계속 불안이랑 싸우고 있어야 하는 거잖아."

제니는 뒤로 기대앉으며 오빠들에게 시선을 두었다. 보안관과 삼식이가 번갈아가며 규영이를 쿡쿡, 찔러 대고, 유빈은 그모든 상황이 다 귀찮다는 듯 옆으로 자리를 피한다.

불안? 저 오빠들에게?

제니의 입가에 미소가 번진다.

"음, 불안이라… 그러네요. 생각해 보면 분명 그런 적도 있었는데, 이제는 아니에요. 지금 당장 흥분해서 달려든대도 하나도 안 무서워요."

"무슨 말이야? 왜 무섭지가 않아?"

"정말… 좋아하게 됐으니까요."

태권소녀는 이해할 수 없다는 표정으로 제니와 세 남자를 번갈아 봤다.

정말 좋다고? 저 거지 같은 꼴의 지독한 땀 냄새 풍기는 놈들이? 왜?

그녀가 뭔가를 더 물으려 할 때, 보안관이 큰 소리로 말을 걸었다.

"야! 네 동생 존댓말 좀 하라고 해! 내가 이런 애새끼한테 사사건건 반말 들어야겠냐?"

엉덩이를 툭툭, 털고 일어나 다친 발을 절룩이며 빗속으로 걸어 들어간 태권소녀가 방수 재킷의 후드를 올렸다. 그러고는 보안관에게 물었다.

"그래, 안 그래도 서열 정리는 해야 할 것 같았는데… 이참에 하자. 너희 몇 살이야?"

"스물일곱 살이다!"

바지춤에 손을 넣어 긁적거리고 있던 삼식이가 한 치의 망설임도 없이 태연한 표정으로 대답했다.

어? 예상했던 것보다 고령이라 태권소녀가 주춤한다.

태권소녀는 잠시 유빈을 위아래로 훑어보더니, 이내 고개를 끄덕인다. 물론 유빈이 발끈했다.

"내 얼굴 보고 납득하지 마! 그리고 삼식이, 너도 뻥치지 말고! 우리 스물하나야. 너는?"

당연히 동갑이거나 한 살 어릴 거라고 생각했다. 키는 제법 크지만 피부나 짧은 커트머리를 볼 때 딱 그 또래로 보인다.

훗, 태권소녀가 콧방귀를 뀌더니 같잖다는 듯 말했다.

"스물셋! 두 살이나 차이 나네? 그러니까 누나라고 불러."

세 친구의 눈빛이 교차한다. 누나라고 하기 싫다. 지금도 저렇게 사람을 깔보는데, 거기에 호칭까지 더해지면 아예 종놈 다루듯 하고도 남을 계집애다. 호칭은 관계를 규정한다.

하지만 어쩌지? 저 바보 같은 유빈이 새끼가 이미 나이를 까버렸으니……

그때, 보안관이 아주 유치하지만 효과적인 대응법을 생각해냈다.

"민증 까!"

"뭐?"

태권소녀의 눈살이 찌푸려진다. 효과가 있다.

"서열 정하자며? 서열 정리할 때 기본 아니냐? 민증부터 보고 얘기해야지."

"하, 진짜 유치해서. 이 난리가 났는데 지갑 가지고 다니는 사람이 어딨어?"

"오, 지갑을 잃어버렸구나? 아쉽게 됐네. 그럼 못 믿는 거지, 뭐."

"내 나이, 규영이가 알아. 쟤는 내 신분증도 본 적이 있고."

태권소녀가 새로운 공격 방법을 찾아냈다. 증인으로 채택된 규영이 놈은 당연히 고개를 끄덕인다.

이건 뭐라고 반박해야 되지?

보안관이 망설이고 있을 때, 삼식이가 물었다.

"근데 지금 모텔에 남은 신입 알지? 걔가 스물넷이야. 나도 이력서에서 걔 생년월일 다 봤어. 그럼 너부터 당장 돌아가서 걔한테 오빠라고 할 거야? 그러면 우리도 누나라고 부르는 거 생각해 볼 수 있어."

신입 오빠 나이 그렇게 많았어요?

제니가 옆에 앉은 유빈에게 소리 죽여 묻는다.

아니, 그럴 리가. 걔, 우리보다 한 살 많은데 첨 일하러 왔을 때부터 말 놓으라고 제 입으로 그랬어. 그냥 삼식이, 저 미친놈이 뻥 치는 거야.

유빈은 고개를 저으며 귀엣말로 알려줬다. 하지만 이 구라를 기반으로 한 공격이 의외로 먹혀서 태권소녀가 얼어붙었다.

그 멍청하게 생긴 놈…….

고릴라 뒤에 숨어서 계속 상스러운 말을 하던 놈에게 오빠라고 할 수는 없다. 그녀의 혼란을 읽은 삼식이가 승리의 미소를 지었다.

"너도 싫지? 왜인 줄 알아? 네 마음속에서 상대를 존중하는 마음이 안 드니까 그런 거야. 한 살, 두 살 차이? 그게 뭔데? 나이로 벼슬하던 시대는 이제 끝났어!"

삼식이는 조금 전 중2짜리에게서 배운 말을 그대로 써먹고, 보안관은 그 사실이 들통날까 봐 얼른 규영의 입을 막는다. 유치하기가 하늘을 찌를 것 같다. 틱틱거리고 있던 세 사람의 나이 전쟁이 갑자기 중지된 것은 좀비들의 포효 때문이었다.

그라아아아―

저 멀리서 들려오는 좀비들의 울음소리에 보안관과 삼식이, 그리고 규영이는 재빨리 거리가 보이는 난간을 향해 이동했다.

아차차차, 지금 시간 12시 45분. 야, 저거… 안쪽으로 벌써 꽤 많이 들어와 있는데, 이거 시간 어떻게 하지? 한 2분 빼고 적을래?

보안관과 삼식이는 다시 망원경과 매직펜을 들었고, 규영이는 옆에서 참견을 한다. 갑자기 끊긴 논쟁 때문에 아직 열이 다 식지 않은 태권소녀에게 유빈이 다가가며 살갑게 불렀다.

"누나~"

태권소녀는 자기도 모르게 움찔하며 뒤로 물러났다.

징그럽다. 노숙자 같은 외모로 느물거리며 다가오는 저 얼굴이, 저 찐득한 말투가, 게다가 셋 중에서는 제일 별 볼일 없어 보이는 놈이라서……

그녀의 반응을 보며 유빈이 빙긋 웃는다.

"그것 봐. 부담스럽지? 너도 아직 준비가 안 됐잖아. 저기… 호칭 문제도 그렇고, 존댓말도 그렇고, 어차피 시간이 좀 필요할 거야. 일단 좀 더 가까워지자. 같이 살아남는 게 우선이니까."

태권소녀를 달랜 유빈은 친구들이 있는 곳으로 뛰어간다. 그런 남자들의 뒷모습을 보며 빙글거리던 제니가 태권소녀의 옆구리를 툭, 치며 웃었다.

"후후, 이제 제 말을 알겠죠, 언니? 정말로 매력적인 오빠들 맞죠?"

그 순간, 태권소녀는 두 가지 사실을 깨달았다. 첫째, 제니라는 아이의 웃는 얼굴은 TV에서보다 실제로 가까이에서 보는 편이 백만 배는 더 예쁘다는 것. 둘째, 자신의 새 일행들은 다들 나사가 하나쯤 빠져 있다는 것. 특히 뇌 쪽의 나사가.

"이번 건 좀 규모가 작았네."

벌써 꼬리 부분이 상봉역을 지나친 좀비들의 행렬을 보며 보안관이 중얼거렸다. 좀비들은 이제 거꾸로 매달린 중년 사내의 시체를 스쳐 가고 있다. 자연히 세 친구의 시선도 거기에 꽂혔다.

총에 맞아 거시기가 날아간 남자……. 총! 총이 기억난 보안관이 손뼉을 치며 물었다.

"맞다! 너희 총 있었잖아? 그거 어디 뒀어?"

"이젠 총알이 없어. 그래도 필요해?"

태권소녀가 귀찮다는 듯 되물었고, 이번엔 유빈이 대답했다.

"빈총인 줄 모르는 사람 상대라면 요긴할 수도 있겠지. 너희가 우리 겁줄 때처럼."

"너희 보니 별로 겁먹는 것 같지도 않던데. 하여튼 총은 저 골목 중간쯤에 있을 거야. 들고 있던 애가 헬리콥터 내려오는 거 보고 신이 나서 휙 던져 버리더라. 뭐, 나도 굳이 줍지 않았고. 이젠 힘든 거 다 끝났다고 생각했으니까."

검은 헬기에게 손을 흔들고 기뻐하던 그 상황이 떠오르자 태권소녀의 미간에는 또 가느다란 주름이 생겼다. 유빈은 두 번째 질문을 던졌다.

"아까 아침 먹을 때, 우리한테 너희는 무슨 실수를 저질렀느냐고 물었잖아? 그 말을 돌려서 생각하면 여기에 있던 너희들 일행도 뭔가 실수를 했고, 그것 때문에 힘들어졌다는 뜻이잖아. 그렇지? 그 실수가 뭐였어?"

"후… 너희는 정말 궁금한 것도 많구나. 게다가 내가 기억하기 싫은 것들만 골라서 물어보는 재주도 있고. 뭐, 어쩌겠어. 눈치 없는 놈들한테 항복했으니 내가 참는 수밖에……."

태권소녀는 이마에 손가락을 짚고서 가볍게 한숨을 내쉬었다. 그러고는 몇 미터 떨어진 곳에 앉아 있는 규영을 물끄러미 바라보다가 목소리를 낮춰 말을 이었다.

"…그때도 나였어."

"응? 무슨 소리야, 나였다니?"

"우리들이 실수를 한 게 아니라, 내가 문제를 일으킨 거였다고. 그제 헬리콥터를 붙잡아놓고 모텔로 아이들을 부르러 갔던 것하고 똑같이 내 잘못 때문에 사람들이 죽었다는 말이야."

"언니, 그건 언니 잘못이 아니라니까요. 그런 상황에서 그렇게 군인처럼 보이는 사람들이 물어보면 다들 일행이 어디 있는지 말할 거라고요. 저라도 당연히 기다려 달라고 했을 거예요."

제니가 달래봐도 태권소녀의 기분은 별로 나아지는 것 같지 않았다. 하지만 그녀는 가끔 깊이 한숨을 쉬면서도 자신의 실수가 무엇이었는지 설명을 해줬다.

"너희는 애초부터 다섯 명이 전부였다고 했지? 우리는 아니었어. 훨씬 많았다고. 저기 보이는 저 주상 복합 상가에 갇혔다가 밖으로 나와서 음식을 찾고, 허술하기는 해도 안전한 곳을 구할 때까지⋯ 정말 힘들었고, 정말 많이 죽었어. 게다가⋯ 너희도 알겠지만, 죽었다는 게 정말로 죽는 게 아니잖아. 저것들에게 물리면 똑같이 좀비처럼 변하니까. 바로 조금 전까지 우리랑 함께 싸우다가 상처 입은 사람들의 머리를 부숴야 했어. 친한 사람이든, 낯선 사람이든 모두 다 말이야. 가까웠던 사람에게 그 짓을 해야 할 때의 그 기분은 정말⋯ 겪어보지 않으면 몰라."

거기까지 말하고 태권소녀는 또다시 규영을 돌아봤다. 거리가 꽤 되는데도 자신의 목소리가 혹시 들리지는 않을까 걱정하는 것 같았다.

규영이 여전히 보안관과 삼식이 사이에서 좀비들에 집중하고 있는 것을 확인한 태권소녀가 말을 계속했다.

"이제는 조금 안전해졌다 싶었을 때, 내가 고집을 피웠어. 우리랑 함께 싸우던 사람들을, 그것도 가장 앞서서 싸우다가 당한 사람들을 저렇게 길바닥에서 썩게 놔두면 안 되는 것 아니냐고. 물론 내 말에 반대하는 사람도 있었지만, 장사를 지내주자는 쪽이 더 우세했어. 그래서 화장을 하기로 했지. 하~ 그런데 막상 화장을 하려고 보니까 적당한 장소가 별로 없더라. 아무 건물에나 불을 붙였다가는 큰불로 번질 것 같고, 길에는 차들이 잔뜩 서 있으니 더 위험하고. 그래서 고른 게 저 뒤쪽, 길 건너 삼거리에 있는 주차장이었어. 거리나 다른 조건들이 다 맞았지. 죽은 사람들을 모아서 쌓고 불을 질렀는데, 정말 잘 안 타더라. 끔찍해서 못 볼 수준으로 훼손만 되고… 계속 불이 꺼지는 걸 막기 위해서 잘 탈 만한 걸 끼워 넣고 기름을 잔뜩 부었어. 그랬더니 그날 밤……."

"좀비들이 왔군요."

제니가 떨리는 목소리로 말하자 태권소녀가 고개를 끄덕였다.

"그래, 맞아. 그전까지는 상상도 못했을 만큼 잔뜩 몰려왔지. 일부는 갇혔고, 우리는 도망쳤어. 갇힌 사람들은 아직도 저기에 있고, 나를 원망하면서……."

태권소녀가 가리킨 것은 처음 보안관 일행을 유혹해서 이곳으로 끌어당긴 코스트코였다. 유빈과 제니도 뭔가 새로운 것을 대하는 심정으로 코스트코의 정문을 바라봤다.

강화유리 문을 들이받던 좀비들, 보안관이 후딱 죽여 버리자고 말했던 바로 그 좀비들이 이 태권소녀의 일행이었을 수도 있다는 말이다.

으~ 이상한 기분이 들어 유빈은 얼굴을 찌푸렸다. 태권소녀가 상념에 젖어 코스트코를 바라보고 있을 때, 새로운 좀비들이 또 대로 위로 밀려 들어왔고 보안관이 다가와 물었다.

"하루에 열댓 번 정도 지나간다고 했지? 그게 총 몇 덩어리가 그 짓을 하는 거야?"

"뭐? 무슨 말이야?"

보안관이 너무 앞뒤 잘라먹고 묻자 태권소녀가 한 번에 이해를 못한다. 유빈도 궁금했던 사실이어서 보충 설명을 했다.

"그러니까 쟤 말은 하루 동안 열댓 개의 덩어리가 이 앞을 지나간다고 했는데 그게 전부 다른 놈들인지, 아니면 같은 놈들이 몇 번씩 도는 건지, 그걸 묻는 거야."

"…모르겠는데? 매일 망을 보는 것만으로도 지쳐서 그런 건 생각도 안 해봤어. 그게 중요해?"

"나름 중요하다면 중요하지. 예를 들어서 서너 그룹이 네 바퀴를 도는 거라면 그렇게 큰 원을 그리지 않는 거잖아. 그러니까 이 근방 어딘가가 활동 반경이라는 말이고, 만약에 전부 다른 놈들이 하루에 한 번만 이 앞을 지나는 거라면, 엄청 멀리까지 빙~ 둘러보고 온다는 거니까. 게다가 얘들이 어떤 방향으로 회전하고, 어떤 방향에서 진입해 여기로 오는지 이런 것들까지도 다 알아두면 나쁠 게 없는 정보지. 우리는 전에 있던 데에서 그런 걸 알게 된 덕에 먹을 것도 구하고 했었거든."

유빈의 이야기가 굉장히 신선했는지, 태권소녀는 듣는 내내 놀랍다는 반응이었다. 하긴 애초에 삼식이가 여자 좀비를 알아보지 않았더라면 그들 역시 좀비 덩어리를 하나하나 구분한다는 발상 자체를 못했을 것이다.

멀어져 가는 좀비들의 뒷모습을 보며 잠시 생각에 잠겨 있던 태권소녀가 도저히 이해할 수 없다는 표정으로 물었다.

"저렇게 수천 마리씩 몰려다니는데 어떤 게 어떤 건지 구분을 할 수 있다고? 무슨 줄을 맞춰서 움직이는 것도 아니잖아. 차 사이로 막 들어가고 자빠지기도 하고, 뒤섞이고… 그런데 딱 보고 있으면서 '아, 저건 몇 번째 놈들이구나. 아까 몇 시쯤에 지나갔었지!' 이런 식으로 알아볼 수 있다는 말이잖아, 지금. 그게 정말로 가능해?"

그녀의 말을 듣고 나서야 유빈도 상황이 번화가 쪽과는 많이 달라졌다는 걸 깨달았다. 여기에 비하면 그곳에 돌아다니던 좀비들은 규모가 거의 10분의 1 수준에 불과했고, 또 그룹의 수도 몇 개 안 됐으니까.

게다가 번화가와 달리 이 앞 대로에는 시선을 가리는 장애물이 너무 많다. 그룹을 특정하기 위해 점찍어둔 좀비를 발견하지 못할 수도 있을 거다.

그렇구나, 거기랑 여기는 다르네. 변수도 너무 많고…….

상념에 젖었다가 갑자기 자신감이 사라진 유빈은 구원을 찾듯 삼식이를 돌아봤다. 좀비가 사라진 시간을 열심히 적으면서 유빈의 시선을 느낀 삼식이가 고개를 젓는다.

"아니, 아니, 무리야……. 쟤들은 지금 너무 상태가 안 좋아. 다 썩어서… 이젠 정말 어디가 입이고 어디가 코인지도 잘 분간이 안 될 지경이잖아. 저걸 어떻게 알아봐. 번화가 때처럼 원래부터 잘 알던 애가 있는 것도 아니고. 제일 중요한 문제가 뭐냐면, 얘가 한 말처럼 너무 많아. '내가 점찍은 애 여기 있나?' 하고 망원경으로 하나씩 쫓다 보면 그사이에 벌써 다 지나가 버릴걸? 에이~ 그럼 나 이거 지금 괜히 적고 있는 거야, 유빈아?"

매직으로 시간을 적어둔 플라스틱 쪼가리를 흔들며 삼식이가 물었다. 원래부터 시크했던 태권소녀의 시선이 아주 한심한 놈을 대할 때의 그것으로 바뀌어 머뭇거리는 유빈을 주시하고 있다.

멍청한 놈, 어디서 되도 않을 소리를 잘도 지껄였던 거잖아…….

입술을 움직이지 않는데도 그녀의 생각이 고스란히 전달되는 것 같은 기분이다. 난간에 기대 좀비 행렬의 끝을 다 지켜본 보안관이 입을 연다.

"그건 그렇고, 너희들 나름 대단했는데? 저렇게 계속 좀비들이 틈을 주지 않고 돌아다니는데 용케 그만큼 음식을 챙기고, 비밀 통로도 만들고, 모텔도 청소해서 치우고, 그런 일들을 다 했다? 어차피 이 골목에도 좀비들이 꽤 많이 돌아다녔을 것 아니야? 그러면 걔들도 다 잡아 죽였으니 지금 안 보이는 걸 테고. 그 생각을 하면 더 아쉽네. 모텔에 모아놓은 음식이나 물건들 보니까 그냥 구조니 뭐니 바라지 말고 너희들끼리 살았어도 충분했을 것 같던데."

"충분하다고?"

태권소녀가 어처구니없어 하며 되물었다.

응. 충분하지 않아? 그만큼이면…….

보안관은 순진한 표정으로 긍정한다.

훗, 쓴웃음을 지은 태권소녀가 말했다.

"대체 몇 명이 며칠 동안 지내기에 충분하다는 거야… 우린 스물세 명이었어. 한 사람이 물을 2리터만 쓴다고 해도 하루에 50리터씩이 없어져. 2리터라니까 많이 쓰는 것 같지? 그중에서 세수하고 양치하는 데 쓸 수 있는 건 한 컵도 안 돼. 물티슈로 몸을 닦고, 고양이 모래에 볼일 보고, 빨래 같은 건 생각도 안 하는데도 그만큼이 들어가는 거야. 상상해 봐. 하루 만에 커다란 음료수 캔 박스 여섯 개 분량씩이 사라지는 거야. 1.8리터 생수라면 여섯 개짜리 묶음이 다섯 개씩 없어지는 거고. 그런데도 충분하다고? 우린 매일 아주 느린 속도로 죽어가고 있다고 생각했었어. 좀비들은 점점 더 늘어 더 가까이까지 행진을 하고 있고, 인철이 같은 미친놈들은 자꾸 몰래 숨어 들어와서 불을 지르고 도망가고. 이 근처에서 손에 넣을 수 있는 마실 것들은 다 긁어왔는데도 겨울은커녕 가을도 넘기기 어려울 정도밖에는 안 됐으니까. 이젠 너희도 그 문제에 대해 아주 진지하게 생각해 봐야 할걸?"

태권소녀는 비장한 말투로 보안관에게 일장 연설을 했다. 이 이야기를 다 듣고 나면 이 어리바리한 고릴라도 조금 겁에 질리게 될 거라고 생각하면서.

하지만 보안관과 유빈은 그다지 큰 심경의 변화가 없는 것처럼 태평한 표정으로 열심히 듣기만 한다.

육 곱하기 일점팔에다가, 에… 또 오를 곱하면…….

손바닥에 손가락으로 글씨를 그려가며 태권소녀가 말한 셈법을 확인하느라 잠시 뜸을 들이던 보안관은 계산이 끝났는지 고개를 들었다. 그러고는 태권소녀의 눈을 보며 별거 아니란 듯 말했다.

"그건 걱정 안 해도 돼. 내가 어제 뭐랬어? 우리가 먹었던 거다 갚아준다고 했잖아. 일단 저기 보이는 코스트코부터 털자. 그러면 그걸로 가을 날 수 있고, 그다음 다른 대형 마트를 또 털면 겨울 나겠지. 그럼 되는 거 아냐?"

미쳤구나, 자신만만하게 떠드는 보안관을 보면서 태권소녀는 생각했다.

이놈… 뇌까지 다 근육이었어.

"너 어린애냐? 코스트코를 털고, 그다음엔 다른 마트를 턴다고? 야! 생각을 하고 좀 말을 해! 여기서 코스트코가 빤히 내려다보이는데도 그래? 저 유리문 안에 좀비가 우글거려! 너무 많아서 몇 마리나 되는지도 몰라! 네가 싸움을 좀 잘한다고 해서 저 많은 걸 다 죽일 수 있다고 생각해? 허풍도 적당히 쳐! 계획도 없으면서! 계획이 있어?"

"계획? 없는데?"

하하하하, 보안관의 순진한 반응이 너무 어처구니가 없었는지 태권소녀는 소리를 내서 웃었다. 그러고는 다시 그 특유의 깔보는 눈빛으로 돌아와 보안관을 향해 말했다.

"큰소리치는 용기는 재미있었어. 하지만 계획이 없다면 난 너희랑 같이 못 움직여. 하하… 어처구니없다, 정말. 잠깐이지만 기가 막힌 방법이라도 있나 기대했던 내가 바보지."

"아! 기가 막힌 방법, 그건 말이지……."

보안관은 여전히 느긋한 표정으로 곁에 서 있던 유빈의 어깨를 확 끌어안아 당겼다. 그러고는 말했다.

"이제부터 얘가 생각할 거야."

"웅, 이제부터 이 머리에서 나올 거예요."

제니도 환하게 웃으며 기름과 먼지로 떡 진 유빈의 머리를 쓸어준다. 그때까지 한쪽에서 계속 규영이와 놀고 있던 삼식이도 힐끗 고개를 돌려 중얼거렸다.

"맞아, 개가 계획을 짤 거야. 걱정하지 마."

뭐지, 이 분위기는?

태권소녀는 어리둥절해져서 유빈을 바라봤다. 몇 개의 시선이 한꺼번에 자신에게 집중되자 유빈은 쑥스러워 어쩔 줄 몰라 하고 있다.

비에 젖은 머리에서 땟국이 주르륵 흘러내리고, 먼발치에서도 개 냄새를 풀풀 풍기는 얘가? 도대체 얘가 뭔데?

몇 번을 다시 봐도 어제 자신에게 맞아 거품을 물고 정신을 못 차리던 그 약골 맞다. 어쩔 줄 몰라 하며 '너! 너! 너!' 따위의 외마디 소리만 외치던 그놈. 신뢰가 생기지 않는다.

"아니, 아니… 애들이 과장하는 거야. 저기, 그냥 며칠 동안 생각을 좀 해볼게. 좀 쉽고 안전한 방법이 있을지. 그렇게… 너무 기대를 하고 있으면 부담스러운데."

유빈이 손을 내저으며 말을 더듬거리자 태권소녀는 바람 소리가 날 정도로 홱 돌아서며 차갑게 내뱉었다.

"기대 같은 거 안 해. 네 꼴을 보고 있으면 네가 나라고 해도 그럴걸?"

4장
광기와 폭력

1

"오후 두 시부터 주차장 사용 금지합니다! 산책하시는 분들 들어가 주십쇼! 흡연하시는 분들도 그거 빨리 마저 피우시고 체육관 내부로 이동해 주십쇼!"

경비병들이 목청껏 외치며 건대 쉘터의 넓은 주차장을 돈다. 빗물이 뚝뚝 떨어지는 처마 밑에서 멀리 자신의 집 쪽 하늘을 보고 있던 임수정도, 군인들에게 함박웃음을 지으며 애교를 부리던 가희도, 담배를 피우던 기동이도 모두 쫓겨 들어가야 했다.

나흘에 한 번씩, 오후 세 시에 공식 보급품이 배달되기 때문에 그 한 시간 전부터는 주차장에 민간인 출입을 금하고 있다.

촤악, 민간인들이 사라진 주차장에는 군인들이 뛰어다니며 정신없이 대형 천막을 세우고, 발판으로 삼을 팔레트를 넓게 깔며 보급품을 적재하기 위한 준비를 한다.

이렇게 비가 올 때면 준비 과정도 더 복잡하고 번거로워진다. 세종대 방향에서 진행되던 가로수 제거 공사도 잠시 중단하고, 그 인력을 여기에 투입할 만큼 중요한 일이다. 나흘치의 살림이 걸린 문제니까 그렇다.

"그… 참, 여기 책임자도 고집이 세단 말이죠. 우리 신도들이 도와드리겠다고 몇 번을 제안했는데 어쩌면 그렇게 번번이 호의를 거절하는지. 덕분에 저 젊은 군인 친구들만 배로 고생을 하는 거잖습니까? 쯧쯧쯧."

창가에 뒷짐을 지고 서서 군인들의 작업을 지켜보던 이요섭이 한심하다는 듯 혀를 찬다. 그러게요, 이 대표님 말씀이 백 번 지당하십니다. 곁에 선 육만배는 건성으로 맞장구를 쳐줬다.

육만배에 의해 교인 대표로 추대된 이래, 이요섭은 줄곧 우쭐해져서 이젠 제법 건방도 떨 줄 알게 되었다. 한마디로 완장에 행복해지는 멍청이다.

'확실히 내가 사람 하나는 기가 막히게 보지.'

아래턱을 쭉 내밀고 위엄을 가장하는 이요섭의 옆모습을 보며 육만배는 생각했다. 이놈은 허수아비로 꽤 쓸 만한 재목이다. 신념과 자부심을 가진 차별주의자보다 잔인해질 수 있는 놈은 별로 많지 않다. 게다가 기꺼이 똥물을 뒤집어쓰고도 오히려 그걸 자랑스러워할 놈이다. 그러니 사람들에게 욕먹을 만한 일을 할 때에는 당분간 이 멍청이를 앞세워 진행하면 된다. 유효 기간이 다할 때까지는.

"빨리 움직여! 저거 치워둬!"

두 시 반이 넘은 시점부터 쉘터 내 군인들의 움직임은 더 분주해지고, 장교들의 지시 사항도 늘었다.

"이 녀석들아! 여기에서 박스 글씨가 다 보인다! 저걸 가린 거라고 한 거냐? 장막으로 잘 덮고, 그 앞에 둘 정도 서 있어!"

부사관들의 지적에 따라 병사들은 주차장 한쪽 구석에 쌓인 과자와 음료수 박스 앞에 국방색 드럼통들을 세워 가리고 그 위로 두꺼운 캔버스 천을 덮었다.

장막이 비바람에 들썩이지 않도록 끈으로 고정까지 한 뒤, 병사들은 마치 주요 군사시설이나 되는 양 근엄하게 그 앞을 막아선다.

쓰레기통 안에 들어 있던 쓰레기와 재활용품들은 모두 수거된 뒤 철책으로 연결된 근처의 건물에 버려지고, 빈 박스들은 차곡차곡 접혀 별도로 보관되었다.

병력을 함부로 동원해서 사제 물건을 털어 오는 행위는 위험하니까 금지한다는 게 국방부 공식 명령인지라, 타 부대 사람이 올 때는 그걸 준수하는 흉내라도 내야 한다. 주차장에서 어슬렁거리며 산책하던 사람들까지도 불러들이고, 체육관의 문을 닫아 수용자들을 통제하는 것도 이런 준비의 일환이었다.

혹시라도 아무 생각 없는 민간인이 우리는 간식도 많이 먹었다거나 하는 식의 이야기를 흘리면 귀찮아진다. 내부가 보일 여지를 차단하기 위해 모든 유리에는 다 두꺼운 커튼을 쳤다.

넓은 주차장을 구석구석 돌며 바람에 날아다니는 빈 라면 봉지까지 싹 다 수거하자 건대 쉘터에서 사제 물건의 흔적이 깨끗이 지워졌다. 이제 비로소 보급품을 받을 준비가 끝난 것이다.

"어휴, 참. 매번 때마다 이게 뭐하는 짓인지……."

판초 우의까지 걸치고 급하게 준비와 위장을 병행하느라 땀을 뺀 병사들은 땀과 빗물을 훔쳐 내고 게이트 앞에 도열해 섰다. 그러나 투덜거리면서도 그들의 얼굴에는 묘한 자부심이 자리하고 있다.

이렇게 부산을 떨어가며 민간인들에게 과자 한 봉지라도 더 주는 일들과, 그들이 내민 그 작은 사제 물건 꾸러미를 받으며 민간인 수용자들이 보여주는 미소가 그들 모두를 뿌듯하게 만들기 때문이다.

― 칙, 보급 차량 들어옵니다. 치익.

인근 건물의 옥상에 배치되어 도로를 감시하고 있던 저격조가 무전으로 알려오자 인수 담당자인 박 소위는 뒤쪽을 돌아보며 다시 한 번 준비 상황을 점검했다.

10여 분 뒤, 자동차 엔진 소리가 가까워지고 장갑차, 5톤 트럭 두 대, 급수차, 그리고 다시 장갑차의 행렬이 게이트 앞에 멈춰 섰다. 예정 시간보다 30분 이상 지연되었지만, 흔한 일이다. 좀비들이 철책 인근을 지나가면 놈들의 행렬이 다 돌아나갈 때까지 기다렸다가 이동해야 하기 때문이다. 안 그랬다가는 매일 피 말리는 교전을 벌여야 한다. 그러다 보면 철책을 매일 교체

해야 하는 수고와 위험이 더 늘어날 뿐이다.

"게이트 열어."

박 소위의 명령을 받은 초소 경비병들이 철책으로 된 문을 당겨 열고, 지그재그로 설치해 둔 바리게이트를 한쪽으로 접어 길을 텄다.

장갑차가 양쪽으로 벌려 정차하고, 트럭들은 다시 철책 사이로 50여 미터를 더 전진한 후 멈춰 선다.

"아, 오느라고 수고 많았다."

트럭에서 내려 물품 목록을 전달하는 소위에게 박 소위가 인사를 건네며 어깨를 두드렸다. 육사 동기이고 막역한 사이다. 보급 소대장이 파일을 내민다.

"늦었다. 많이 기다렸지? 자, 여기 목록. 확인해."

"좀비들이 많이 돌아다니는 모양이네?"

"아, 점점 양이 느는 기분이야. 도저히 시간에 맞춰 올 수가 없어."

박 소위가 목록을 점검하는 동안 쉘터의 경비병들은 내리는 빗속을 정신없이 누비며 트럭에서 보급품을 하적하고 주차장 중앙에 각을 맞춰 쌓았다.

수용 민간인만 350명. 거기에 중대 병력과 50여 명에 달하는 재소자들을 더하면 총 600명이 넘는데다 계속 잠실 쉘터로부터 생존자들이 유입돼 불어나고 있는, 나름 큰살림이라 나흘에 한 번씩 지급되는 물품들도 양이 꽤 된다.

7,200인분의 식재료, 보잘것없는 몇 종류의 간식, 비누와 비

상약, 콘돔, 그리고 각종 소모품들, 시멘트와 모래, 철책, 거기에 탄약과 전차용 연료, 쉘터의 심장이라 할 수 있는 두 대의 군용 방음형 130㎾ 발전기 연료까지… 모두 하적해서 천막 아래에 쌓는 동안 급수차는 주차장 뒤쪽으로 돌아 들어와서 비상용 물탱크에 호스를 연결하고 펌프를 돌려 물을 공급했다.

"매번 네가 진짜 고생 많다. 자, 한 대 피우자. 그런데 시멘트 부탁한 건 왜 소식이 없어?"

목록 확인을 마친 박 소위가 보급 소대장에게 담배를 권하며 묻는다.

"응? 시멘트 가져왔는데? 저기 스무 포대."

"아니, 저렇게 찔끔찔끔 장난치는 거 말고, 레미콘으로 두 대 보내 달라고 한 지가 언제야?"

"그거야… 아이구, 야, 내가 무슨 힘이 있냐? 나는 그저 지정해 준 물품, 지정된 수용소로 가지고만 오는 계급이잖아. 너 몰라?"

끄응~ 박 소위는 답답해지는 마음을 담배 연기에 담아 뿜어 버렸다. 이놈의 국방부는 도대체 일선의 요구 사항을 적극적으로 반영해 주는 법이 없다.

이곳에 수용소를 건설할 때 입지 선정부터도 그랬고, 지금도 계속 원하는 물품을 지원해 주지 않는다. 한 번 보급 물품이 정해지면 거기에서 토씨 하나도 틀리지 않으려는 것 같다.

레미콘 두 대를 부탁한 이유는 자꾸 좀비들이 출몰하는 세종대 방향 도로에 아예 높이 3미터 이상의 장벽을 쌓기 위해서였다. 자동차들을 끌어다가 받치고 기둥을 박으면 꽤나 오래 버텨줄 텐데, 그걸 도무지 지금 받지 못하고 있다.

"저기, 이거는 너 근무 없을 때 너희 애들이랑 살짝 기분만 내. 중대장님이 꼭 전해 주라고 하시더라."

박 소위가 옆에 놓아뒀던 군용 배낭을 들어 건네자 보급 소대장이 히죽 웃는다.

"이거, 또 그거냐?"

"그래. 생존자 수색하던 중에 발견해서 징발한 거니까… 알지? 소문 내지 말고."

군용 배낭을 슬쩍 열어본 보급 소대장이 고개를 끄덕인다. 안에는 종이로 둘둘 만 수입 양주 두 병이 들어 있다. 박 소위는 젖은 담배를 뻑뻑 빨며 다시 부탁을 했다.

"아무것도 아닌 걸로 생색내자는 건 아니고, 우리 시멘트 꼭 필요해. 그러니까 네가 눈치 보다가 윗분들 기분 좋을 때 한 번이라도 더 부탁 좀 해주라. 동기 좋다는 게 뭐냐? 아, 그리고 벌집탄! 그것도 좀 더 필요한데."

"벌집탄이고 뭐고, 중화기나 전차 포탄은 점점 귀해져서 요즘 구경하기도 힘들어. 아예 우리 창고에도 비축 분량이 거의 없어."

"그건 또 뭔 소리야? 포탄 없이 어떻게 싸우라고?"

"모르지. 아직 공장에서 제조하는 게 수요를 못 따라오나? 하여튼 그래. 벌집탄은 입고가 되는 대로 가지고 올게. 그리고……."

보급 소대장은 길 건너편의 수감자 숙소를 돌아보고 나서 은밀한 목소리로 물었다.

"너희는 저 새끼들 무슨 말썽 없었어?"

"왜? 무슨 사고라도 있었다는 투네?"

"아, 있었지. 그것도 보통 사고가 아니라 꽤 큰 사고였어. 그… 성수동 1쉘터에서 저 새끼들 몇 놈이 오랫동안 모의를 한 거야. 그러던 어느 날… 작업하다가 한 새끼가 연장을 잘못 놀려서 옆 새끼 발목을 찍었네? 물론 찍힌 새끼는 그 일당이 아니었고. 여튼 발목이 작살났으니 오죽 소리를 지르고 살려 달라고 빌었겠냐? 그래서 걔 실어 내오려고 경비병들이 철책 열고 들어가는데… 다친 놈 지혈한다고 붙잡고 있던 새끼들이 홱 돌아서서 여기를 푹!"

보급 소대장은 자신의 목젖을 가리키며 혀를 내둘렀다.

"그래서 그 경비병들이 죽었다는 말이야?"

"걔네만 죽었으면 그나마 나았을 텐데, 걔들 피 흘리고 쓰러진 사이에 개인화기 탈취해서 난사하는 바람에 여럿 전사했어. 물론 그 새끼들도 총 들고 튀는 거 뒤에서 다 사살했고. 두 놈인가 다리만 관통되고 살아남았는데, 뭐… 어떻게 됐겠어? 애들이 눈이 돌아가서 아주 해부를 한 모양이야. 그걸 또 민간인이 봐 버려서 비명을 지르고… 하여간 거기는 그 개새끼들 때문에 여러 사람 인생 골치 아파졌더라고. 에휴~ 쓰레기 같은 새끼들… 너희도 신경 바짝 써. 거기 모의했던 새끼들도 사고 치기 직전까지 아주 순한 양처럼 굴었다더라고. 경비 보는 애들 방심하게 만들려고 말이야. 야, 가야겠다. 중대장님께 잘 마시겠다고 전해 드려."

보급품을 모두 부린 트럭들이 장갑차의 호위를 받으며 떠나고 난 뒤에도 박 소위의 귓가에는 조금 전 전해 들은 이야기가 떠나지 않고 빗소리와 함께 울리며 반복된다.

"쓰레기 같은 새끼들. 너희도 신경 바짝 써. 그 개새끼들 때문에 여러 사람 인생 골치 아파졌더라고."

공포와 증오가 한데 뒤섞여 이성을 마비시키는 바람에 논리적으로 당연히 던졌어야 할 질문은 아예 뇌리에서 지워졌다. 왜 그 수감자들은 굳이 그런 위험을 감수하면서까지 좀비들이 점령한 도시 속으로 탈출하려 했던 것인지, 그 이전에 그들을 위험에 내몰거나 부당한 처우를 한 적은 없는지, 그들이 목숨을 걸도록 내몬 심각한 문제는 없었는지 같은 질문들은 박 소위에게 중요하지 않았다.

그에게 가장 절실하게 와 닿은 것은 그저 자신의 신념과 공명하는 단 한마디, '쓰레기'였다. 박 소위는 도로 너머 철책 사이로 보이는 파란색 외출복의 수감자들을 빤히 노려보았다.

빗속에 다시 작업에 투입될 준비를 하러 나온 수감자들은 기가 죽고 지쳐서 다들 구부정하게 걷고 있었지만, 그마저도 박 소위의 눈에는 불량스럽게 보인다.

보급품 트럭이 떠나고 난 뒤, 쉘터의 가용 병력은 둘로 나뉘었다. 강 소위는 주차장에 남아 정리를 하고, 박 소위가 인솔하는 병력은 능동로 북쪽에서의 작업을 지원하기 위해 이동했다.

현재 그들이 진행하고 있는 작업은 어린이대공원 방면으로 조금씩 영역을 넓혀가서 철책으로 바리게이트를 설치하는 일이다.

왜 그렇게 귀찮은 짓을 사서 하고 있는지 최대한 간략하게 정리하자면, 좀비들이 점점 더 멀리까지 나다니고 있기 때문이다. 이유는 알 수 없지만, 처음 쉘터와 그 주변에 철책을 구축할 때보다 좀비들의 활동 반경이 훨씬 넓어졌다. 게다가 그 수도 비교할 수 없을 만큼 늘었다. 이대로라면 몇 주 내로 쉘터가 놈들에게 포위당할 게 분명하다.

이럴 때 선택할 수 있는 방법은 세 가지다. 첫째는 좀비들의 진행 방향을 피해 다른 곳에 쉘터를 마련하는 것. 이건 현실적으로 곤란하다. 쉘터라는 게 아무리 허술하게 세워진다고 해도 육, 칠백 명이 머물 숙소 하나를 새로 만드는 게 여간 까다로운 일이 아니기 때문이다. 또 만약 그게 가능하다고 해도 상부에서 보급로나 기타 계획을 수정해 줘야 하는데, 그런 일은 애초에 기대하지 않는 게 좋다.

두 번째 선택지는 다가오는 좀비들을 원거리에서 모두 섬멸해 버림으로써 위험 발생의 가능성을 미연에 방지하는 것이다. 첫 번째 선택지보다는 가능성이 높지만, 이것 역시 녹록하지 않은 일이다.

그렇게 하려면 네 방향에서 각각 중대 이상의 규모 병력이 쉬지 않고 외곽으로 돌며 좀비 무리들을 찾아 소탕해야 할 것이다. 즉, 지금보다 다섯 배 이상의 화력을 유지할 수 있을 때 가능한 작전이다.

결국 남는 건 하나뿐이다. 기존의 철책보다 더 먼 곳까지 진출해 새로운 방호벽을 쌓고 거기에 막힌 좀비들이 방향을 바꿔주기를 기대하는 것인데, 이건 현재 건대 쉘터의 부족한 인력만으로도 어찌어찌 도모해 볼 수 있을 것 같았다.

그래서 문형식 대위는 가장 빈번하게 좀비 무리들이 출몰하는 능동로 북쪽부터 차단벽을 설치하기로 했다. 이 작업이 완료된 후, 그다음 블록을 아예 날려 버린다면 쉘터의 북쪽에 커다란 성을 쌓는 것만큼이나 효과가 있을 것이라는 판단이었다.

이 일의 가장 큰 난점은 역시 6차선 도로를 가득 메운 채 세워져 있는 자동차들을 이동시키는 데 있었다. 한강에서 건대까지의 이동 경로는 대량의 탱크가 동원되어 뚫어냈지만, 그 너머의 영역은 여전히 처음 좀비 사태가 일어났던 7월 14일과 별반 다르지 않은 상태로 방치되어 있다. 버려진 자동차들은 두 가지 문제를 안겨준다.

첫째, 당연한 것이지만 도로를 차지하고 있어서 아군 이동 시의 기동력과 수송 능력을 현저하게 저하시킨다.

둘째, 좀비들이 달려들었을 때, 그것 자체가 일종의 방어벽이 되어 아군의 명중률과 생존 가능성을 낮춘다.

할 수 없이 문 대위는 이 버려진 자동차들을 인도 위까지 끌고 가 상가 건물에 완전히 밀착시켜 세운 뒤 고정시키고, 거기에 와이어와 시멘트 구조물을 더해 도로의 절반가량을 완전히 봉쇄하는 계획을 세웠었다. 좀비들이 숨어들 여지를 아예 차단하려는 것이다.

하지만 거기에 반드시 필요한 대량의 시멘트를 지원 받지 못해 어쩔 수 없이 계획은 수정되어야 했다. 수정된 계획은 차량을 일렬로 밀착시켜 아예 그것만으로 도로를 차단하는 벽을 만드는 것이다. 아쉬운 대로 그 정도만 해둬도 좀비들이 저격을 피해 그린 존, 즉 안전 지역까지 침투할 가능성을 획기적으로 낮출 수 있다.

물론 모든 일을 오로지 인력으로만 해내야 하기에 시간과 노동력이 더럽게 많이 필요한 작업이다. 게다가 늘 긴장을 하게 만드는 일이다.

근방을 완전히 정화한 것이 아닌지라 불시에 출몰하는 소규모 좀비들이 언제 어느 골목에서 불쑥 튀어나올지 모르기 때문이다. 하지만 얌전히 손 놓고 기다리다가 좀비 밥이 되고 싶지 않으려면 꼭 해야만 한다.

쿠르르르르룽~ 쿠르르르~

2중의 철책으로 된 게이트가 열리면 가장 먼저 K—2 흑표 전차가 전진한다. 미리 갓길 쪽으로 밀어둔 차량 사이를 헤치고 400여 미터를 전진한 전차는 현재 작업 현장인 구의사거리까지 진출해서 광나루로 위에 멈춰 섰다.

어린이대공원역의 남쪽 끝이라 할 수 있는 이 사거리에 방벽만 제대로 구축해도 안심하고 운신할 수 있는 영역이 몇 배나 넓어진다.

"자, 나갑시다."

탱크의 시야 내에 좀비가 없다는 것을 확인한 경비병이 내부의 게이트를 열었다. 비를 고스란히 맞으며 대기하고 있던 파란 옷의 수감자들은 물이 질퍽하게 고인 도로 위로 발을 내디뎠다.

철책 좌우, 양쪽 끝의 사대에서는 네 명의 병사가 그들의 움직임을 감시하고 있다. 수감자 50여 명 중 소지를 담당하고 있는 다섯을 제외한 45명이 외부 게이트 앞에 줄을 맞춰 서고, 작업반장으로 지목된 수감자가 보고를 마쳤다. 작업이 시작되기 전, 주임 원사가 다시 한 번 당부의 말을 했다.

"에, 뭐… 이런 때에 서로 만나 가지고 이런 일을 하게 돼서 고맙기도 하고, 유감이기도 하고… 뭐, 그렇습니다. 오늘은 비도 오는데 참 여러모로… 저희가 마음대로 여러분을 풀어드릴 수는 없어요. 또 워낙에 인력이 없다 보니까 이렇게 일을 부탁하지 않을 수도 없고요. 다만, 한 가지 약속할 수 있는 거는, 그거는 뭐냐면, 작업하시는 동안에 안전, 그거 하나는 최선을 다해서 지켜 드리겠다는 거예요. 저희 중대장님 성격 아시죠? 훌륭하신 분입니다. 그러니까 그분 믿고 일하시면 됩니다. 저기 저 군인들이 잘 지키고 있으니까 너무 무서워하지 마시고요. 네. 지금 벌써 시간이 꽤 됐는데 모쪼록 사고 없이 오늘 작업도 마무리 잘하십시다."

주임 원사가 인사를 마쳤다. 이미 네 시가 넘은 시각. 빈말이 아니라 마음 같아서는 정말 이렇게 궂은날 한나절쯤은 쉬게 해주고 싶다. 하지만 이 작업은 시간이 성패를 가를지도 모른다.

하루 쉬면 그만큼의 할 일은 고스란히 남는 것이고, 막상 좀비가 들이닥쳤을 때 반나절의 시간을 벌기 위해서는 어떤 희생을 감수해야 할는지는 예측이 불가능하다. 그러니 하루도 그냥 마음 편히 거를 수가 없다.

수감자들에 앞서 외부 게이트의 문을 열고 나간 병사 넷이 재빨리 50여 미터 앞으로 뛰어가 도로 양끝의 가로수를 기둥 삼아 레이저 와이어를 걸었다.

위아래 두 겹으로 쳐둔 이 허술한 임시 철책이 도로 위에서 작업을 진행해야 하는 수감자들에게는 그래도 생명줄처럼 심리적 안정을 준다. 좀비들이 달려든대도 최소한 저 철조망을 넘을 때까지는 시간을 벌 수 있다. 그 아주 작은 보험이 그들을 작업에 몰두할 수 있게 해주는 것이다.

"자, 시작하자!"

작업반장의 말이 끝나자마자 외부 게이트를 열고 나간 재소자들은 두 무리로 갈라져 각자 자신이 맡은 일을 하기 시작했다.

자동차조의 작업은 멈춰 선 차들의 문을 열고 여러 방법을 동원하여 그걸 도로 끝까지 밀고 가 나란히 세우는 것이고, 혹시 모를 사고를 예방하기 위해 도로 반대편으로 간 가로수조는 도끼와 톱 따위의 연장을 이용해 가로수를 잘라낸다.

"차! 지나갑니다!"

문을 뜯고 기어를 바꾼 자동차를 대여섯 명씩 달라붙어 밀고 지나가는 동안, 잠시 멈췄던 도끼질이 다시 시작됐다. 그렇게 도로 끝자락에서부터 쉘터 가까운 방향을 향해 수감자들은 자동차를 옮기고 가로수를 베어냈다.

그들이 작업하는 동안 게이트 안쪽에서는 라이트를 비춰준다. 다섯 시까지는 그 평화로운 리듬이 지속되었다.

— 치이익, 본 망에 대기 중인 본부 예하 통사 수신 바람. 당소, 광나루사거리 경비 중인 흑표. 당소, 광나루사거리 경비 중인 흑표. 아홉 시 방향에서 좀비 접근 중. 추정 규모 삼 이상, 넷 가능. 현재 거리 오공공.

17시 12분. 사거리에서 날아든 무전 때문에 게이트 경비대의 얼굴에 잠시 긴장의 기운이 돌았지만, 체육관 3층의 중대 본부로부터 작업 중지 명령까지는 내려지지 않았다. 수없이 많은 좀비들의 무리가 매일 어지럽게 얽혀드는 사거리에서 작업을 진행하고 있는 만큼, 그 정도의 일로 멈춘다면 하루 작업 가능 시간이 채 두 시간이 못 될 것이다.

대규모 좀비 떼가 100여 미터 근처까지 접근해 왔다가 방향을 틀어 이동하는 일은 자주 있어왔다. 가장 가까이 왔던 놈들은 60미터 전방까지도 접근했던 적이 있다.

하물며 이건 500미터 이상 떨어진 놈들이니 별문제가 되지 않을 거라 생각했다.

"당소, 중대 본부. 당소, 중대 본부. 대기 중인 흑표 수신 바람. 관측 지속하여 둘공공 내로 접근 시 즉각 벌집탄 사용하라. 귀소, 입감되었는지?"

체육관 3층에서는 흑표에게 포격의 재량권을 부여했다. 흑표에서 곧바로 응답이 돌아온다.

— 당소 흑표, 감명도 삼삼으로 양호하고, 포격 명령 확인했다. 보고 과정 생략하고 실행에 옮기겠다. 치익.

이제 상황은 명확하게 정리됐다. 만약 좀비들이 200미터 범위 이내로 접근하면 사거리를 지키고 있는 흑표가 벌집탄을 발사해서 광범위 살상을 하고, 그 후까지도 생존한 놈들을 K6 기관총과 7.62㎜ 동축 기관총을 이용해 사살할 것이다.

첫 포성이 들려왔을 때, 그 소리를 신호로 삼아 작업자들을 귀환시켜도 그들이 게이트 내로 퇴각할 만큼의 시간은 충분히 확보된다. 일단 K-2 전차가, 그리고 사거리에 쳐둔 레이저 와이어 철책이 좀비들의 접근을 지연시켜 줄 것이므로 시간이 모자라지는 않는다.

더 먼 거리에 있을 때부터 공격을 하지 못하는 이유는, 그렇게 하는 것이 끝없는 소모전으로 이어질 수밖에 없기 때문이다. 보이는 대로 좀비들을 모두 다 죽일 수는 없다.

포탄과 탄약도 소모품이지만, 탱크의 포신도, 기관총의 총열도 모두 소모된다. 위협이 될 만큼 근접해 오지 않는 놈들까지 모두 상대하기에는 화력도, 장비도 너무 부족했다.

쿵— 쿵—

자신들의 운명이 지금 얼마나 아슬아슬한 상황 위에 있는지 모르는 수감자들은 바로 그 순간에도 아름드리 가로수의 밑동을 향해 힘차게 도끼질을 하고 있다. 오늘의 두 번째 가로수가 넘어가기 직전이다.

2

한편, 흑표의 포수는 계속 긴장을 유지하며 조준경을 통해 다가오는 좀비들을 주시하고 있었다. 왕복 6차선 도로의 버려진 차량들 사이로 부패한 시체들이 걸어온다.

목표물로 지정된 맨 앞줄 좀비와의 거리는 느리지만 꾸준하게 줄어들고 있다. 400, 370, 330, 280…….

포수는 방아쇠에 손가락을 걸었다. 오늘 이놈들은 어째 그냥 지나갈 것 같지 않다. 조준경에 표시된 숫자는 또다시 깎여 나가고 있다. 230, 210… 그리고 200.

"거리 둘공공! 발포합니까?"

포수가 물었다. 전차장은 K6 기관총의 손잡이를 꽉 쥐며 승인했다.

"때려!"

투웅―

둔중한 발사음과 함께 벌집탄, 정식 명칭 대인 화살탄. 현재 그들 중대가 보유하고 있는 최고, 최강의 대좀비 살상 무기가 K―2의 120㎜ 주포에서 발사되었다.

포신을 빠져나가자마자 시한신관이 작동을 하고 탄체가 분리되면서 내부에 빼곡하게 갇혀 있던 8,000여 개의 소형 금속 화살들이 방출되었다.

방출된 금속 화살들은 순식간에 19도 이상의 각도로 확산된다. 자동차, 가로수, 간판, 건물의 유리창, 그리고 좀비들……. 도로 전체에 있던 모든 것이 일시에 관통되면서 기묘한 울림이 만들어졌다.

파파악―

비록 한 개의 무게가 8그레인에 불과하지만, 음속을 돌파하는 속도가 화살에 사람의 두개골을 관통할 만큼의 파괴력을 부여했고, 수십 개의 관통상을 일시에 입은 좀비들은 장풍에 맞은 것처럼 뒤로 날아가 떨어진다.

이 무기가 가진 가장 탁월한 장점은 주변을 불바다로 만드는 일반 포탄과 달리 뒷감당을 걱정해 가며 쏘지 않아도 된다는 데 있다. 단, 자동 장전 장치에 넉넉하게 탄약이 채워져 있기만 하다면…….

그러나 그렇게 우수한 무기임에도 불구하고 명중시켜 사살한 좀비의 수는 수십 마리에 불과했다. 나머지 수천 개의 화살들은 가로수와 자동차에 무수한 홈집을 만들어냈을 뿐이다.

이것이 문형식 대위가 그토록 가로수와 자동차 제거에 열중하는 이유였다. 시가전을 벌일 때, 가로수와 자동차는 좀비들을 위한 훌륭한 방패고, 병사들에게는 통곡의 벽이다.

그라아아아악―

지형지물로부터 지원을 받아 살아남은 좀비들이 크게 울부짖으며 K―2를 향해 달려온다.

"후진! 속도는 20. 벌집탄 한 번 더 때려!"

명령을 내린 전차장이 K6 기관총의 장전 레버를 당기려 할 때였다. 우측의 광진 광장 숲이 흔들리는가 싶더니, 거기에서도 좀비들이 뛰어나오기 시작했다.

그 방향에서의 접근은 처음 있는 일이었다. 거리도 아홉 시보다 훨씬 가까워서 채 30미터도 안 된다.

젠장, 이게 무슨! 더 위험한 건 이쪽이었는데 엉뚱한 곳에 신경이 팔려 있던 건가!

당황한 전차장의 얼굴이 파랗게 질렸다.

투웅―

상황을 모르는 포수는 또 한 번 아홉 시 방향을 향해 벌집탄을 날렸다. 수십 대의 차량 유리가 박살 나고, 수십 마리의 좀비가 그야말로 벌집처럼 꿰뚫린 채 고꾸라졌다.

"후진 속도 올려! 포탑 우로 돌려! 회전각 60! 7.62㎜ 전방 사격해!"

미친 듯이 명령을 내린 전차장은 양손으로 K6를 꽉 잡고 방아쇠를 당겼다. 특별히 겨냥을 한 것도 아닌데 십자가 모양의 조준경 안에는 보름달만큼이나 커다랗게 보이는 좀비들의 얼굴이 몇 개나 들어 있다.

텅텅텅텅텅텅― 텅텅텅텅텅텅!

12.7㎜탄이 난사되자 좀비들의 사지가 뚝뚝 떨어져 나가고 놈들의 몸은 종잇장처럼 너덜너덜해져서 뒤로 나뒹군다. 게이트를 기준으로 아홉 시 방향을 향해 퍼부어지는 동축 기관총도 끊임없이 수많은 좀비들의 몸통과 머리를 꿰뚫고 터뜨렸다.

하지만 양방향에서 몰려오는 좀비들을 피하기 위해 전차가 후진하면서 작업을 하던 수감자들의 가장 큰 보험은 사라져 버렸다.

"히에에엑~! 사람 살려!"

자동차를 밀고 있던 수감자들과 나무 베기를 하고 있던 수감자들 모두가 총소리를 듣자마자 비명을 지르며 뒤로 돌아 뛰었다. 탱크가 빠져나가 버린 사거리의 빈 공간에는 그 빗발치는 총알들 사이를 용케 헤치고 나온 좀비들이 덮쳐오고 있다.

투투툭― 투투툭―

작업 현장 북단을 지키고 있던 네 명의 경비병은 레이저 와이어에 접근하려는 좀비들을 향해 삼점사를 갈겼다.

그롸아아아―

그 모든 저항에도 불구하고 첫 번째 좀비가 몸을 날려 레이저 와이어를 덮친다.

카랑― 캉, 캉!

레이저 와이어가 흔들리는 소리와 함께 놈의 얼굴과 복부, 팔다리가 철조망에 얽혀들며 가죽이 찢기고 살점이 벌어졌다.

투투툭― 투투둑―

얼굴이 와이어에 잘려 나가면서도 발버둥을 치고 기어오르려던 좀비의 머리통에 5.56㎜탄이 쏟아졌다.

파바박―

빗물이 고인 도로 위로 좀비의 뇌와 뼛조각들이 튄다. 그 뒤를 이어 제2, 제3의 좀비들이 또다시 몸을 날렸다.

"게이트 열어!"

그 네 명의 경비병을 지원하기 위해 외부 게이트를 열고 나온 대기조가 길가에 세워진 승합차 문을 연다. 이런 경우를 대비해서 배터리도 갈고 기름도 채워둔 차량이다.

부우우웅~

네 명의 병사를 태운 승합차가 400미터 전방을 향해 달려 나갔다. 도망쳐 오던 수감자들은 돌진해 오는 승합차 때문에 도로가로 몸을 피했다.

"빨리 들어와요! 빨리! 빨리!"

게이트 경비병들이 달려 들어오는 수감자들을 향해 재촉의 손짓을 한다. 하지만 그들이 달려와야 하는 거리는 300미터가 넘는다.

헤에엑~ 헤에엑~ 수감자들은 숨을 헐떡이며 미끄러운 도로 위를 열심히 뛰었다. 자동차를 밀어놓으러 갔다가 오는 바람에 맨 뒤로 처진 대여섯 명의 그룹이 중간 지점을 넘어섰을 때, 뿌드드드득— 엄청난 소리와 함께 커다란 가로수가 쓰러지며 그들을 덮쳤다.

조금 전, 가로수 베기조가 열심히 도끼질을 하고 줄을 잡아당겨서 넘어뜨리기 직전이었던 바로 그 나무다. 그저 우연이라고 치부해 버리기에는 너무 끔찍한 일이었다.

"으아악!"

쿵—

높이 10여 미터. 멋대로 가지가 뻗은 커다란 가로수가 곁에 주차되어 있던 자동차를 박살 내고 튕긴 뒤, 다섯 명의 수감자를 동시에 깔아뭉갰다.

아름드리 몸통에 직격을 당한 수감자는 그 자리에서 즉사했고, 나뭇가지에 머리를 맞은 두 명은 아스팔트에 내동댕이쳐지며 정신을 잃었다. 그리고 나머지 두 사람은 나무와 지면 사이에 다리가 끼어 비명을 내질렀다.

"아아아악! 끄으으으~!"

부러진 다리가 주는 고통보다 좀비들이 몰려오는 도로 위에서 꼼짝없이 갇혀 움직일 수 없다는 사실이 더 끔찍하게 부상자들을 압박한다.

이이이익! 이익! 수감자들은 이를 악물고 몸을 빼내보려 애를 써보지만, 그 정도로 빠져나올 수 있을 만큼 가볍지가 않았다.

"도, 도와줘! 살려줘!"

깔린 두 사람은 뒤쪽으로 몸을 뻗으며 필사적으로 외쳤다.

투타타타타— 투투투투—

멀리 광나루로 쪽에서는 계속해서 총성과 좀비들의 포효가 들려온다. 살아 있어도 산 게 아니다.

"이런 썅! 염병!"

소리에 놀라 뒤를 돌아본 작업반장이 욕설을 퍼부으며 멈춰섰다. 그리고 그 곁에서 달리던 다섯 명의 수감자도 그와 함께 돌아섰다.

잠시 망설이던 수감자들은 왔던 길을 되짚어 달려가 자빠진 나무에 달라붙었다. 이때까지만 해도 이 나무가 그렇게까지 무거울 것이라고는 생각하지 않았다. 만약 알았더라면 애초에 뒤돌아서지도 않았을 것이다.

"거기 당겨! 우리가 들어볼게! 위로 들어!"

각각 한 사람씩 두 명이 깔린 사람들을 잡아당기고, 작업반장을 포함한 나머지 넷은 나무 사이에 손을 넣고 용을 썼다.

으으웃! 으웃! 혈관이 터질 것처럼 힘을 줘봐도 가로수는 도무지 들리지 않고, 당겨지는 부상자들은 고통에 비명을 질러 댄다.

하지만 이렇게 도와주러 온다는 것이 얼마나 고마운 일인 줄 알기에 다리가 끊어지는 것 같은 아픔을 느끼면서도 끝끝내 '그만~' 이라고 외치는 이는 없었다.

"한 번 더! 셋에 맞춰서! 하나! 둘! 셋! 으아아아압!"

작업반장이 아무리 머리를 써보고 나머지 다섯 사람이 호흡을 맞춰도 자빠진 가로수는 꿈쩍을 않는다. 온몸의 에너지를 극도로 짧은 시간에 모두 소진한 여섯 수감자는 가쁜 숨을 몰아쉬었다.

하아~ 하아~ 씨발, 이거는 안 돼, 이 방법은……

작업반장의 입에서 그런 말이 새어 나오자 깔려 있는 두 부상자는 눈물을 흘리며 비명을 질렀다.

"안 돼! 제발! 가지 마요! 제발!"

"좀 닥쳐, 이 새끼들아! 누가 버리고 간댔어? 허억~ 허억~"

빗물과 섞여 흐르는 땀을 닦아낸 작업반장은 고개를 들어 멀리 사거리 쪽을 힐끗 살폈다.

승합차를 옆으로 대놓고 철망을 향해 총을 난사하는 병사들과 원래 그 자리를 사수하던 경비병들이 열심히 싸우고는 있지만, 레이저 와이어에 걸린 좀비들과 그 너머에서 달려오는 좀비들의 수가 워낙 많다.

비관적이다. 서둘러야 한다. 좀 더 솔직히 말하자면, 달아나고 싶다. 하지만 지금 곁에 서 있는 다섯 놈의 증인, 이것들이 나중에 자신에 대해 동료를 버리고 온 놈이라는 평판을 말할까봐 그것이 두렵다.

다섯 수감자도 역시 도망은 가고 싶었다. 하지만 작업반장의 지시를 어겼다가 나중에 어떤 후환을 입게 될지 몰라 발이 묶여 있는 것이다. 폭력범인데다가 장기수였던 터라 작업반장에게 두려움을 느끼는 수감자들은 많았다.

끄으으으~ 기절해 있던 사람들의 입에서 신음 소리가 흘러나온다. 워낙 죽은 듯이 뻗어 있고, 찢어진 머리에서는 피가 철철 흘러나오고 있어서 당연히 죽었다고만 생각했다.

이런 젠장, 수감자들은 어쩔 줄 몰라 하며 쓰러진 사람들의 고개를 들어 올린다. 끄으윽~ 그래도 정신을 차리지 못한다. 난감하다. 이제 할 일이 또 늘었다.

"비켜봐! 이것 좀!"

작업반장이 바닥에 내던져져 있던 도끼와 톱을 들고 와서 다른 수감자들의 손에 쥐어 주자 깔려 있던 부상자들이 겁에 질려 두 손을 휘젓는다.

"자르지 마세요! 안 돼! 제발!"

뭐? 영문을 몰라 하던 작업반장은 1초 늦게 그 말의 의미를 이해하고 고개를 저었다.

"미쳤냐, 너희? 다리 자르겠다는 게 아니야! 야! 저기 앞에 가서 이걸로 가지를 바투 잘라! 저거! 저거 무게라도 줄여야 해. 너! 너는 이걸로 저기 받쳐 줘. 날을 안쪽으로 해서 최대한 깊이 넣어봐!"

그렇게 말한 작업반장은 자신도 톱을 주워 들고 나무에 달려들어 녹색 나뭇잎이 무성하게 달린 가지들을 잘라내기 시작했다.

쓱싹쓱싹, 톱질이 가해질 때마다 나무가 가볍게 들썩거렸고, 그 진동은 깔려 있는 사람들의 다리에 고스란히 전달된다.

끄으으으~! 으으으! 부상자들은 손가락으로 아스팔트 바닥을 긁으며 고통을 참아내려 애를 썼다. 도끼날을 눕혀 쐐기처럼 바닥에 넣고 진동을 최소화해 보려고 하지만, 부상자들의 일그러진 얼굴을 보니 거의 효과가 없는 모양이다.

"빨리! 빨리! 뛰어!"

게이트를 열고 뛰어나온 병사들이 작업반장과 수감자들을 스쳐 간다. 팔꿈치까지 오는 두툼한 장갑을 낀 그들의 손에는 레이저 와이어가 잔뜩 들려 있다. 그리고 그 뒤를 개인화기로 무장한 병력이 따른다. 기지에서 쏘는 라이트가 정신없이 어른거리고, 총소리가 귀를 쩌렁쩌렁 울려 혼이 빠지는 것 같다.

팟! 주변 건물 옥상에 배치된 저격조들도 아래쪽을 향해 조명을 비춘 채 만일의 사태에 대비했다.

"도와줘! 애들 빼야 돼! 잠깐만 도와줘!"

여전히 톱질을 멈추지 않으면서 작업반장이 외쳤다. 하지만 모두들 자신의 임무에 열중해 있어서 그의 말을 듣지 못한다.

그 역시 톱을 들고 휘두르며 고함을 치는 자신의 모습이 얼마나 위협적으로 보일지 상상도 하지 못할 만큼 다급했다. 작업반장은 피와 빗물로 범벅이 된 사람들을 가리키며 악을 썼다.

"아니면 이 사람들이라도 좀 업고 가! 피가 많이 나서 위험하다고!"

군인들은 순식간에 그들을 지나쳐 저 앞으로 달려가 버렸고, 쓰러진 가로수 주변에는 다시 수감자들만 남았다.

쓱싹쓱싹, 쓱싹쓱싹, 다들 입을 굳게 다문 채 죽어라 가지들을 잘라냈다. 하지만 도통 가벼워지는 기미가 없다.

3

"여기에다가 쳐! 그리고 저 뒤 신호등에 하나 더 걸고! 그리고 너희! 열두 시로 가서 경비대 불러들여! 빨리!"

박 소위의 명령에 따라 병사들은 사거리에서 300미터 떨어진 제2철책 지점을 완전히 봉쇄하기 시작했다. 어제까지 그 고생을 하면서 수색과 작업을 해둔 곳이다.

철책에 가슴 높이로 레이저 와이어 끝을 걸어 고정시키고, 반대쪽에서는 같은 작업을 무릎 높이로 수행한다. 그리고 병사들은 중앙에 차선 한 개만을 열어둔 채 레이저 와이어를 잡고 대기했다.

이제 이 열어둔 공간으로 승합차가 지나가면 양쪽 끝까지 철조망을 다 연결할 것이고, 그게 새로운 1차 저지선이 될 것이다.

그리고 그로부터 50미터 떨어진 곳에 박 소위의 명령에 따라 설치되고 있는 제3저지선 뒤에서 이곳을 향해 사격을 가하면 효율적인 전투를 수행할 수 있다.

물론 어제까지 힘들게 땅에 말뚝을 박고 철조망을 연결했던 작업들은 모두 수포로 돌아간다. 처음서부터 다시 시작하는 셈이다.

흑표는 이제 아예 포탑 상면의 해치를 닫아건 채 농성 모드로 들어가 천천히 앞뒤로 이동하며 동축 기관총과 55톤이라는 무게를 무기로 삼아 도로 위에 좀비들의 시체로 된 곤죽을 만드는 중이다.

기관총 사격을 뒤집어쓴 자동차들에서는 불길이 활활 타오르고, 여기저기서 작은 폭발이 일어난다. 하지만 놀랍게도 그 대단한 화력조차 밀려드는 좀비들을 모두 제압하기에는 역부족이었다.

그만큼 광진 광장 숲 쪽에서 몰려온 놈들의 수효가 많았고, 저지선과의 거리도 짧았다. 또 좀비들이 저지선을 넘어가 버리면 아군들과 같은 선상에 놓이기 때문에 그 방향으로 사격을 할 수 없다는 점도 큰 제약이었다.

"야! 저기 뚫린다!"

승합차 주변에서 언제라도 달아날 준비를 한 채 1차 저지선을 지키고 있던 여덟 명의 병사가 한 시 방향 보도 위로 몸을 날리려는 좀비를 향해 일제히 방아쇠를 당겼다.

투투투투투—

난사당한 좀비와 상가 건물에서 뼛가루와 돌가루가 함께 튄다. 좀비의 살과 뼈로 뒤덮인 레이저 와이어 철책은 이미 한참 전부터 저지선으로서의 역할을 거의 수행하지 못하고 있었다.

게다가 시체들의 무게가 집중된 방향은 아래로 축 처져서 거의 평지와 다름없다. 병사들은 후진하는 승합차와 보조를 맞춰 천천히 뒷걸음질을 치며 미친 듯이 사방을 훑고, 눈으로 확인하기도 전에 방아쇠부터 당겼다.

그렇게 죽어라 쏴대는데도 실제로 머리가 터져 죽는 좀비의 수는 얼마 되지 않았다. 그들이 무슨 타고난 명사수도 아니고, 빗속에 야간의 도로를 뛰어다니며 쏘는 총알이 제대로 명중될 리가 없는 것이다.

무엇보다도 조명이 너무나 부족했다. 흑표에서 쏘는 헤드라이트는 열한 시 방향에 집중되어 있어서 오히려 그늘진 부분의 어둠을 더 짙게 만들었고, 그 사각에 대한 공포 때문에 점점 시야가 줄어들었다.

"후퇴하시랍니다!"

등 뒤쪽에서 들려오는 그 말이 얼마나 반가웠던지! 혹시 여기에서 죽는 건가 싶어서 다리가 후들거리던 병사들은 얼른 승합차에 몸을 실었다.

타타타타— 타타타타—

그들이 차에 타는 동안 지원 온 병력들이 엄호사격을 해준다. 그러나 이미 좀비들의 파도는 저지선을 완전히 무력화시킨 이후다.

그라아아아—

가로수와 자동차들 사이로, 그리고 뻥 뚫린 가운데 차선 위로 좀비들이 달려온다.

부우우우웅—

그사이 병사들을 태운 승합차도 속도를 냈다.

"차 들어오면 곧바로 설치해!"

박 소위의 말이 끝나기도 전에 승합차가 중앙 차선을 통과해 뒤쪽으로 지나갔고, 2차 저지선 주변에 대기하던 병사들은 일제히 사격을 개시했다.

투타타타타— 투투투투— 투투투투—

중앙의 열린 공간으로 달려오던 좀비들은 머리에서 뇌수를 뿜고, 혹은 가슴에 커다란 구멍이 뚫린 채 고꾸라졌지만, 보도와 자동차들 사이로는 여전히 뛰어오는 놈들이 있다.

풍~ 퓨웅~

K—201 유탄 발사기에서 발사된 노란색 탄두의 40㎜ 유탄들이 날아가 상가와 자동차들 사이에 꽂힌다.

콰앙!

자동차가 들썩이고 상가의 유리창은 박살이 난다. 엄청나다고는 할 수 없지만, 달려오던 좀비들의 몸통을 조각내 날려 보내기에는 충분했다.

그렇게 시간을 버는 사이에 2차 저지선을 쳐둔 병사들은 곧바로 50미터 더 후방에 설치하고 있는 3차 저지선을 향해 달렸다. 좀비들을 막아둔 2차 저지선과 병사들이 넘어가 몸을 숨기려는 3차 저지선, 그리고 그 지점에서 20미터 뒤에는 쓰러진 가로수와 거기에 깔린 부상자들과 그들을 구하려는 여섯 명의 수감자가 있었다.

"이런 니미 씨발! 이거, 왜 이렇게 무거워! 그렇게 잘라냈는데! 끄으응~!"

나무는 여전히 꿈쩍도 않고, 총소리는 바로 귀 옆에서 쏴대는 것처럼 울려 댄다. 군인들이 계속 뒤로 물러나는 것을 보면서 작업반장을 도와 어떻게든 해보려고 안간힘을 쓰던 수감자들조차도 눈빛이 흔들렸다.

그러던 중에 깔린 부상자들이 이미 의식이 없다는 걸 깨달았다. 수감자들은 스스로에게 거짓말을 해보려 했다.

이 사람들 다 죽었어. 그러니 공연히 헛힘 쓰지 말고 빨리 피해…….

납득할 만하다! 이제 달아나도 비겁한 게 아니다!

모두의 시선이 작업반장에게 쏠리고, 작업반장이 고개를 끄덕이는 것으로 부상자들을 두고 가는 데 무언의 합의를 마쳤다. 그리고 한 발을 딱 떼려는 순간, 그때까지 숨조차 변변히 쉬지 않던 부상자가 발목을 붙잡으며 빽! 소리를 지른다.

"안 돼!"

그러더니 곧바로 손의 힘이 풀리고 부상자는 눈을 까뒤집은 채 움직이질 못한다. 단말마다운 커다란 절규였다.

발목을 잡혔던 수감자는 심장이 떨어질 만큼 놀라서 덜덜 떨었고, 그때까지 전방에만 온 신경을 집중하고 있던 박 소위도 그 소리에 놀라 뒤를 돌아보았다.

그리고 자신의 바로 뒤에서 벌어지고 있는 광경을 보았다. 당연히 게이트 안으로 들어가 있어야 할 죄수 놈들이 자신의 배후, 나무 주변에 잔뜩 뭉쳐 서 있다. 게다가 톱과 도끼를 든 채로… 바닥에 쓰러진 두 놈의 머리에서는 1리터는 족히 되어 보이는 엄청난 피가 흘러나와 있다.

"큰 말썽 났었지. 쓰레기 놈들. 여기를 푹, 총을 탈취해서 난사했대… 여기를 푹, 연장으로 옆의 놈을 찍었네? 구하러 들어갔더니 여기를 푹… 쓰레기 놈들."

보급 소대장이 해줬던 이야기가 검붉은 피와 겹쳐지며 뭉쳐 서 있는 수감자들이 좀비보다 더 끔찍한, 어떤 괴물처럼 보인다.

이 개새끼들이… 이렇게 정신없는 상황에서 대체 뭘 해보려고… 우리는 지금 여기를 지키기 위해 목숨을 걸고 뛰어다니는데……

흥분한 박 소위의 충혈된 눈이 광기를 뿜어낸다.

"야! 이 개새끼야! 이게 뭐야, 지금? 죄수 관리 안 해? 모가지 따여야 정신 차릴 거야?"

박 소위는 곁에 서 있던 병사의 허벅지를 걷어차고, 숨을 씩씩거리면서 수감자 무리를 향해 걸어갔다.

투투투투투투투— 투투투투투—

체육관 4층에 배치된 K—3가 한 번씩 훑고 지나갈 때마다 전방에서는 달려들던 좀비들이 잘리고, 터지고, 고꾸라진다.

그 비명과 총소리가 심장을 흔들어 대는 바람에 박 소위의 이성은 상당히 마비됐다.

철컥, K—2 개머리판을 어깨에 바짝 붙인 채 노리쇠뭉치를 뒤로 당긴 박 소위가 수감자들을 향해 소리를 질렀다.

"야! 이 개새끼들아! 엎드려! 무기 버리고 엎드리라고!"

"어? 이, 이게 무, 무슨……."

"엎드리란 말이야! 그리고 닥쳐!"

박 소위에게 걷어차인 뒤 절룩거리며 따라온 일병도 엉겁결에 수감자들을 향해 소총을 겨눈다. 수감자들은 톱과 도끼를 손에서 놓고 바닥에 무릎을 꿇었다. 작업반장을 제외하고…….

그만은 여전히 서 있었다. 그 상황이 어지간히 분했는지, 아니면 그에게 나름의 곤조가 있던 건지는 모른다. 어쨌든 작업반장은 박 소위의 명령을 이행하기 전에 항의 한 번쯤은 해야 가오를 유지할 수 있다고 생각했던 모양이다.

"소위님, 너무 심하십니다. 우리는 애들이 나무에 깔려서 그거를 구해주려고……."

빠악—

작업반장의 말이 다 끝나기도 전에 박 소위는 힘차게 팔을 돌려 그의 머리통을 후려쳤다. 개머리판에 관자놀이를 맞은 작업 반장은 통나무처럼 고꾸라졌다.

"닥치라고 했지, 이 개새끼야!"

소위가 악을 쓴다. 하지만 눈을 홉뜬 채 땅에 얼굴을 처박은 작업반장은 이미 대답을 할 수 있는 상황이 아니었다.

피싯— 피싯— 찢어진 피부 사이로 가느다란 핏줄기가 솟아 오른다. 작업반장의 옆얼굴은 이내 선명한 빨간 점으로 덮였다.

하아~ 하아~ 박 소위는 거칠게 숨을 몰아쉬었다.

콰쾅~! 투투투투— 투투투투—

수류탄이 터지고 K—2가 난사되는 소리가 등 뒤에서 울려 대 는데도 오히려 자신의 심장 소리가 더 또렷하게 들리는 기분이 다.

쿵쿵— 쿵쿵— 쿵쿵…….

"주, 죽었나 봐."

엎드려 있던 수감자들이 겁에 질려 중얼거린다. 박 소위는 다 시 큰 소리로 그들을 윽박질렀다.

"입 다물어, 이 새끼들아! 야! 이것들 끌고 가서 처넣어! 도주 및 살인 미수 현행범들이다."

병사들이 수감자들을 일으켜 세우는 것을 확인한 박 소위는 3차 저지선 쪽으로 몸을 돌렸다. 이제 어느 정도 마무리가 되어 가는 모양새였다. 지원을 나와 병사들과 함께 전투를 벌이던 강 소위가 짜증을 부린다.

"어디서 뭘 하고 있었어? 애들을 지휘해야지!"

"네 목숨 구해줬다!"

박 소위도 지지 않고 받아쳤다.

"뭐라고?"

"탈옥 모의한 죄수 새끼들이 도끼 들고 설치는 걸 진압했다고! 나 아니었으면 너도 지금 모가지가 날아갔을지 몰라!"

이게 무슨 소리야? 이 세상에 어떤 바보가 좀비들이 저렇게 몰려올 때를 일부러 골라서 탈옥을 한다고…….

강 소위는 박 소위의 주장을 이해할 수 없었지만, 그의 눈빛이 광기에 사로잡혀 있다는 것을 느꼈기에 굳이 대거리를 하지 않았다. 지금은 그런 것보다 훨씬 더 중요한 볼일이 앞쪽에서 접근해 오고 있으니까…….

그라아아아아—

그 빗발치는 총알 세례 속에서도 좀비들은 아가리를 벌린 채 달려들고 있었다.

"저기, 뭉쳐서 넘으려고 한다! 유탄으로 날려!"

2차 저지선에 달라붙어 자신의 가죽과 살로 철조망을 무력화시키는 좀비들. 그 위로 옥상에서 퍼부은 K—3의 5.56mm 세례가 쏟아졌다.

수십 마리분의 내장과 말라붙은 피, 뇌수와 뼛조각이 빗속으로 튀어 섞인다. 그리고 그 바로 뒤에서 살덩이로 덮인 철조망을 향해 또 다른 좀비들이 뛰어오른다.

2차 저지선 역시 함락 직전까지 내몰렸다. 애초부터 그리 오래 버텨줄 것을 기대하지는 않았지만, 그것보다도 훨씬 빨리 무너지는 느낌이다.

아니, 사실 건대 쉘터의 경비병들은 지금 빠르다거나 늦는다는 개념도, 처음 좀비들에게 사격을 개시한 후 얼마 정도의 시간이 흘렀는지에 대한 개념도 아예 없었다. 그저 이 끔찍하고 긴장되는 순간이 끝없이 이어지는 것 같다는 두려움만이 커다랗게 부풀어서 그들을 짓눌러 댔다.

강 소위는 병사들의 다리가 후들대고 있다는 것을 알아봤다. 지금은 그나마 50미터나 거리를 두고 설치된 두 겹의 철책 뒤에 숨어 있는데… 그런데도 이렇게 두려워하고 있다.

병사들만의 문제가 아니다. 자신도 지금 뭐가 뭔지 모를 지경이다. 게다가 그와 함께 지휘를 해야 할 박 소위는 광인처럼 흥분해서 마구 난사를 해 대는 중이고…….

게이트 안으로 들어가 거기에서 거리를 두고 이 세 번째 저지선을 보며 교전을 하는 게 맞을까… 그게 정말로 합리적인 판단일까, 아니면 그저 겁먹은 개처럼 꼬리를 말고 달아나고 싶은 것인가.

그렇게 강 소위가 망설이고 있을 때, 체육관 쪽에서 확성기를 통해 문 대위의 명령이 울려왔다.

"셋으로 나눠서 순차적으로 내부 게이트까지 퇴각해! 게이트 안에서 재정비하고 다시 시작한다!"

휴우~ 명장의 귀환인가…….

문 대위 목소리를 듣는 것만으로도 강 소위는 숨통이 트이는 것 같았다. 그가 자신의 상관이고 이곳의 책임자라는 게 얼마나 다행인지, 좀비들이 밀려오는 상황을 마주하자 절감할 수가 있었다.

투투투투— 투투투투투투—

양쪽 건물의 옥상에 설치된 경기관총들이 쉬지 않고 울리며 도로 위의 병사들에게 퇴각할 시간을 벌어주었다.

※　▼　※

임수정은 체육관 구석에 기대앉은 채 귀를 막고 있었다.

두두두두— 두두두—

밖에서 끊이지 않고 울리는 총성 때문에 귀가, 그리고 고막 너머에 있는 무언가가 정말이지 어떻게 되는 것 같다.

투웅—

외부에서 폭발이 있을 때마다 벽을 타고 그 울림이 고스란히 전해지면 자신의 심장도 함께 멎는 것 같다.

하지만 이 벽에라도 기대 있어야 한다. 다리가 후들거리고 쓰러질 것만 같아서 그러지 않고서는 몸을 가누기가 어렵다. 정수장에서 구조되던 날, 그 도로 위에서 벌어지던 전투의 공포가 생생하게 되살아난다.

죽는 건가? 잠실에 있었으면 이렇게 되지는 않았을까…….

임수정은 터질 것처럼 쿵쾅거리는 심장을 달래가며 용기를 내기 위해 애를 썼다.

체육관의 중앙에서는 각 종교의 신도들끼리 모여 앉아서 저마다의 신을 향해 기도와 찬양을 하며 웅성이고 있다. 병사들의 무운을 빌고, 이 체육관의 안전을 기원하고, 좀비들의 죽음을 청한다.

울부짖고, 소리를 지르고, 한편에서는 끊임없이 절을 하는 그 모습들을 보고 있는 것만으로도 신경이 날카로워지는 것 같다.

거, 좀 닥쳐! 씨발, 정신 사나워!

임수정처럼 벽에 붙어 앉아 떨던 누군가가 욕설을 퍼부어도 큰 변화는 없었다. 벽 쪽의 그늘에서는 흡연자들이 담배 연기를 뻑뻑 뿜어내고 있다.

자기들 딴에는 몰래 숨어서 피운다고 하는 것 같지만, 이미 체육관 전체에 지독한 냄새가 퍼져 있다. 보초병들이 말로 제지를 해도 별 효과가 없다.

보초병들이 더 애를 먹는 상대는 흡연자들이 아니라 자신들에게도 총을 달라고 악을 쓰는 아저씨들 쪽이었다. 이판사판이라고 생각들을 하는 모양이다. 하긴 그들 모두는 외부의 상황이 어떤지 전혀 알지 못한다.

이기고 있는지, 밀리고 있는지, 전멸 직전인지… 지금 당장 바깥에서 총성이 울리고, 저 문이 벌컥 열리며 좀비들이 들이닥친다고 해도 이상할 게 없다.

"여기 좀 앉아도 돼요?"

말을 건네는 것과 거의 동시에 임수정의 옆에 누군가가 등을 댔다. 깊숙이 눌러쓴 모자 때문에 그녀가 가희라는 것을 알아보기까지 조금 시간이 걸렸다.

"하아~ 티를 안 내리려고 해도 씨발… 하아, 너무 떨려서… 어떤 잘나신 분은 저기 저 보초병들이 아직 여기 있는 걸로 봐서 별거 아니라고, 그러니까 걱정 안 해도 된다고 냉정한 척을 하시지만… 그게 되나요, 사람이?"

그렇게 말하는 가희의 시선은 육만배를 향해 있었다. 육만배는 이요섭의 근처에서 함께 찬송가를 부르고, 기도를 하다가 또 기동이를 불러 뭔가 귀엣말을 건네고 있다.

젠장… 가희는 고개를 절레절레 저으며 부들거리는 손으로 손가방에서 담배와 라이터를 꺼낸다. 긴장으로 떨리는 손가락으로 몇 번의 시도 끝에 겨우 담배를 물고 불을 붙였다.

"후우~ 아! 언니도 피울래요?"

가희는 떨리는 손으로 담뱃갑을 내민다. 임수정은 아니라고 했다. 가희는 벽 쪽으로 고개를 돌려 몰래 담배 연기를 뿜으면서 중얼거렸다.

"후우~ 하아~ 미안해요. 이런 거 보여줘서… 근데, 너무 무서워서……. 후우~ 나도 험한 꼴 꽤 보고 살았는데, 이렇게 계속 총소리가 나니까 적응이 안 되네요."

"다 그럴 거예요. 저도 무서워요. 보세요, 다리가 계속 후들거리잖아요. 이렇게 앉아 있는데도."

임수정이 자신의 두 다리를 가리키자 가희가 코웃음을 터뜨렸다.

"그러네요. 훗, 나는 팔이… 계속 떨리고 막 저려요. 피가 안 통하는 것같이… 하아, 담배는 피고 싶고, 누구랑 이야기가 좀

하고 싶었어요. 입을 다물고 가만히 있으니까 미치는 거 같아
서……."

투타타타타타— 타타타타—

4층에서 또 기관총 소리가 울리기 시작하자 가희는 움찔하며
말을 멈췄다. 1인칭 대명사 대신 자신의 이름을 사용하며 혀 짧
은 소리를 내던 평소의 그녀와는 완전히 달라 보인다.

후우, 후우, 씨발… 가희는 입술을 깨물며 신경질적으로 담뱃
재를 털었다.

"근데… 그놈의 이미지가 뭐라고, 소문이 날까 봐 자꾸 신경
이 쓰여서, 왜 그런 거 있잖아요. '가희라는 년, 그거 순 골초
래', 그런 소리 나는 게 싫거든요. 그런데 언니가 여기 앉은 거
가 보이더라고요. 언니는 좀 점잖은 사람이라서… 뭔가 배운 것
도 좀 있어 보이고… 뭐, 그랬어요. 최소한 남들한테 제 험담은
안 하고 다닐 것 같았거든요. 언니는 잠실에서 테라하고도 오래
같이 있었지만, 여기에서 걔 이야기 하는 것도 못 봤고요. 후우
우~"

가희가 무슨 말을 하고 싶은 건지 임수정은 알 것 같았다.

"험담…할 사람도 없어요. 친한 사람이 없어서. 그런 걱정 안
해도 돼요. 그리고 살아 있어야 그런 것도 신경이 쓰이는 거죠,
뭐."

"후, 후후, 그러네요. 하아~"

가희는 허탈하게 웃으며 중앙의 육만배 쪽으로 시선을 돌렸
다. 육만배는 신도들과 둥글게 둘러앉아 목청껏 찬송가를 부르

고 있다. 그의 곁에 앉은 다른 신도들이 저리 의지하는 것도 무리는 아니다.

겉모습만 보자면 언제라도 순교할 준비가 되어 있는, 진짜 독실한 신도 같으니까.

콰아앙—

또다시 밖에서는 폭발이 일어나고, 체육관 전체에 가벼운 진동이 인다.

하아~ 가희는 한숨을 쉬었다.

"언니는 아무것도 안 믿어요?"

"저도 기도해요. 믿고도 싶고요. 엄마가 말해줬던 것처럼 죽고 나면 다 하늘나라에서 만나게 된다는 걸요. 지금 같아서는… 정말 그랬으면 좋겠어요."

임수정은 옷 속에 늘어져 있던 십자가 목걸이를 꺼내 들어 가희에게 보여주었다. 가희는 조금 의외라는 표정으로 물었다.

"그런데 왜 저 찬송가 부르는 사람들이랑 같이 안 있어요?"

"딱히 이유를 말하라고 하면, 그냥… 저렇게 모인다고 해서 더 나을 것 같지 않아서요. 우습잖아요. 신이 목소리 더 큰 놈들부터 먼저 보고 '아, 쟤네가 저렇게 많이 모여 있으니까 쟤들부터 복을 줘야겠다' 라고 할 것 같지는 않으니까."

"훗~ 맞아요. 저런 거 다 부질없는 짓이에요. 모지리들이 괜히 자기들끼리 불안하니까 모여 가지고……. 모여 있다고 복을 받을 것 같으면 좀비들이 제일 먼저 천국 가겠네."

각종 종교 신자들 전체에게 비웃음 섞인 시선을 던진 가희는 자신의 웃옷 속에 손을 넣고 브래지어 주변을 주물럭거렸다. 그러고는 잠시 후, 꼬깃꼬깃 접힌, 작은 노란 종이를 꺼내 떨리는 두 손으로 꼭 쥐고 중얼거렸다.

"언니도 한 번 만져 봐요. 이거 정말 용한 선생님이 그려주신 거거든요. 천오백 내고 열 달을 기다려서 받은 거예요. 지니고 있으면 죽을 고비를 세 번 넘기게 해준대요. 자요… 살짝, 살짝만 건드려 봐요. 신기하죠? 종이인데 따뜻한 기운이 나죠?"

그거야 당연히 조금 전까지 네 살과 속옷 사이에 끼어 있었는데…….

하도 열심히 권하는 가희의 기세에 눌려 종이를 살짝 쓰다듬으면서 임수정은 생각했다.

하지만 이 가희라는 사람이 특별히 이상한 건 아니다. 누구에게나 믿고 버틸 수 있는, 아주 작은 끈 하나가 필요한 법이니까. 그리고 요즘은 그 끈이 과거 그 어느 때보다 소중해졌으니까.

후훗, 부끄럽게 웃은 가희는 다시 부적을 잘 접어 옷 속에 넣으며 중얼거렸다.

"근데 문제가 뭔지 알아요? 그 세 번이 벌써 다 지나갔는지, 아니면 아직 두 번은 더 효과가 남았는지 그걸 모르겠다는 거예요. 후후, 우습죠? 받을 때는 그런 생각 안 했었는데… 무슨 표시가 바뀌는 것도 아니고. 그러니까 불안하기는 사실 마찬가지더라고요. 후우~ 아직 한 번은 남은 거여야 하는데."

그렇게 별로 중요하지 않은 이야기들을 나누는 것만으로도 현실의 두려움을 조금은 덜어낼 수 있어서 임수정과 가희는 바짝 붙어 앉아 말을 하고 또 들었다.

그녀와의 대화가 왜 그렇게 안정을 주는지 임수정은 알고 있었다. 아무리 죽음은 혼자 겪는 것이라지만, 그것이 닥치기 직전까지는 그 진리를 망각하고 싶은 것이 인간이다. 자신과 가희는 지금 현실을 직시하지 않으려 열심히 발버둥을 치고 있는 것이다.

저기 멀리서 찬송가를 부르는 사람들도, 열심히 절을 하고 있는 사람들도, 중얼중얼 주문을 외우는 사람들도, 사방에 욕설을 해 대는 사람들도 다 마찬가지였다.

"…어?"

얼마나 그렇게 대화를 나누었을까, 갑자기 가희가 눈을 위로 올리며 말을 끊었다.

"왜요?"

임수정이 물었다.

"총소리가… 아까보다 훨씬 줄었어요. 그죠? 그죠?"

그러고 보니 쉬지 않고 난사해 대던 4층의 기관총도 언제부터인가 조용하다. 들려오는 총성이라고는 간간이 울리는 단발들뿐이다. 임수정도 가희에게 고개를 끄덕여 주었다.

"뭐죠? 좋은 거겠죠? 다 죽인 거 맞겠죠? 언니 생각은 어때요?"

"제 생각에도 우리가 이긴 것 같아요."

경비병들의 얼굴을 보며 임수정이 대답했다. 만약에 아니라면 경비를 서는 군인들 표정이 저것보다 어두울 테니까.

살아남았다. 전투가 끝났다.

하아아~ 긴장이 풀린 임수정은 쪼그리고 있던 두 다리를 펴서 바닥에 붙였다. 가희는 줄곧 물고 있던 담배를 바닥에 비벼 끄고 자리에서 일어난다. 후들거리는 다리 때문에 두어 번 중심을 잃고 비틀댄 끝에 겨우 제대로 설 수 있게 된 가희는 흐흥~ 하고 어색한 웃음을 웃었다.

"고마웠어요, 언니. 근데 가희가 골초라는 건 꼭 비밀로 해주세요. 네? 그리고… 이것도요. 이것도 남들이 알면 창피해요."

자신의 가슴께를 가리키며 가희가 눈을 찡긋한다. 아마 속옷 속에 숨겨놓은 부적을 말하는 모양이다. 임수정은 미소를 지어 줬다.

"걱정하지 마요. 그리고 저도 고마웠어요. 정말… 가희 씨랑 같이 있지 않았다면 견디기 힘들었을 거예요."

후훗, 갑자기 기분이 좋아진 가희가 허리를 굽혀 임수정을 가볍게 끌어안아 준다.

다음에도 또 무서워지면 옆에 올지도 몰라요, 가희는 그 말을 남기고서 사람들이 모여 있는 쪽으로 걸어갔다.

다른 사람들 역시 웅성거리며 조금씩 제정신을 찾아가는 중이다. 긴장 때문에 얼음장처럼 차가워진 자신의 손을 주무르며 임수정은 몇 번이고 심호흡을 해야 했다.

세상에… 이렇게 무섭고 두려운 일을 대체 몇 번이나 더 겪어야 하는 걸까? 아니, 이런 날들이 정말 끝나기는 하는 걸까? 나는 앞으로 몇 번이나 그걸 견뎌낼 수 있을까?

"저기 저쪽, 흰색 소나타 옆에! 저기 다시 봐봐! 뭐 움직였다!"

부사관이 지목한 곳을 라이트가 따라가 비춘다. 차량 아래에서 흔들리던 검은 그림자가 천천히 밖으로 기어 나온다. 하체는 잘려 나가고, 오른팔도 팔꿈치 아래로는 없는 좀비였다.

하지만 놈은 여전히 강력한 적의를 뿜어내며 부지런히 기어서 쉘터의 게이트 쪽으로 다가온다. 왼손, 오른쪽 팔꿈치, 그리고 다시 왼손, 번갈아 땅을 짚고 거리를 줄이던 놈이 아가리를 쩍 벌리며 포효한다.

그라아아…….

투투툭—

총알이 놈의 머리를 박살 내자 좀비의 목이 뒤로 꺾이고 왼손도 맥없이 툭, 떨어진다. 움직이지 않은 것을 확인했지만, 그래도 모자라 한차례 더 확인 사살이 가해졌다.

투투툭—

좀비의 목과 머리가 산산조각 나서 사방으로 튄다.

"중앙에 제2저지선 한 번 비춰보자! 거기 뭐 잔뜩 있네!"

라이트가 영역을 밝혀주고, K—3 경기관총이 좌에서 우로 철망 전체를 훑었다. 그리고 다시 한 번 반대 방향으로 총알을 박아 넣었다. 끊어진 철조망에 끼인 채 움직이지 못하고 있던 좀비들의 몸과 머리가 엉망으로 꿰뚫리고 잘려 나간다. 그럼에도 살아남은 놈들은 개인화기로 처리했다.

좀비의 머리를 조준한 병사가 방아쇠를 당긴다.

투투툭—

조금 빗맞기는 했어도 뇌가 터져 나왔다. 고개를 갸웃거리면서 다시 겨냥을 하고 쏜 확인 사살은 좀 더 정확하게 좀비의 머리 전체를 파괴하였다. 비로소 병사의 얼굴에 만족한 표정이 보인다.

"자기 라인 철저하게 다시 확인해! 내일 아침에 작업 나갔다가 물리면 아무도 못 고쳐 준다! 정신 바짝 차리고 잘 봐!"

건대 쉘터의 북쪽 게이트에서는 이제 대좀비 마무리 작업이 한창 진행 중이다. 아까부터 계속 사거리를 배회하던 흑표도 불러들였고, 부사관들은 쉬지 않고 서치라이트를 움직여 가며 깜깜한 도로 위에 혹시나 아직 공격이 가능한 좀비가 남아 있는지 수색을 했다.

옥상의 저격수들도 천천히 거리를 훑어보며 움직이는 놈들의 머리에 구멍을 뚫었다. 이따금씩 시체 더미 사이를 비집고 일어나 멀쩡히 뛰어오는 좀비도 있다.

일몰 후, 400여 미터에 달하는 6차선 도로 위에서 움직이는 것들을 모두 찾아 저격하는 것이니만큼 시간이 걸리는 작업이다. 게다가 시야를 가리는 장애물들도 많다.

할 일은 아직 좀 남았지만, 전투는 끝났다. 그리고 놀랍게도 경비 중대의 사망자는 0이다. 사소한 찰과상을 입은 부상자들은 있지만, 아무도 죽지 않았다.

'역시……'

강 소위는 경외심이 가득한 시선으로 문 대위를 돌아보았다. 매년 봄, 폴 이글 훈련 때마다 소규모 가상 모의 전투에서 미군들을 압도했던 지휘관답다. 가장 유리할 때 가장 확실한 전술로 최소한의 손실을 입으며 목표를 성취한다. 그게 그가 모시는 중대장이 전쟁을 하는 방식이었다.

물론 타고난 재능도 있지만, 매일 밤 끝없이 지도와 씨름을 하고, 현장을 살피고, 계속 작전을 개선하기 위해 고민한다. 강 소위는 그의 그런 노력을 잘 안다.

'신도 참 어지간히 잔인해. 천재성을 좀 덜고, 융통성을 그만큼 넣어주실 것이지. 아니, 그 반만큼이라도.'

현장 정리와 부상자 격리 보호를 명령하고 체육관으로 돌아가려는 문 대위를 보면서 강 소위는 그런 생각을 했다. 보급 장교에게 뇌물을 좀 주어야 우리가 받을 물량이 제대로 온다는, 그 사소한 진리를 설득하는 데도 며칠씩이나 걸릴 만큼 답답한 원칙주의자.

하지만 그 덕분에 이곳으로 와서 벌인 최대 규모의 전투가 성공적으로 끝났다. 아무도 목숨을 잃지 않고…….

한 가지 신경이 쓰이는 것이 있다면, 그건 좀비들의 규모였다. 그렇게 급박한 것처럼 느껴졌지만, 막상 전부 제압을 하고 보니 실제로 그들이 사살한 좀비의 수는 결코 2,000을 넘지 않을 것 같다. 규모 넷 중에서는 소규모인 셈이다.

그런데도 중대 전체가 발칵 뒤집힐 만큼 당황해서 어쩔 줄을 몰라 했다. 이런 상황에 더 대규모의 좀비 무리들이 몰려온다면… 그건 상상하고 싶지도 않다.

그러나 서울에는 규모 오, 여섯째리 무리들이 아주 흔하다. 오늘 밤 중대 본부로 돌아가 복기해 보면 몇 군데나 악수를 둔 지점을 발견하게 될 테지만, 역시 가장 큰 문제는 장교들을 포함한 중대 거의 전부가 이렇게 목숨을 걸고 벌이는 싸움에 익숙하지 않다는 데 있었다.

사제 물품을 얻기 위해 타고 나가는 높다란 트럭 위에서 거리 위의 좀비들에게 방아쇠를 당긴 게 교전 경험의 거의 대부분이니, 압도적으로 밀고 들어오는 놈들과 같은 높이에서 마주 보고 싸우는 일은 두려울 수밖에 없을 것이다. 하지만 겁에 질린 병사들을 데리고는 전쟁을 할 수 없다.

'음, 그건 확실히 고민을 좀 해봐야 할 문제겠는데…….'

그렇게 강 소위가 이따금씩 울리는 총성을 들으며 생각에 잠겨 있을 때, 도로 위에 쓰러져 있던, 아까 모두가 죽었다고만 여긴 작업반장이 의식을 찾았다.

"응? 뭐, 뭐야? 왜 이렇게 컴컴해? 뭐, 뭐가 이렇게 번쩍번쩍하고? 으, 씨발. 내 머리… 아주 쪼개진다. 씨발, 아이고…….."

작업반장이 옆머리를 꽉 눌러 일단 통증부터 좀 잠재우려 할 때, 허공을 흔들며 커다랗게 총소리가 울렸다.

타타탕─ 타타타아아앙~

총성은 상점가의 벽을 울리며 길고 우렁찬 메아리를 만들어 냈고, 깜짝 놀란 작업반장은 그 자리에서 벌떡 일어나… 일어나려고 했다. 하지만 너무도 어지러워 곧바로 다시 고꾸라져 버렸다. 팔다리에 힘이 들어가지 않는다.

뭐지? 소위, 그 개새끼가 도대체 어디를 어떻게 후려쳤기에 이렇게 됐지?

기절해 있는 동안 자신이 얼마나 많은 양의 피를 흘렸는지 모르고 있기에 작업반장은 그 어지러움이 부상의 후유증이라고만 생각했다. 두 손으로 땅을 짚은 채 천천히 무릎을 대고 일어나는, 그 간단한 동작을 하는 데도 눈앞이 빙글거린다.

타아앙~

총성이 계속 고막을 자극해서 안 그래도 욱신거리는 머리가 아예 터져 나갈 것 같다.

도대체 어디서 왜 이 총성이 들려오는지, 군인들은 다 어디로 갔는지 따위의 문제들을 생각하는 것조차 버거울 만큼 어지럽고 고통스럽다. 숨은 차오르고, 다리는 후들거린다.

그때, 자빠진 가로수 뒤쪽에서 소름 돋는 울음소리가 들려왔다.

그라아아~ 그라악!

헉! 반사적으로 고개를 돌리던 작업반장은 그만 중심을 잃고 다시 고꾸라졌다.

첨벙!

비릿한 냄새가 나는 빗물을 뒤집어쓴 작업반장은 필사적으로 허우적거렸다.

눈앞에는 아까 그가 구해내지 못한, 머리에서 피를 흘리며 기절해 있던 수감자의 시체가 있다. 그 광경도 나름 끔찍하지만, 그런 것은 문제조차 되지 않을 만큼 강력한 공포가 뒤에서 다가오고 있다.

파스락, 파스락, 아까 그가 잘라냈던 가로수 가지들을 헤치며 좀비가 기어온다. 무릎 아래가 송두리째 날아갔는데도 저렇게 멀쩡하게 움직인다.

흐으윽! 작업반장은 비명조차 제대로 지르지 못하고 다급하게 몸을 일으켰다.

"허억~! 허억~ 안 돼, 이, 이거는 아니야!"

필사적으로 네댓 걸음을 떼던 작업반장이 다시 옆으로 넘어졌다.

찌익, 넘어지는 걸 뻔히 아는데도 손이 미처 따라오질 못해서 아스팔트에 얼굴을 갈고 말았다.

왼쪽 눈 주변 살갗이 다 벗겨지고 피범벅이 되었다.

끄으윽! 작업반장의 힘없는 비명이 목구멍 안쪽에서 울린다. 도무지… 똑바로 설 수가 없다. 사람이 급해지면 초능력이 생긴다고들 했는데, 그게 다 순 구라였던 모양이다.

그러는 동안에도 좀비는 계속해서 다가온다.

파사삿— 파사삭—

당황한 작업반장의 눈에 아까 떨어뜨렸던 연장들이 들어온다.

톱! 그리고 도끼!

그는 네 발로 기어가 연장에 손을 뻗었다.

그롸아아아!

등 바로 뒤에서 울리는 포효!

작업반장은 가장 가까이에 있는 양날톱을 잡고 고개를 돌렸다. 악취가 풍기는 좀비의 아가리가 쫙 벌어진 채 덮쳐 온다.

으아앗! 작업반장은 비명을 지르며 톱을 휘둘렀다.

칵—!

톱이 좀비의 아가리에 박혔다는 것을 확인하고 기뻐하는 것도 잠시. 놈이 그대로 덮쳐 오며 작업반장의 팔이 꺾이고 반대쪽 톱날이 그의 가슴팍을 파고든다.

콰직! 콰직!

좀비가 몸을 움찔거리며 짓누를 때마다 놈의 턱 안과 작업반장의 가슴 근육 안으로 날카로운 톱날이 더 깊숙이 박혀든다.

"으아아아악! 끄아아!"

이런 힘이 어디에 있었나 싶을 만큼 고성의 비명이 작업반장에게서 터져 나왔다. 사방에서 울리는 총성 사이를 헤집고 게이트 안쪽까지 닿을 만큼 날카로운 비명이었다.

"뭐야, 이 비명? 사람이잖아! 어디서 난 소리야?"

게이트 경비대는 깜짝 놀라 사방으로 라이트를 돌렸다.

끄아아~ 작업반장이 한 번 더 울부짖으며 자신의 위치를 알린다.

한 뼘 거리까지 접근해 온 좀비의 찢어진 아가리에서는 점액이 뚝뚝 떨어지고, 놈이 몸을 비틀 때마다 말 그대로 가슴을 후벼 파는 통증이 작업반장의 모든 신경을 갈기갈기 찢는다.

앞뒤 계산할 겨를도 없이 왼손을 가슴과 톱 사이에 넣고 밀어

보지만, 톱날은 얄팍한 목장갑을 순식간에 잘라내고 그의 손바닥 깊숙이 박혀 들어왔다.

그롸아아! 그르르~

그를 깔아뭉갠 좀비가 힘을 쓸수록 그의 몸속 더 깊은 곳까지 톱에 잘려 나간다. 기절할 것 같은 고통이 끝없이 밀려오는데도 그는 여전히 살아 있다.

"저기다! 저기 가로수 자빠진 곳 옆에!"

"수감자인데? 뭐야? 왜 저기 있어?"

병사들이 외친다. 생존자를 놔두고 게이트를 닫았다는 사실을 알게 된 문 대위의 표정이 굳었다. 그리고 강 소위와 박 소위를 번갈아 쳐다본다.

후우우~ 후우우~ 벌겋게 달아올라서 아무 말도 못하고 있는 박 소위의 얼굴이, 그가 이 사태의 책임자라는 걸 알려주고 있다. 하지만 지금은 그 책임 소재를 따질 때가 아니었다.

문 대위는 게이트로 달려가 비명이 나는 방향으로 시선을 돌렸다. 게이트로부터의 거리는 약 40미터. 좀비와 한 중년 남자가 얽혀 있고, 그 사이에 양날톱이 끼어 있다. 어떻게든 좀비를 밀쳐 내보내려던 중년 남자가 놈의 위턱을 잡고 들어 올린다. 스스로 물리려는 것과 마찬가지다. 이젠 구할 수도 없다.

"끄으으윽!"

작업반장은 오른 손바닥으로 좀비의 턱을 밀쳐 냈다. 이빨이 손바닥에 박히는 게 위험하다는 생각조차 들지 않을 만큼 톱에 잘리고 있는 가슴과 왼손이 고통스럽다.

좀비의 얼굴은 벌써 반 이상 잘려 있다. 이대로 뜯어낼 수도 있을 것 같다.

콱!

좀비가 또 한 번 몸을 챈다. 작업반장은 전기가 오른 사람처럼 일순간 멈칫했다. 너무나 큰 고통이 밀려오자 순간적으로 눈앞이 하얗게 바뀌었다가 다시 돌아온다.

하아~ 하아~ 탈진한 작업반장의 오른손이 힘없이 바닥에 떨어져 내렸다.

'이게… 이게 내가 죗값을 치르는 방식인가?'

생각이 거기까지 미치자 이 끔찍한 통증이 오히려 공정한 것처럼 여겨진다. 사회에 있을 때, 그는 두 명을 죽였다. 그들이 받았던 고통을 온전히 다시 돌려받는다면, 그렇게 하고 나면 정말 지은 죄가 사라지게 되는 것일까?

쿨럭! 피를 토하며 죽어가는 작업반장의 뇌리에서는 마지막으로 그런 생각들이 어지럽게 펼쳐졌다.

"변하기 전에 고통을 덜어줘."

멀리서 지켜보고 있던 문 대위가 박 소위를 향해 명령했다. 거부하기 어려운 목소리였다.

굳은 표정의 박 소위는 자신의 K-2를 들고 사대 위로 올라가 좀비와 사내의 겹쳐진 머리를 향해 세 차례나 3점사를 퍼부었다.

투투툭— 투투툭— 투투툭—

빗나가는 총알은 없다. 그는 꽤 뛰어난 사수다. 완전히 머리가 박살 난 작업반장과 좀비의 시체에서 연기가 피어오른다.

"고생들 했어. 정리는 부사관들에게 맡기고 잠깐 올라오지. 할 이야기도 있으니."

문 대위는 평상시와 다를 바 없는 어조로 강 소위와 박 소위를 향해 명령하고 체육관 안으로 돌아갔다. 물론 그렇다고 해서 그가 화가 나지 않았다는 의미는 아니다. 문 대위는 원래 여러 사람 앞에서 부하 장교들을 야단치는 법이 없다. 그건 시정을 기대하는 게 아니라 그저 망신을 주는 것에 지나지 않는다고 믿기 때문이다.

후우~ 박 소위가 길게 한숨을 내쉬었다.

10분 뒤, 두 소위가 체육관 3층의 중대 작전 본부로 올라갔을 때, 그곳에는 문 대위뿐이었다. 당번병도, 경비병도 미리 자리를 피하도록 한 걸 보면 화가 꽤 많이 난 모양이다.

"앉아. 커피 마시지, 다들?"

막 물이 끓어오른 전기 포트를 들어 올리며 문 대위가 묻는다. 두 소위는 가볍게 고개를 끄덕였다.

"감사합니다."

믹스 커피가 든 종이컵을 받으며 인사를 하는 강 소위와 박 소위의 목소리 톤이 완전히 다르다. 오늘 전투의 성과와 용기에 대해 치하를 하던 대위가 커피 잔을 다 비울 때쯤 물었다.

"아까 그 수감자, 어떻게 된 일인지 설명할 수 있나?"

나직하고 근엄하다. 문 대위의 시선이 자신에게 향해 있다는 것을 알면서도 박 소위는 고개를 숙인 채 아무 대답도 하지 않았다.

할 말은 많다. 하지만 너무 많아서 어디에서부터 시작해야 할는지 그걸 정하는 게 어려웠다. 성수 1쉘터에서 있었다는 대형 인명 사고, 수감자들의 반항적이고 반사회적인 천성, 좀비들이 들이닥치는 위급한 상황, 그리고 놈들이 들고 있던 톱과 도끼……. 역시 성수 1쉘터의 이야기부터 해야 할 것 같다.

박 소위가 그렇게 침묵 속에서 생각에 잠겨 있는 동안 강 소위는 빠르게 상황을 추리했다.

아까 그 광기 어린 박 소위의 표정, 그가 내질렀던 말들, 그리고 버려졌다가 좀비에게 죽은 수감자, 쓰러진 나무 주변에 죽어 있던 다른 수감자들. 거기에 평소 박 소위의 우직하다 못해 미련하기까지 한 성격을 더하니 스토리가 딱 맞아떨어진다.

아하—! 강 소위는 자신의 빠른 계산에 감탄하면서 다시 한번 가설을 점검해 봤다. 역시 허술한 구석은 없다.

"그… 중대장님께서는 혹시 성수 1쉘터 인명 사고에 관해 들으신 적 있으십니까?"

박 소위가 땀을 뚝뚝 떨어뜨리며 입을 열었다. 문 대위는 고개를 젓는다.

"아니, 이야기해 봐."

"얼마 전, 그곳에서 한 무리의 수감자들이 계획적인 사고를 일으켜 경비를 보던 사병들이 사망하고 총기를 탈취당해……."

강 소위는 답답한 마음에 박 소위를 돌아보았다. 그도 처음

듣는 이야기라 자세한 내용은 모르지만, 지금 이 상황에서 그 말을 꺼내면 논리를 펴기에 불리해질 뿐이다. 오히려 편견을 가지고 오해를 한 것 아니냐는 공격에 노출되기 딱 좋아진다. 하지만 미련한 박 소위는 계속 그 사건을 자세하게 서술하고 있다.

"그래서?"

문 대위가 물었다. 누구에게 들었냐고 묻지 않고 그래서라고 묻는다는 것은 그 사건과 오늘의 사건을 별개로 놓는다는 의미다. 박 소위는 당황해하며 더듬거렸다.

"저… 그, 오늘도 마찬가지였습니다. 3차 저지선으로 물러나 교전이 진행 중일 때, 큰 소리가 나서 뒤를 돌아봤습니다. 그랬더니 톱과 도끼로 무장한 수감자들이 몰래 저희 부대원들을 향해 접근하고 있었습니다. 저는… 일단 정지하라고 누차 경고를 했지만, 계속 무시하며 달려드는 바람에 제가 가장 가까운 거리의 수감자를 개머리판으로 쳐서 제압하고 나머지 수감자들을 체포했습니다. 그, 죽은 수감자는… 저는, 아니, 다른 동료 수감자들이 그 수감자가 그때 이미 사망했다고 판단했습니다."

"톱과 도끼를 든 다수의 수감자들이 경고를 무시하며 달려들었는데, 박 소위 단독으로 제압을 했다는 거지?"

"네, 넷! 그렇습니다."

거짓말에 서툰 박 소위가 얼굴을 붉히며 고개를 주억거렸다. 질문을 던지는 문 대위의 시선이 자신을 꿰뚫어 보는 것 같아 등에서는 땀이 줄줄 흘러내린다.

"앞쪽에서는 좀비들이 달려오고 있고, 뒤쪽은 군인들과 철책으로 막혀 있는데 그 수감자들은 왜 그런 행동을 했다고 생각하나? 박 소위가 한 사람을 제압하자마자 투항한 걸 보면 강한 동기도 없었던 것 같고 말이야. 그 부분이 제대로 설명이 되지 않는다고 생각하는 건 나뿐인가?"

문 대위는 감정을 드러내지 않으며 냉정하게 묻지만, 박 소위는 벌써 억울해서 감정이 폭발하려 한다.

왜? 왜? 대체 왜 부하 장교가 아니라 죄수 놈들 편을 드시는 겁니까!

그의 벌어진 입은 그 말을 외치고 싶어 미치겠는 모양이다. 그 고지식한 반응을 도저히 더 보고 있기가 불편해서 강 소위는 한 수 거들기로 했다.

"중대장님, 박 소위가 그 수감자들을 제압할 때, 저도 보고 있었습니다. 무장했다고는 하지만 선두에 서서 선동하는 주범만이 이상할 정도로 흥분해 있었고, 나머지 수감자들은 마지못해 따르는 인상을 받았습니다. 사망한 주범은 박 소위가 두 차례나 경고를 하는 동안에도 오히려 욕설을 퍼부으며 도끼를 쥔 채 뛰어들었고, 박 소위로서는 선택의 여지가 없어 보였습니다. 그때, 개머리판에 맞아 쓰러지지 않았더라면 누군가에게 치명적인 상해를 가한 다음에야 끝을 봤을 거라고 생각합니다."

갑자기 끼어든 강 소위의 말을 듣고 문 대위는 잠시 생각에 잠겼다. 1분쯤 침묵 속에서 두 부하 장교의 얼굴을 번갈아 보던 그는 결론을 내렸다는 듯 고개를 끄덕이며 말했다.

"눈이 돌아갔었나 보군. 있을 수 있는 일이지."

"그렇습니다."

강 소위는 뻔뻔한 얼굴로 고개를 끄덕였다. 박 소위는 아직도 꾹 참고 있는 말이 많은지 숨을 씩씩댄다.

"알았다. 다들 피곤할 테니 그 이야기는 그만하기로 하자고. 앞으로도 너희들이 서로 잘 협조하고 도와라. 눈 돌아가는 사람 없도록 챙기는 것도 잊지 말고. 이만 돌아가서 쉬어."

박 소위는 경례를 붙이고 돌아 나와 장교 숙소로 이동할 때까지도 가슴을 들썩일 만큼 흥분을 삭이지 못하고 있었다. 아무 말 없이 자신의 방으로 들어가려던 강 소위가 결국 먼저 입을 열었다.

"어이, 박 소위. 나한테 한 번 신세진 거야. 그거는 알고 있지?"

"음? 아아, 그래, 고맙다. 근데 중대장님이 네가 한 그 말, 믿으셨을까?"

"참나, 우리 중대장님이 무슨 어린애냐, 아니면 바보냐? 그걸 믿으실 리가 있어?"

"응? 그럼 왜……."

"그거야 당연히 문 대위님이 참아주신 거지. 동료끼리 돕겠다고 내가 나선 게 플러스 2점! 네가 사고 친 거가 마이너스 2점! 똔똔 났는데 군이 처벌을 해봐야 죽은 사람 살아 돌아오는 것도 아니고. 앞으로 잘해서 그걸 만회하라고 하시는 거잖아. 기억해 봐. '눈이 돌아갔었나 보군'이라고만 하셨어. '누가'라는 말이 없다고. 박 소위, 너 들으라고 하신 말씀인데, 정작 너는 못 알아들은 것 같아서 내가 이렇게 다시 설명해 주는 거야. 또 사고 치지 말라는 의미로.”

"가, 강 소위, 네가 그 상황을 못 봐서 그런 말이 나오는 거야. 그 새끼가 톱을 들고 서 있었다고! 성수 1쉘터에서도 바로 그런 새끼들이……."

박 소위가 다른 쉘터 수감자의 이야기를 다시 거론하며 언성을 높이자 강 소위도 잡았던 문손잡이를 놓고 이마를 찌푸렸다.

"다른 데서 어떤 새끼가 어떤 사고를 쳤는지, 그런 건 나는 몰라! 관심도 없고! 내가 아는 걸 이야기해 줄게. 우리 쉘터에서 작업 나가는 수감자 중에 절반은 톱이나 도끼를 들어. 왜? 나무를 잘라야 하니까! 그리고 오늘 막 잘린 나무가 있어! 거기에 깔린 사람들도 있었고! 너도 아까 그쪽으로 겨냥을 했으니 봤겠지. 걔들이 자기 동료 깔렸다고 소리소리 질렀을 텐데, 우리는 못 들었어. 우리는 좀비 때문에 존나게 무서웠거든! 총소리도 계속 났고! 그러다가 네가 걔들을 본 거야. 알겠어? 내 말이 안 믿기면 네가 한 번 오늘 일을 복기를 해봐. 그러면 알게 될 거야. 걔가 정말로 돌아서 박 소위, 너를 어떻게 해보려고 연장 들고 설친 건지, 아니면 그 연장으로 깔린 사람들을 어떻게 빼내려고 했던 건지……. 운이 없었다는 건 나도 인정해. 하지만 네가 혼자 암만 고집을 부려봐야 사실관계는 안 바뀌어. 계속 그런 식이면 나도 네가 싼 똥 못 치워준다!"

아픈 말을 잔뜩 쏟아낸 강 소위는 항변할 틈도 주지 않고 쾅!

문을 닫으며 방 안으로 들어가 버렸다. 복도에 혼자 남겨진 박 소위는 그 상황이 분해서 견딜 수가 없었다.

하지만 그를 더 화나게 하는 것은 저 약아 빠진 강 소위의 말들이 대부분 옳은 이야기처럼 들린다는 사실이었다. 너무 늦게 보기는 했지만, 그도 나무에 깔린 수감자의 시체를 눈으로 직접 확인했다. 게다가 돌이켜 보면 그 작업반장이 그런 비슷한 말을 했던 것도 같다.

억울하다고 했었나? 그리고 그다음에 뭐라고 했더라……

그게 기억이 나지 않을 만큼 자신은 흥분해 있었다. 그리고 겁에 질려 있었다. 좀비 때문에, 그리고 그 염병할 동기 새끼에게서 전해 들은 다른 쉘터의 사고 이야기 때문에……

씨발, 애먼 사람을 죽였다. 그것도 두 번, 아니, 세 번 죽인 거나 마찬가지다. 대갈통을 후려쳐서 한 번, 좀비에게 물리게 해서 두 번, 그리고 자신이 직접 사살하는 것으로 세 번… 대체 무슨 철천지원수라고……

그렇게 생각하니 너무 슬프고 우울해진다.

아니, 아니, 안 돼……

박 소위는 고개를 세차게 저었다. 차라리 분통을 터뜨리고 누군가를 원망하는 편이 훨씬 속이 편해질 것 같았다. 하지만 누구를 원망해야 하는 건지, 누구의 죄가 커져야 자신의 죄가 덜어지는 것인지 그걸 모르겠다.

박 소위는 얼굴을 쥐어뜯다가 밖으로 뛰어나갔다. 사람의 시선이 싫어서 아직 정비가 끝나지 않은 건너편 건물까지 건너간 박 소위는 거기에서조차 컴컴한 구석을 찾아 어둠 속으로 몸을 밀어 넣었다. 여기라면 아무도 없다. 나를 심판하고 원망하고 나무라는 새끼가 없다.

나를 심판한다고? 왜 씨발! 왜 죄수 새끼들이 아니고, 나를!

담배를 뻑뻑 피우며 계속 욕설을 늘어놓아도, 자기 합리화를 해봐도 마음은 편해지지 않는다. 강 소위와 문 대위의 책망이 뇌를 직접 쑤시고 들어와 전해지는 것 같다. 개머리판으로 후려 치기 직전 망막에 새겨진 그 죄수의 얼굴이 뱃속 어딘가에 있는 죄책감을 후벼 판다.

하아~ 씨발, 하아~ 씨발.

박 소위는 벽을 걷어차고 계속해서 새 담배에 불을 붙였다.

"박 소위님?"

귀에 익은 혀 짧은 소리에 박 소위는 깜짝 놀라 고개를 돌렸다. 가희다.

왜 이 시간에 혼자서 이렇게 후미진 곳에?

순간적으로 의문이 들었지만, 그보다는 지금의 자기 모습을 보여주고 싶지 않다는 부끄러움이 더 컸다.

"아후, 세상에… 얼마나 여기 계셨던 거예요? 이 비를 맞으면서… 다 젖으셨잖아요. 안 추우세요?"

"아… 가희 씨, 아… 지금 제가… 아니, 그보다 여기에 어쩐 일로?"

당황한 박 소위가 말을 더듬거리자 가희는 바짝 다가와 어깨에 손을 얹으며 소곤거렸다.

"이건요, 정말 기적 같은 일인데요, 가희가 깜빡 졸았었거든요. 조금 있다가 박 소위님 방에 놀러 가야지~ 하는 생각하면서요. 그런데 꿈을 꿨어요. 꿈속에서 바로 여기, 이 자리에 소위님이 비를 맞고 계시는 거예요. 너무 슬픈 표정으로……. 가희도 같이 울다가 잠에서 깼는데, 근데 그 꿈이 너무 생생한 거예요. 그래서 무섭지만 나와봤어요. 그랬더니 세상에, 정말 여기 박 소위님이 계시지 뭐예요? 가희 꿈이 맞았던 거야. 어떡해요. 가희랑 소위님은 하늘이 맺은 인연인가 봐요. 그래서 이렇게 만나게 된 거겠죠."

가희가 몸을 꽈대며 말도 안 되는 소리를 나불댄다. 물론 새빨간 거짓말이다. 박 소위의 동향을 계속 감시하던 만배파 조직원이 육만배에게 박 소위가 심상치 않아 보인다는 보고를 했고, 육만배는 재빨리 가희를 이곳으로 보냈다. 녹여놓으라는 당부와 함께.

"제, 제가 꿈에 나왔다고요? 그, 그런 일이… 참 이상하네요."

박 소위에게도 허무맹랑하게 들리긴 했지만, 믿고 싶다는 욕망이 더 우세하게 작용했다. 이 젊고 예쁜 여자 연예인과 운명의 짝이라는 걸 인정하면 자신이 뭔가 더 특별한 존재가 되는 것 같다.

게다가 이 여자, 이 가희라는 여자의 모습이 그의 숨을 가쁘게 만든다. 비에 젖어 몸에 밀착된, 흰 티셔츠를 통해 비쳐 보이는 그녀의 브래지어와 날씬한 라인이, 젖은 머리카락과 입술이,

뭔가를 갈구하는 듯한 눈빛이… 욕망을 끓어오르도록 한다.

하지만… 더 이상 사고를 칠 수는 없다. 그랬다가는 문 대위가 자신을 어떤 눈으로 쳐다볼지… 생각이 거기에 미치자, 팽팽히 부풀어 올랐던 그의 욕망은 순식간에 사그라졌다.

죽은 죄수의 얼굴과 죄수를 감싸던 문 대위의 얼굴, 그리고 죄수들을 조심하라던 동기 놈의 얼굴이 모두 교차하며 그의 감정을 부정적인 기운으로 가득 채웠다.

"제가… 오늘 사고를 쳤습니다. 죄수 하나가 저 때문에… 죽었습니다. 하아… 그게 괴로워서 이렇게 하고 있습니다."

"어머, 하지만 죄수는 나쁜 사람이잖아요. 가희 생각에 그건 죄가 안 될 것 같아요. 소위님은 죄 없어요. 이렇게 착한 분인데."

"아니요, 그렇게 간단하지 않아요. 문 대위님 말씀이… 그리고 강 소위도 비슷한 말을 했어요. 제가 실수한 거라고."

"가희는 그런 거 몰라요. 그냥 소위님 속상하게 하는 사람들은 다 싫어요."

가희는 점점 더 바짝 몸을 밀착시키며 속삭였다. 그 숨결이 귀를 간질이고 탱글한 가슴이 느껴지자 정신이 다 아득해지는 것 같다.

"가, 가희 씨, 이, 이렇게 있으면 안 될 것 같습니다. 다, 다른 사람들의 눈이… 저 때문에 무슨 소문이라도 나면……."

박 소위가 황급하게 자리를 피하려 하자 가희가 그의 손을 붙잡는다. 긴장한 박 소위가 멍해 있는 사이, 가희는 박 소위의 손을 자신의 가슴에 가져다 댔다.

얇은 옷 사이로 느껴지는 이 감촉!

아아, 너무 아찔해서 박 소위는 눈을 질끈 감았다. 그의 목 뒤로 두 팔을 둘러 당기며 가희가 말했다.

"그래요, 박 소위님 말이 맞아요. 가희도 여기 안 있을래요. 우리 같이 박 소위님 방으로 가요. 가서 좀 더 솔직해지고 싶어요."

"저, 저는… 그, 그런 일은 금지한다고 문 대위님이……."

"가희는 지금 박 소위님밖에 안 보여요. 문 대위도 모르고, 아무것도 몰라요. 방으로 가요. 박 소위님도 가희 생각만 나도록 해줄게요. 슬픈 것도, 화나는 것도 다 잊어버리고 가희 생각만 남도록 만들어줄게요. 아주우~ 기분이 좋게, 행복하게 해줄게요. 봐요, 벌써 이렇게……."

가희의 손이 박 소위의 바지춤을 훑고 지나자 그의 절제가 녹아내려 입 밖으로 흘러나온다.

으으으~ 박 소위는 미친 사람처럼 가희의 입술을 빨고, 두 손으로 그녀의 온몸을 수색하듯 훑었다. 그녀를 탐하고 싶다는 것 외의 모든 생각이 그의 뇌에서 깨끗이 지워져 버렸다. 의무도, 명예도, 부끄러움도 사라지고, 그 자리를 빨갛고 뜨거운 욕망이 채웠다.

박 소위는 가희를 바닥에 눕히고 지퍼를 내렸다. 그것이 그가 가희의 노예로 전락하는 순간이었다.

5장
킬러

1

　아침이 밝았을 때, 잠실 쉘터는 평소보다 조금 더 소란스러웠다. 여섯 시가 되자마자 울리기 시작한 장내 확성기는 10시 30분에 성수 1쉘터행 장갑 트레일러가, 11시 30분에는 건대 쉘터행 장갑 트레일러가 출발한다는 내용의 방송을 몇 시간 동안이나 반복해서 틀어 댔다.

　미리 이동 의사를 밝혀놓았던 신청자들은 졸고 있는 사람들 사이를 바쁘게 오가며 자신의 짐을 챙기고, 화장실을 가고, 여느 때보다 일찍 배식을 시작해 한산한 식당에서 밥을 챙겨먹었다. 초희와 민구도 그런 사람들 중 한 무리였다.

　"근데 강 실장 오빠, 의외로 짐 싼 사람이 별로 없다, 그치?

나는 이것보다는 훨씬 많을 거라고 생각했었는데. 저번에 육 회장님이랑 우리 식구 다 움직일 때는 꽤 바글바글했었거든."

3분의 1쯤 남은 오징어 국을 수저로 휘적거리며 초희가 재잘거린다. 초희는 무슨 나들이라도 가는 것처럼 짧은 치마까지 골라 입었다. 어제저녁부터 군인들 열댓 명으로부터 이별 선물 비슷한 걸 받은 터라 그녀의 기분은 좀 들떠 있다. 과자를 받아서가 아니라 자신의 팬이 있다는 걸 확인할 수 있어서 그게 어지간히 좋은 모양이다. 민구는 선선히 고개를 끄덕였다.

"뭐… 그렇겠지. 갈 마음이 있던 사람들은 다 그때 그 첫차 타고 갔을 테니까."

"그런가 봐. 아, 오빠. 근데 좀 웃긴 게 뭔 줄 알아? 여기 사실 별로 아쉬울 것도 없는데, 막상 떠난다고 하니까 괜히 막 그리워질 것 같은 거야. 아련하고… 눈물도 좀 날 것 같고. 이상해. 정 들었나 봐. 오빠도 그런 기분 쪼끔 들었지? 그죠? 내 말 맞지?"

"그런 거 없고, 다 먹었으면 일어나. 짐 찾으러 가야 하니까."

'칫, 뭐야. 낭만도 존나 없어'라고 깡알거리는 초희를 데리고 식당을 나선 민구는 그가 처음 이곳에 왔을 때 지나온 1층의 경기장 외부로 향했다. 평소 민간인들의 출입을 철저하게 통제하던 지역이지만, 오늘은 장갑 트레일러 탑승객들을 위해 개방되어 있었다.

"창고 L5, 창고 L5……."

철책을 따라 경기장 외곽을 걸으며 민구는 어제저녁 대민 지원 센터에서 전해 들은 창고의 이름을 되뇌었다. 과거에 음식점이나 기념품 판매점이었던 공간들이 이제는 창고로 개조되어 있고, 셔터가 내려진 그 창고들 내부에는 여러 가지 보급품들이 가득하다.

원래 편의점이었던 곳에 세워진 L5의 앞에는 몇 명인가 짐을 찾아가려는 민간인들이 줄 서 있었다. 민구는 초희와 함께 끝에 가서 섰고, 20여 분가량을 기다리자 그의 순서가 됐다.

"짐 찾으러 오셨습니까?"

물어보는 병사를 포함해 경비병 전원은 긴 가방을 내려놓는 민구보다 그 뒤에 서 있는 초희에게 더 관심이 많아 보인다. 그 시선을 눈치챈 초희가 가볍게 어깨를 까딱거리며 인사를 건네주자, 병사들의 얼굴에는 금방 발그레한 웃음이 피어올랐다. 민구는 자신의 사물함 열쇠를 탁자 위에 올려놓으며 말했다.

"음, 이걸 반납하면 여기 들어올 때 보관시킨 내 물건을 찾아갈 수 있다던데."

"네, 잠시 기다리십쇼. 이게 시간이 좀 걸립니다. 전산이 아니고 제가 선반에서 직접 찾는 방식이라……."

빙글거리는 낯으로 사물함 열쇠의 번호를 확인하며 창고 내부로 들어간 병사는 몇 분 뒤, 경직된 표정을 하고 돌아왔다.

"저기 확인차 다시 한 번 여쭤보겠습니다……. 선생님, 그… 찾으시는 물건이라는 게 혹시… 도검류를 말씀하시는 겁니까?"

오, 제대로 보관해 뒀군.

민구는 반가운 마음에 고개를 끄덕였다.

"그렇소. 전부 다 해서 세 점. 마세티 하나, 쿠크리 하나, 울트라마린 나이프 하나."

"아니, 그게… 선생님, 그… 하하하, 참내……."

어처구니없다는 듯 너털웃음을 터뜨리던 병사가 급정색을 하고 말했다.

"그건 가져가실 수가 없습니다. 이 세상에 어떤 민간인 수용소가 그런 걸 가지고 들어오도록 허락하겠습니까?"

"하지만 그건 내 개인 물건이잖소? 일단 가져갔다가 옮겨간 데에서도 반입이 안 된다고 하면 그때는 거기에 맡기면 되는 거고."

"선생님이 만약에 혼자 걸어서 건대 쉘터까지 가시는 거라면 그러셔도 됩니다만, 저희가 제공하는 이동 수단을 이용하실 거잖습니까? 그것도 다른 분들이랑 같이. 입장을 바꿔서 생각을 좀 해보십쇼. 생판 모르는 어떤 분이 날 길이가 팔뚝보다 긴 칼을 가지고 선생님 옆자리에 타면 그 기분이 어떻겠나. 그리고 딱 봐도 불법 도검류인데."

"괴물들이 법 따져 가면서 덤벼들지는 않지. 그리고 정 신경이 쓰이면 군인 아저씨들이 따로 가져가도 나는 별로 상관없는데… 중요한 건 여기 버려두고 가기 싫다는 거요. 내가 내 돈 주고 산 걸 버려라 마라 할 권리는 없지 않소?"

"무슨 말씀을 어떻게 하셔도 제 대답은 안 바뀝니다. 이건 못 가져가십니다. 아니, 그리고 대체 뭐하시던 분이기에 그런 걸 몇 개씩이나… 후우~ 뭐, 그건 제가 관여할 바는 아닙니다만, 어쨌든 안 돼요. 안 됩니다! 칼을 가지고 이동하신 전례가 없어요."

군인이 강경하게 고개를 젓는다. 옆에서 온갖 예쁜 척을 다 하고 있던 초희가 끼어들어 한마디를 거들었다.

"근데요, 군인 오빠. 내가 태클 거는 건 아니지만, 저번에 보니까 태술이 아저씨는 칼 잔뜩 찾아가지고 갔거든요. 이렇게 두루마리에다가 한 열댓 자루? 완전 많았어요. 왜 그거는 되고, 이거는 안 돼요?"

태술이 아저씨? 그게 누구야? 칼을 잔뜩 가지고 간 사람이 있다고?

병사들은 자기들끼리 웅성거린다.

아, 아, 그 사람…….

정보를 확인한 군인이 대답을 해준다.

"아, 초희 씨가 말씀하시는 분이 누군지 알겠네요. 전에 건대로 이동하신 요리사분 말씀이시죠? 그분은 요리사니까 칼이 자기 작업 연장이잖습니까. 연세도 꽤 되셨고."

"우리 강 실장 오빠한테도 그거 작업 연장이에… 아우, 오빠. 왜 말을 못하게 당겨! 내가 도와주려고 하는데!"

민구는 초희를 뒤로 당겨 치우고 다시 한 번 설득을 해봤다. 칼이 있어야 만일의 사태에 내 힘으로 내 몸을 지킬 수 있다는 논리였는데, 별로 먹혀들지 않는다. 이 군인 놈도, 그 옆에서 고개를 젓는 놈들도 전부 다 어지간히 고집불통이다.

하지만 신기한 점은 그렇게 자신의 말을 반대하고 뜻을 막아서는 이 어린 군인 놈들이 별로 밉지 않다는 사실이었다. 괴물들의 대규모 습격 때, 이 녀석들이 목숨을 걸고 싸우는 모습을 보고 난 이후의 변화랄까? 하여튼 말로 설명하기는 어렵지만, 그의 마음속에서 뭔가가 조금은 바뀌었다.

논쟁이 길어지자 지나던 병사들도 멈춰 서서 멍하니 구경을 하고 있다.

짧은 치마의 미녀, 칼자국 난 사내.

충분히 호기심을 자극할 만하다. 그들이 말다툼을 하는 동안 몇 사람인가가 와서 이런저런 사정 때문에 보관시켜 뒀던 물건들을 찾아간다. 물론 칼은 아니다. 한쪽 구석으로 옮겨가서 민구와 계속 흥정을 하던 병사가 단호하게 말했다.

"선생님, 안 됩니다. 아무리 길게 이야기를 하셔도 결론은 똑같아요. 절대 못 드려요. 계속 말씀을 하시는 건 상관없는데, 그래도 달라지는 건 없을 겁니다. 물론 저희가 임의로 저 물건들을 폐기 처분하지도 않을 겁니다. 세상이 좋아지면, 그때 오셔서 찾아가세요. 그리고요… 이러시다가 건대 가시는 장갑 트레일러 놓치셔도 전 그 책임은 못 집니다."

그리고 보니 조금 전부터 확성기에서는 통로 앞으로 와서 줄을 서라는 안내가 계속 울려 퍼지는 중이다. 뒤에서 구경하던 병사들도, 다른 민간인들도 다 어딘가로 사라진 뒤였다.

후우~ 민구는 한숨을 내쉬고 고개를 끄덕였다. 이놈들을 설득하기는 틀렸다.

민구는 칼을 보관소에 남겨두고 초희와 함께 통로로 이동했다.

"첨부터 나한테 맡겨뒀으면 잘됐을지도 모르는데… 하여간 오빠는."

조그만 캐리어를 끌고 따라오면서 계속 쫑알거리는 초희도 그렇고, 두고 온 칼도 그렇고, 여러모로 속이 좋지는 않다. 게다가 대기 구역에도 또 신경을 긁는 게 기다리고 있었다. 테라라는… 그 말라깽이 계집애다.

줄 선 사람들을 살피던 테라가 민구를 알아보고 다가온다. 여전히 트레이닝복을 입고 있는 걸 보니, 아직 팔다리의 멍이 다 빠지지 않은 모양이다.

"넌 머리가 나쁘냐? 얼쩡거리지 말라고 내가 분명히 말했을 텐데?"

민구는 차갑게 내뱉었다. 민구의 태도에 신이 난 초희도 쏘아붙였다.

"하여간 미친년이라니까. 우리 오빠가 경고했잖아. 재수 없으니까 꺼지라고. 울 강 실장 오빠는 너처럼 엉겨 붙는 년들 딱 질색이야. 너, 스토커야? 우리가 오늘 다른 데로 간다는 건 도대체 어떻게 알고 졸졸 따라 다녀? 아우, 섬뜩해. 저년 쳐다보는 눈깔 좀 봐, 오빠."

성질 같아서는 끼어들지 말라고 초희의 머리채를 잡아채고 싶었지만, 민구는 그냥 그녀가 떠들도록 내버려 뒀다. 혹시나 이 테라라는 아이가 건대까지 따라올 생각을 했더라도 이렇게 모욕을 당하고 나면 마음을 바꿔 먹을 것 같았기 때문이다.

육만배가 있는 곳은 언제나 피와 음모가 지배하게 된다. 그런 곳에 이 아이를 끌어들이고 싶지 않다. 그러나 테라는 초희의 욕설이 들리지 않는 사람처럼 차분한 표정으로 민구를 바라보고 있다가 입을 열었다.

"왜 저한테 그렇게 화가 나셨는지 아무리 생각을 해봐도 모르겠어요. 하지만 제가 확실하게 아는 건 제가 아저씨께 정말 큰 도움을 받았다는 사실이에요. 그건 변하지 않아요. 다른 쉘터로 가시기 전에 인사는 드리고 싶었어요. 그게 제가 할 수 있는 전부여서요. 정말 감사했습니다. 건강하시길 빌게요."

테라가 깊숙이 허리를 숙였다가 들었다. 잠시 민구의 눈을 바라보던 테라는 더 돌아올 말이 없다는 걸 깨달았는지 뒤돌아 멀어져 갔다.

그 가녀린 어깨를 보며 민구는 생각했다.

이제 더 볼 일 없다. 이 정도면 된 거라고…….

"오빠, 오빠는 근데 저년이 왜 그렇게 싫어? 응? 말 좀 해줘, 응? 난 그 얘기 너무 듣고 싶다."

트레일러에 올라서도 초희는 계속 바짝 달라붙어서 테라에 관한 험담을 듣고 싶어 했다. 민구가 반응을 보이지 않아도 막무가내다.

귀찮아진 민구는 그녀를 내버려 두고 앞쪽으로 좌석을 옮겼다. 그리고 따라오면 혼난다는 의미를 담아 지그시 노려보는 것으로 그녀가 제자리에 엉덩이를 붙이고 있도록 만들었다. 암만 미우니 고우니 해도 자기 식구라서 여러 사람들 눈이 있는 데에 서까지 쥐 잡듯 하고 싶지는 않았다.

20여 명이 탑승하고 나니 앞쪽에서 견인하는 장갑차가 서서히 출발했고, 덜컹— 하는 소리와 함께 듬성듬성 찬 트레일러도 움직이기 시작했다.

원래대로라면 청담대교를 타고 강을 건너는 것이 건대까지 이르는 최단 거리겠지만, 좀비들의 유입을 막기 위해 탄천을 잇는 모든 다리를 폐쇄했기 때문에 모든 장갑 트레일러는 잠실대교 쪽으로 우회하여 이동했다.

쉘터를 벗어난 지 10분가량이 지나고 슬슬 단조로운 덜컹거림에 익숙해질 무렵, 민구는 오른쪽으로 고개를 돌렸다. 아까부터 계속 자신을 쳐다보는 시선이 느껴졌기 때문이다. 시선의 주인공은 트레일러의 앞쪽 끝에 앉은 두 군인 중 하나였다.

동글동글하고 귀염상이 있는 밤톨 같은 놈이다. 밤톨은 민구와 눈이 마주친 뒤에도 계속 빙글거리는 얼굴로 빤히 그를 쳐다본다. 초희의 짧은 치마에 꽂혀서 그 허벅지를 뚫어져라 보고 있는 놈의 동료와 너무 대조적이었다.

뭐지, 이 새끼?

의문이 들려고 할 때, 밤톨이 물었다.

"형님, 저 기억하십니까?"

잠시 생각해 보다가 민구는 고개를 저었다. 워낙 평범한 얼굴이기도 하지만, 인연이 얽혔던 기억이 없다. 밤톨은 수긍하는 표정으로 웃었다.

"하하, 그럴 것 같기는 했습니다. 그날 말입니다, 그… 왜 형님이 처음 우리 쉘터에 오신 날이요. 지하철에서 걸어 나오셔서 가지고 철책 앞에서 군인들 만난 건 기억하시죠? 이것 좀 열어 보라고 하시고, 왜 지하철 입구에다가 출입문을 안 만들었냐고도 하셨고……. 그러다가 좀비들이 뛰어오니까 안에 있던 군인들이 형님 보고 막 소리 질렀잖습니까, 도망가라고."

민구가 머리를 끄덕이자 밤톨은 자신을 가리키며 말했다.

"그 도망가라고 소리 지르던 군인이 저였습니다. 제가 그날 외곽 철책 담당이었거든요. 근데 여기에서 또 뵙네요."

아, 그랬나…….

기억을 되짚어봐도 잘 모르겠다. 용건이 없는 남자의 얼굴을 기억하는 성격이 아니라서. 밤톨은 신이 나서 계속 말을 했다.

"그날 형님이 가방에서 칼 꺼내고 그다음에 좀비들하고 싸우신 거, 정말 멋있었습니다. 검도 선수신가 봐요? 아니다, 그런 칼은 우슈인가? 진짜… 그런 게 가능하다고 한 번도 생각해 본 적이 없었는데… 우와, 혼자서 그 많은 놈들을… 제 눈으로 본 건데도 믿어지지가 않더라고요. 휙― 휙― 캬!"

밤톨이 한 손으로 작게 칼 휘두르는 시늉까지 해가며 감탄을 한다. 민간인 같은 말투도 그렇고, 어딘가 군대 간 막내들 생각이 나서 민구도 피식 미소를 지었다.

처음 보는 사람에게, 그것도 누가 봐도 불량해 보이는 자신의 이 얼굴을 보면서 형님, 형님 해가며 말을 거는 밤톨의 어설픈 추리 능력과 붙임성이 싫지 않았다. 한창 신이 나서 칼 쓰는 시

능을 하던 밤톨이 물었다.

"근데 결국 칼은 못 돌려받으셨나 보네요."

아까 한창 실랑이를 벌일 때 이 녀석도 아마 그 뒤에 서서 구경을 하고 있었나 보다. 민구는 그렇다고 했다.

"음, 안 주더군. 다른 사람들이 위협을 받아서 곤란하다고."

"큭, 사실 그렇기는 하죠, 그거는. 그렇게 큰 칼을 보고 겁이 안 날 사람이 있겠습니까? 저도 처음에는 제가 뭘 잘못 본 줄 알았거든요. 가방에서 이따만 한 칼이 나오니. 큭큭."

민구와 밤톨은 서로 마주 보고 피식 웃었다.

"어? 어? 왜 속도를 줄여? 이거, 고장 난 거 아니야?"

바람구멍에 매달려 바깥을 보고 있던 구경꾼들이 당황한 목소리로 떠들어 댄다. 다른 민간인들 사이에서 웅성거림이 커지기 전에 얼른 밤톨이 끼어들어 진정시켰다.

"걱정하지 마십쇼. 원래 그런 겁니다. 원래 구간에 따라서 잠시 멈춰 섰다가 가고 그럽니다."

"그럴 리가 있어? 말이 안 되잖아요. 그냥 횡, 밟으면 몇 분 걸리지도 않을 거리인데?"

"평상시면 그렇습니다. 그런데 지금은 평상시가 아니잖습니까? 위에 헬기 소리 들리십니까? 저 헬기가 하늘에서 미리 보고 경로 인근에 좀비들이 움직이고 있으면 무전으로 일러줍니다. 그럼 이렇게 잠시 섰다가 그놈들 지나가고 나면 다시 출발하는 겁니다."

"조, 좀비? 그럼 근처에 좀비 떼가 있다는 말이잖아? 그런데 이렇게 멈춰 서면 더 위험해지는 거 아니에요?"

여자들이 패닉을 일으키려 하자 밤톨이 빙글거리며 달랬다.

"어머니, 그리고 누님들, 좀비들 지나쳐 가는 데는 여기서 몇백 미터나 떨어진 곳입니다. 헬리콥터에서 지시하는 대로만 따르면 쓸데없는 교전 안 하고도 조용히 갈 수 있습니다. 그리고 이거요."

밤톨은 전투화 뒤축으로 컨테이너의 벽을 퉁퉁, 걷어찼다.

"이거, 엄청 튼튼한 겁니다. 좀비들이 못 뜯어 먹어요. 걱정하지 마세요."

그, 그런가…….

민간인들은 조금 납득한 얼굴로 옆의 사람들과 웅성거리기 시작했다. 중년 사내 하나가 갑자기 목소리를 높여 혼잣말을 중얼거렸다.

"옌장! 좀비가 싸돌아다니면 그거를 보이는 족족 쏴 죽여야지! 언제까지 자꾸 그렇게 도망만 칠 거야? 그러니까 이게 시간이 가도 해결이 안 되지! 좀비가 지나가 줄 때까지 기다렸다가 몰래 살살 피해 간다고? 상전이네, 상전. 왜, 아예 좀비님들이라고 부르지? 대한민국 국군의 기강이 완전 바닥이구만. 빠져도 너무 빠졌어. 내가 군 생활 할 때 같으면 상상도 못 할 일인데."

하~! 어처구니가 없어진 밤톨과 그 동료는 서로 잠시 얼굴을 마주 보고 웃었다.

빠졌다고? 지난 보름 동안 일인당 평균 육백 발을 넘게 사격을 했는데! 잠실 경계 근무를 맡은 3,000명 중에 50명이 넘게 전사를 했는데! 빠졌다고?

6.25 때 이래로 가장 빡세게 군 생활을 하고 있건만, 저런 말을 들으니 섭섭하기도 하고 헛웃음밖에는 안 난다.

물론 처음 쉘터 간 이동을 할 때에는 그들 역시 저 중년 남자의 말처럼 그냥 막무가내로 직진했었다. 뭐, 그땐 워낙 아는 게 없었으니까. 그리고 몇 차례의 생지옥 같은 전투와 좀비 시체의 산, 총격을 받아 박살이 난 철책을 경험한 뒤, 군에서는 수송의 원칙을 바꿨다.

시간이 걸려도 최대한 조우를 회피한다. 그렇게 해서 소요되는 시간이 교전을 하고 철책을 다시 세우는 데 드는 시간이나 비용보다 훨씬 적다. 게다가 안전하기도 하다.

ㄹ

그저 막연히 산길을 따라 북쪽으로만 걷기를 이틀째.

진우의 상황은 나쁘지 않았다. 총을 두 자루나 메고 다녀야 하니까 그 무게가 조금 부담스럽기는 해도 그만큼 든든하고, 어젯밤 바람막이 점퍼를 입고 잠을 잘 수 있던 덕에 새벽에도 오한이 들지 않았다.

아직은 먹을 것이 배낭 안에 꽤 남아 있고 날씨도 이만하면 화창하다. 산속 오솔길을 걷는 거라 누군가에게 방해 받을 일도 없다. 또 언젠가 한적한 계곡을 만나서 목욕을 하게 된다면 갈아입을 새 속옷도 가지고 있다. 아참, 오늘은 아직까지 좀비도 만나지 않았다.

"근데 씨발, 왜 이렇게 서글프냐?"

미쳐 버리지 않기 위해 자신이 행복함을 느껴야 하는 이유들을 마음속으로 나열하던 진우는 혼자 중얼거리고는 씁쓸히 웃었다.

꼬르륵, 뱃속에서 음식을 달라는 신호를 보낸다. 새로 장만한 시계를 보니 점심을 먹어도 될 만큼 시간이 지났다. 배낭 속에서 양갱을 꺼내 조금씩 천천히 베어 먹으며 걸었다. 해와 그림자로 방향을 분간할 수 있는 시간 동안 부지런히 걸어둬야 한다.

"우와, 저런 데가 있네……."

굽이를 돌았을 때, 나무 사이로 나타난 녹색 구릉과 그 건너편의 개울을 보며 진우는 감탄했다. 잔디밭도 좋지만, 개울이 마실 수 있는 물처럼 보인다. 불어난 흙탕물이 아니라 꽤나 맑은 물이 아주 잔잔하게 흐르고 있다.

"물을 채울까?"

진우는 배낭에서 등산용 물병을 꺼내 흔들어봤다. 절반 정도 차 있던 놈을 꿀꺽꿀꺽, 마시며 구릉 아래로 걸어 내려갔다. 물은 보충할 수 있을 때 채워두지 않으면 정말 애를 먹게 된다.

"엇? 이거 봐라? 이런 걸 해놨었네? 밀렵꾼들인가?"

나무를 잡고 비탈길을 살살 미끄러져 내려가던 진우가 발을 멈추고 방향을 바꾼다. 아주 허술한 올무가 길목을 막고 있다. 야생동물이라면 아무 생각 없이 그걸 밟았다가 발목을 잡혔을 거다. 그리고 발버둥을 치다가 끝내는 물이 끓는 솥 속으로 들어가야 했을 것이고. 뭐, 저걸 만든 놈들도 이제는 다 좀비가 되어버렸을 테지만······.

그냥 사 먹을 것이지, 고기 얼마나 한다고. 사람들 참······.

진우는 도리질을 치며 비탈 아래 자갈밭으로 내려섰다.

"우와, 시원해~"

손바닥으로 물을 떠올려서 냄새를 맡아보고 얼굴을 적셨다. 그 청량함이란··· 정신이 다 깨끗해지는 것 같아 진우는 몇 번이고 반복해서 물을 끼얹었다.

삼복더위가 기승을 부릴 시기에 긴팔 군복에 전술 조끼, 배낭, 두 자루의 총 멜빵까지 겹쳐 메고 다니던 그에게 이렇게 차가운 물은 축복이나 다름없다.

목덜미와 팔뚝을 씻으며 등산용 물병에 물을 담던 진우는 충동적으로 배낭을 벗어 바닥에 두고 그 자리에 주저앉았다. 이런 날 물가에서 잠시 쉰다고 해도 그리 문제는 없을 것 같다. 그리고 발을 씻고 싶었다.

지난··· 아, 이제 기억도 잘 나지 않는다. 대체 언제가 마지막으로 발에 비누칠을 했던 때인지. 하여간 동료들을 모두 잃은 그날 이후, 그는 발을 씻어본 적이 없다.

"그렇게 하고도 용케 아무 탈이 안 났네. 야생에서 살도록 태어난 몸일까?"

진우는 대견하게 견뎌내고 있는 자신의 발에게 칭찬을 해주며 전투화의 끈을 풀었다. 그동안 고생했던 발에게 이 시원한

물에 담그는 보상을 해주기 위해서다.

흠흠흠흠흠~ 콧노래를 부르며 전투화를 벗고, 찐득하게 달라붙은 양말을 벗겨내자 굳은살과 물집이 적절히 섞인 발이 모습을 드러낸다. 정말이지, 지독한 고린내는 덤이었다.

킁킁.

"우와!"

자신의 발을 코에 가져다 대본 진우는 기겁을 하며 인상을 찌푸렸다. 짜릿하다. 살아오면서 맡아본 최악의 발 냄새다.

뭐, 씻으면 되는 거지… 진우는 빙글거리며 두 발을 얕은 물속에 담갔다.

하아… 발가락 끝이 물에 닿자마자 신음과 한숨이 섞여 터져 나온다. 이렇게 시원할 수 있다니. 복숭아뼈까지 푸욱 물속에 담그고 먼 산을 보면서 양갱을 씹다가 이따금씩 손바닥으로 물을 떠서 마셨다.

좋다. 신선놀음이라는 게 별게 아니구나 싶을 만큼 좋다. 발가락을 까딱거릴 때마다 새로운 감촉이 되살아난다. 안전한 것 같은데, 아예 여기서 몸까지 좀 씻어도 괜찮지 않을까?

그렇게 망설이면서 얼마나 시간을 보냈을까.

"응?"

상류 쪽에서 뭔가 움직이는 소리랄까, 기척을 느낀 진우는 개울에서 급히 발을 빼고 조심스레 뒤로 물러났다. 달궈진 자갈을 밟고 몇 걸음을 떼자 발바닥의 물기는 금세 말라 버렸다.

바스락, 저 멀리에서 풀숲이 흔들린다. 잘못 들은 게 아니다.

진우는 바위 뒤에 몸을 숨기고 새로 획득한 K−2를 고쳐 잡았다.

"그냥 물 마시러 온 노루여라. 아니면 멧돼지거나……."

진우는 조그만 목소리로 빌었다. 좀비도 지겹고, 군인들도 지겹다. 이제는 머리통에 구멍 뚫는 것도, 죄 없이 도망 다니는 것도 그만하고 싶다.

바스락, 풀숲이 더 흔들리고 기척의 주인공이 모습을 드러냈다. 노루도, 멧돼지도 아니었다.

"여자?"

진우의 눈동자가 흔들렸다. 좀비라고 하기에는 너무 멀끔한 몰골의, 소매 없는 헐렁한 7부 원피스를 입은 여자가 천천히 개울가로 다가온다. 꽤나 멀리 떨어져 있지만, 삐져나온 내장도 보이지 않고 팔다리의 피부도 다 온전하다. 고개도 똑바로 서 있고, 무엇보다도 눈동자가 까맣다.

뭐지? 이런 산속에 여자라고? 그것도 혼자? 금욕 생활을 너무 오래해서 헛것을 보나? 아니면 조금 전에 마신 물에 독버섯이라도 잠겨 있었던 걸까?

자신의 감각을 믿을 수 없어진 진우는 볼을 살짝 꼬집어봤다. 약한 통증이 느껴지는 걸 보니 환각 상태는 아니다.

하지만 아직 그녀가 사람이라고 단정 짓기는 아직 이르다. 좀비가 된 지 얼마 지나지 않았다면 시체의 상태가 저만큼 온전할 수도 있으니까. 저 짙은 색의 원피스가 실은 피에 흠뻑 젖은 것일지도 모른다. 그리고 맨발이라는 게 아무래도 수상하다.

말을 하거나 노래를 불러준다면 확실해질 텐데, 여자는 그저 느릿느릿 개울을 따라 걸어오고 있을 뿐이었다. 아직 거리가 꽤나 남아 있지만, 진우는 어떻게 해야 할는지 몰라 식은땀을 흘렸다.

만약 그녀가 좀비라면 총소리를 내서 근처의 다른 놈들까지 불러들이는 것보다 자신이 먼저 빠지는 편이 나을 것이다. 진우는 서둘러 양말을 신고 전투화에 발을 밀어 넣었다.

그런데 만약에 그녀가 사람이라면? 그리고 지금의 자신처럼 그녀도 혼자만 살아남은 거라면? 그녀 역시 믿을 만한 일행을 간절히 기다렸던 거라면?

우와~ 찰나의 순간 동안 생각만 해도 아찔한 수천 가지 상상들이 떠올랐다가 사라졌다. 함께 길을 걷고, 함께 밥을 먹으며 이야기를 하고, 함께 잠을……

여자가 우뚝 멈춰 섰다. 그러고는 고개를 든 채 좌우를 둘러본다. 저건 좀비가 자주 하는 행동이다. 영문을 알 수 없는 멍때리기. 저러다가 갑자기 '끄롸아악―' 하고 포효하는 놈들을 많이 봤다.

여자는 다시 시선을 정면으로 돌렸다. 그런 후, 좀비가 하지 않는 행동을 한다. 등 뒤로 손을 돌려 지퍼를 내린 뒤, 원피스를 바닥에 벗어놓는다.

"헉―!"

계곡물에 맨발을 담갔을 때보다 더 큰 신음이 진우의 입에서 흘러나왔다. 나체가 된 여자가 물속으로 걸어 들어가 손으로 물을 떠 몸에 끼얹고 있다. 자신의 눈앞에서…… 속옷 같은 건 입지도 않았다.

후우~ 후우~ 진우의 호흡은 엄청나게 거칠어졌다. 여자다. 살아 있는, 게다가 발가벗은 여자가 바로 20여 미터 떨어진 곳에서 목욕을 하고 있다.

지금 당장 뛰어나가 말을 걸고 싶은 충동을 꾹 눌러 참으며, 진우는 여자가 목욕을 마치고 나올 때까지 기다렸다. 물론 그녀에게서 눈을 떼지 않은 채로 계속 주시하면서. 그게 점잖은 행동이 아니라는 걸 잘 알고 있지만, 고정된 고개와 눈동자는 도무지 양심의 말을 들으려 하지 않았다.

좋은 핑계도 하나 있다. 지금 저 여자는 목욕을 하고 싶은 거야. 어쩌면 보름 만에 처음으로 물에 들어가는 것일지도 몰라. 그러니까 그녀를 방해하지 말고 혹시 나타날지도 모르는 좀비들로부터 지켜주자… 뭐, 그런 식으로 생각하니 양심을 달래는 데 조금은 도움이 된다.

"후우우~"

물에서 나온 여자가 처음으로 목소리를 냈다. 그러고는 몸의 물기를 몇 번 털어낸 후, 돌 위에 벗어두었던 원피스를 집어 다시 걸친다. 여자가 지퍼를 올릴 때까지 기다린 뒤, 진우는 큼, 목소리를 가다듬었다.

"저기요."

놀라게 하고 싶지 않아 작게 불렀는데도 여자는 기겁을 하며 가슴을 움켜쥐고 뒤를 돌아본다. 진우는 아주 천천히 일어서서 바위 옆으로 걸어 나갔다.

"놀라지 마세요. 나쁜 사람이 아닙니다. 정말이에요."

"헉! 구, 군인이에요?"

"네, 맞습니다. 대한민국 국군입니다."

진우는 아주 천천히 거리를 좁혔다.

여자는 한 번씩 주변을 두리번거리면서도 큰 움직임 없이 그 자리에 가만히 서 있었다. 뒷걸음질을 치거나 뛰어서 달아날까 봐 걱정을 했던 것과는 다른 반응이었다.

"군인이 왜 여기에? 어디 소속이에요? 다른 부대원들은요?"

"없습니다. 저 혼자뿐이에요."

"왜요? 어째서 혼자만?"

여자의 얼굴에 갑자기 실망의 기운이 돈다.

구조대라도 만났다고 생각한 걸까?

진우는 솔직하게 말을 했다.

"작전을 수행하다가 전부 전사했습니다. 저만… 남았어요."

아아~ 여자의 입에서 탄식이 쏟아진다. 급한 마음에 진우는 얼른 그녀를 달랬다.

"동료 병사들은 없지만 제가 충분히 지켜 드릴 수 있습니다. 혼자십니까? 혹시 일행분들이 있으신가요?"

"이병 혼자서 나를 지켜준다고요? 좀비가 사방에 깔린 이 험한 세상에서? 하하하~"

여자가 어처구니없다는 듯 웃는다. 작대기 하나가 가슴에 붙어 있기는 하지만, '군인 아저씨'가 아니라 '이병'이라는 호칭을 쓰는 게 조금 의외이다. 잠시 어쩔 줄 몰라 하며 젖은 머리를 계속 쓸어 넘기던 여자는 문득 생각이 났는지 머리를 갸우뚱한 채 물었다.

"지금 내가 목욕하는 거 다 봤죠?"

으아… 난감하다.

아니라고 하고 싶지만, 그럼 계속 거짓말을 해야 할 것 같아 진우는 고개를 작게 끄덕였다.

"그런데 왜 옷을 다 입은 다음에 불렀어요?"

"그렇게 해야 덜 당황하실 것 같았습니다. 믿지 않으셔도 어쩔 수 없지만."

"아뇨, 믿어요."

여자는 당연하다는 표정으로 말했다.

"착한 사람이네. 총도 있겠다, 보통은 덮치고도 남았을 텐데."

'착한 사람'이라는 말에 진우는 얼굴이 달아올랐다. 조금 전까지도 그의 눈은 젖은 원피스 위로 도드라진 그녀의 가슴을 힐끔거리고 있었기 때문이다.

음… 뭔가를 고민하며 여전히 머리카락을 넘기던 여자가 진우의 오른팔에 감긴 붕대에 관심을 보였다.

"부상당했군요? 언제?"

"아, 예. 이거… 이틀 전에 유리에 찢겨서……."

"치료는 했고?"

"그냥 진통제 먹고 소독했습니다. 연고 발랐고요."

"어디 봐. 좀 볼게요?"

여자가 다가와 팔의 붕대를 푼다. 살 냄새를 맡을 수 있을 만큼 가까운 거리에서 여자를 본 게, 아니, 살아 있는 사람을 본 게 얼마 만인가. 여자의 손길이 스치자 진우의 가슴은 콩닥콩닥 뛰었다.

"안 좋아. 곪기 시작하잖아."

퉁퉁 부어올라 있는 진우의 상처를 살피면서 여자가 중얼거렸다. 뭐, 눈이 있는 사람이라면 누구나 알 수 있는 거라서 별로 새로운 소식도 아니다. 그렇게 심하게 찢어진 상처를 대충 소독만 한 후에 염천에 꽁꽁 싸매고 다녔으니, 당연하다면 당연했다. 붕대를 다시 고쳐 감은 여자가 말했다.

"따라와요. 드레싱을 새로 해줄 테니까."

그렇게 돌아선 여자는 여전히 맨발로 자갈밭 위를 걸어간다.

뭐지, 이 상황?

진우는 모든 것이 혼란스러워졌다. 산중에서 낯선 사람을 만났는데 조금도 당황하지 않고 대응하는 저 여자, 그리고 부상당한 부위에 대한 그녀의 관심, 그리고 무엇보다도… 드레싱이라고? 무엇으로 소독을 하고 감싼단 말인가. 신발도, 팬티도 없는 여자가 그런 도구는 가지고 있다는 게…….

"뭐해요, 오라니까?"

진우가 멍하니 서 있자 앞서 걷던 여자가 뒤돌아보며 손짓을 한다.

아, 이거, 무슨 옛날이야기 속에서 봤던 전개 같아… 여우에게 홀려 저택인 줄 알고 무덤에서 잠이 드는, 그런 패턴인 건가?

진우는 고개를 갸웃거리면서도 그녀의 뒤를 따라 걸었다.

여자는 맨발로도 꽤나 능숙하게 부드러운 흙이나 풀만을 골라 디디며 언덕을 올랐다. 5분여쯤 더 산길을 걷자, 저 멀리 작은 오두막이 눈에 들어온다. 아래에서는 나무들에 가려 전혀 보이지 않던 집이다. 울창하게 들어선 나무들의 끝자락에 진우를 멈춰 세우고 여자가 말했다.

"여기서 기다려요. 금방 다녀올 테니까."

"아, 저, 저도 같이……."

진우는 말까지 더듬을 정도로 다급했다. 혹시라도 여자가 사라져 버리는 게 아닐까 두려웠다. 어떻게 만난 사람인데, 이렇게 쉽게 그 인연을 놓을 수는 없다. 그러기에는 너무 외롭다.

훗, 여자가 가볍게 웃는다.

"저기 저 집에 갔다 오는 거예요. 여기에서 훤히 보이잖아. 설마 맨발인 여자가 도망갈까 봐 무서워? 아참, 그리고……."

여자는 하늘의 해를 보며 잠시 뜸을 들였다.

"아직 올 때가 된 것 같지는 않은데, 그래도 혹시 모르니까 말은 해둬야지. 있죠, 누가 저쪽 산에서 내려오는 걸 보더라도 말 걸지 말고 가만히 숨어 있어요. 여기에서 기다리고 있으면 금방 갔다 올 테니까."

고개는 끄덕였지만 점점 더 미궁 속으로 빠져들고 있다. 이 여자, 너무 수수께끼투성이다. 어쨌든 남의 집에 함부로 따라 들어갈 수는 없는 노릇이라 진우는 얌전히 앉아서 여자가 오두막으로 걸어가는 모습을 지켜봤다.

대체 이게 무슨 상황일까? 혹시……

진우의 머릿속에 가설이 하나 떠올랐다. 여자는 미끼인 거다. 의도적으로 냇가에서 목욕을 해 지나가는 사내들을 유혹하고, 이런저런 핑계로 여기까지 불러오는 거다. 딱 바로 이 지점, 이 소나무 아래. 그러면 미리 매복하고 있던 놈들이 목에 밧줄을 걸어 당기거나 화살을 쏴서 죽이고 가지고 있던 물건들을 훔치는 거다.

그렇게 생각하면 앞뒤가 딱 맞아떨어…지기는 개뿔. 지나가는 사람이 있을 리가 없잖아! 이 지독한 산골에.

진우는 얼른 자신의 멍청한 추리를 지워 버렸다. 하지만 그러면서도 여전히 그는 등 뒤로 돌려 멘 K—2를 왼손으로 꺼내 방아쇠를 당길 수 있는지 확인하고 있다. 정말 여자가 치료를 해줄 요량이라면, 혹시라도 오른팔을 내주고 있는 동안 무슨 일이 생겼을 때를 대비할 필요가 있다.

의심 없이 시작되는 관계라는 건 대개 좋지 않은 결말로 이어지기 마련이니까.

"그렇다면 뭐지? 왜 이런 데 혼자 있지? 그리고 저쪽 산에서 내려올 사람이라는 건 또 뭐고?"

진우가 혼잣말을 중얼거리는 동안 오두막을 나와 다시 그가 있는 곳으로 돌아온 여자의 손에는 빨간 십자가가 그려진 흰 플라스틱 가방이 들려 있었다.

"여기 앉으면 내가 처치하기가 편할 것 같네. 이쪽을 보고 앉아요."

진우를 평평한 바위 위에 앉힌 여자가 다시 붕대를 풀어냈다. 고름과 진물, 피가 잔뜩 묻은 붕대를 잘 말아 건네주며 여자가 말했다.

"이건 따로 모아놓을 테니까 배낭이나 건빵주머니에 넣어요. 여기 버리고 가지 말고."

한쪽 무릎을 꿇고 앉아 진우의 상처를 자세히 살피던 여자가 플라스틱 가방을 열고 그 안에 들어 있던 새 라텍스 장갑의 포장지를 벗겨내 낀다. 뭔가 전문적인 냄새가 풍기기 시작했다. 여자는 알코올 적신 솜들을 뜯어 일회용 종이 트레이 위에 펼쳐 두고, 라텍스 장갑을 낀 손으로 상처를 벌린다.

"참아요, 아플 테니까."

흐음! 진우의 눈이 똥그래진다. 찌릿찌릿 전기 고문을 당하는 기분이다. 하지만 신음도 흘리지 않았다. 알코올 솜으로 소독하는 내내 이를 꽉 문 채 버티는 진우를 보며 여자가 웃었다.

"그렇게 이를 깨물면 오히려 안 좋아요. 이에 상당한 부담이 가니까. 뭐, 남자답기는 하네."

여자가 핀셋을 내려놓는다. 그녀가 상처 내부를 쑤셔 댄 솜에는 고름과 피뿐 아니라 아주 작은 이물질들도 잔뜩 묻어 있다. 소독을 끝낸 후, 여자는 상처 위에 군인이라면 누구나 아는 그 빨간 약도 듬뿍 발라주었다.

"자, 이것도 챙겨 가시고."

여자는 더러워진 소독 솜들을 전부 모아서 장갑이 들어 있던 비닐에 담고, 아까 풀어낸 붕대 옆에 놓았다.

"그런데 내 소견으로는… 물론 내가 의사는 아니지만, 꿰매는 게 나을 것 같긴 해요. 지금 이대로는 자꾸 벌어져서 붙지를 않을 거야."

"꿰맨다고 해도 뭐로 말씀이신지……. 그리고 하실 줄 아십니까?"

진우가 묻자 여자는 '하겠다는 거지?' 라고 중얼거리며 가방 안에서 휘어 있는 바늘과 의료용 봉합사를 꺼내 비닐을 뜯었다. 없는 게 없다. 작은 펜치와 바늘을 들고 다가서던 여자가 진우의 망설이는 얼굴을 보며 말했다.

"봉합용 밴드만 붙여줄 수도 있기는 해. 하지만 워낙 자주 움직이는 부위라서 지금 조금 아픈 게 훨씬 나을 거예요. 어떻게 해요? 봉합해 줘? 나 이거 배웠어."

여자의 눈에서 진심과 자신감을 읽은 진우는 고개를 끄덕였다.

"…그, 그럼 부탁드리겠습니다."

"잘 생각했어요. 어찌 보면 조금 전 소독보다 오히려 이게 덜 아플 거야."

안심하라는 듯 말을 했지만, 바늘이 생살을 파고드는 순간, 진우의 몸은 저절로 경직됐다.

윽! 팔이 부르르 떨린다.

후우~ 후우~ 이를 악물고 고통을 잊기 위해 노력하던 진우의 시선이 한쪽 무릎을 꿇고 앉은 여자의 다리에 머문다.

벌어진 원피스 사이로 허벅지 안쪽이 훤히 들여다보이는데, 팬티도 없다. 그리고 여자는 자꾸 조금씩 자세를 고쳐 앉는다. 바늘이 들어갈 땜마다 움찔움찔하면서도 진우는 계속 눈을 부릅뜨고 있었다.

"좀 도움이 됐지?"

열네 바늘을 꿰매고 나서 바늘을 내려놓은 여자가 치맛단을 정리하며 물었다.

예? 진우의 입에서 얼빠진 소리가 나오자 두툼한 습윤 밴드를 상처 위에 붙여주던 여자가 미소를 짓는다.

"뭐, 입으로는 모른 척해도 여기 증거가 있어. 그나저나 엄청나시네. 생살을 쇠로 쑤시는데 정작 여기는 이렇게 팽팽해졌어. 어이구, 이거, 내가 뿌듯해야 하는 건가, 아니면 민망해야 하는 건가 잘 모르겠네. 후후."

여자가 가리킨 부위는 물론 진우의 사타구니다. 진우 자신이 봐도 대단하구나 싶을 만큼 분기탱천해 있다. 그녀는 천사처럼 착한 마음으로 자신을 치료해 줬는데, 자신은 그런 그녀의 치마 속을 노골적으로 훔쳐보면서 이걸 세우고 있었다니……

부끄럽다. 하지만 여전히 흥분은 가라앉지 않는다. 여자가 애잔하다는 듯 미소를 지으며 물었다.

"하긴 군인인데 여자 구경 언제 해봤겠어……. 어때요, 한 번 해줄까? 목욕도 했겠다."

예? 진우는 또 깜짝 놀라 여자의 얼굴을 쳐다봤다. 여자는 콧방귀를 뀐다.

"참내, 무슨 못할 말 들은 사람처럼 왜 그래요? 나는 괜찮으니까 정 하고 싶으면 한 번 하자고. 뭐, 두 번 해도 되고."

하마터면 이번에도 '그럼 부탁드리겠습니다'라고 말할 뻔했다. 사실 그렇게 말하고 싶은 욕망도 꽤 컸다. 하지만 이건 찢어진 살을 꿰매주는 것과는 다른 문제다.

아니… 잠깐만. 다르긴 뭐가 다르지?

그렇게 분열을 일으키던 진우의 자아가 겨우 제 궤도를 찾는다.

"아, 아니, 저는… 그 정말 감사한 말씀이지만… 일단… 이야기부터 좀……."

진우는 민망해서 어쩔 줄 몰라 하며 말을 더듬었다. 깨끗한 흰 붕대로 습윤 밴드를 한 번 더 감싸서 묶어주던 여자가 웃었다.

"후후, 그렇게 말할 것 같은 타입이기는 하더라."

팔이 한결 개운해졌다. 이쯤 되면 은혜를 받은 게 한두 가지가 아니다. 감동한 진우가 고개를 숙였다.

"정말 고맙습니다, 누나."

"누나가 아니라 중위다, 박진우 이병."

여자가 군복의 명찰을 읽으며 아무렇지도 않은 듯 대꾸했다.

예? 진우는 세 번째 놀랐다. 놀라서 다시 얼빠진 소리를 냈다.

하긴 그 능숙한 치료 솜씨는… 자기도 모르게 엉거주춤 일어나서 경례를 붙이려던 진우를 붙잡아 앉힌 여자가 미소를 지으며 말했다.

"됐어요. 정말 고지식하다. 제복도 안 입고 신분증도 없는데 뭘 그 정도로 예의를 갖춰? 증거라야 그저 내가 중위라고 말하는 것뿐이잖아. 근데, 군 생활 어지간히 빡세게 했나 봐? 상처가 그거 하나만 있는 게 아니네. 사방에 다 찢기고 벗겨지고… 어이구, 이거, 손톱도 하나 날아갔고."

장갑을 벗으려던 여자는 다시 소독약과 솜, 붕대를 꺼내 이곳 저곳의 상처를 돌봐준다. 그녀에게 얼굴을 맡긴 채 진우가 물었다.

"질문 하나 드려도 되겠습니까, 중위님?"

"음, 물어봐도 돼요. 어차피 입은 한가하니까."

"그… 왜 여기에 계신 겁니까? 그리고 저쪽 산에서 내려온다 던 사람들은 누구를 말씀하시는 겁니까?"

"그건 질문 하나가 아니네? 뭐, 상관은 없지만. 간단히 말하면, 그 사람들도 군인이야. 같은 국군 병원에 있던… 파견 나갔다가 돌아오는 차 안에서 갑자기 그러더라고. '씨발, 그냥 재낄까, 우리?', 그 말을 듣고 같이 타고 있던 오 대위님이 화를 버럭 냈지. 너 지금 장교 앞에서 그게 무슨 말버릇이냐고. 그랬더니 다른 병사가 곧바로 주먹을 날리더라고. 후후후, 네 명이 다 짰는데, 오 대위님이랑 나만 몰랐던 거야. 그리고 우리는 여기 까지 끌려왔네? 차는 저기 멀리 버려두고."

"잘 이해를 못했습니다."

"왜 이래… 다 빤한 이야기잖아. 호위를 위해 딸려 보낸 사병

네 명이 여자 간호 장교 둘을 태우고 이동하다가 이러다가는 어차피 얼마 못 가 좀비에게 죽을 텐데, 차라리 그전에 술이나 실컷 마시고 섹스나 실컷 하자고 의기투합해서 탈영을 했다고. 끌려온 여자 장교 둘 중 하나가 나고. 그게 벌써 열흘도 더 된 일이네. 하주연이라는 사람에게서 국군 강릉병원 내외과 소속 중위라는 수식어는 이제 다 사라지고, 그냥 여자라는 성별만 남은 거야. 생각해 봐요. 총을 눈앞에 딱 들이대면 계급장 따위 아무 소용 없다고. 그까짓 게 뭐야. 지킬 마음 없는 사람한테는 그냥 그림이잖아. 그리고 사실 남자 넷 대 여자 둘이면 총까지도 안 필요하지."

하 중위는 진우의 얼굴을 소독하며 의외로 담담하게 엄청난 이야기를 털어놓았다.

아니, 그래도 어떻게⋯ 라고 말하던 진우는 갑자기 입을 다물어 버렸다.

돌이켜 보니 자신도 이 병장, 김 상병과 탈영을 모의했고, 그 과정에서 필요한 걸 얻기 위해 장교의 턱에다가 총구를 겨눈 채 위협을 해 끌고 다녔었다. 그 모든 일의 끝에 결국 전사한 장교의 계급 역시 공교롭게도 중위였다.

이런 씨발⋯ 뭐야⋯ 엄청 나쁜 새끼들이라고 생각했는데, 이 개새끼들보다 내가 나은 건 강간을 하지 않았다는 것 외에는 없구나⋯⋯.

진우는 한숨을 내쉬었다. 어쨌든 이만큼 신세를 진 사람이 당하는 걸 알면서 이대로 지나쳐서는 안 된다.

"네 명에게 끌려왔다고 하셨고, 또 저쪽 산에서 내려올 거라고도 하셨는데, 그럼 그놈들이 그냥 자리를 비운다는 말씀입니까? 남아서 감시하는 놈이 없어요?"

"아… 그게, 그게 좀 웃기는 일이긴 해. 들어봐요. 다들 무서운 거야. 그래서 사냥이든, 말려놓은 고기를 가지러 가든, 뭘 훔치러 가든… 그냥 다 같이 움직이더라고. 홋, 하긴 안 무서울 수 있나? 좀비들이 돌아다니는데. 물론 여기 와서는 좀비 구경은 못해봤지만… 게다가 지킬 필요가 있을까? 이걸 봐요."

하 중위가 자신의 맨발을 들어 보인다.

"신발이 없잖아. 이 산속에서 신발도 없이, 무기도 없이, 여분의 식량도 없이 얼마나 멀리 도망갈 수 있겠어? 근데 오 대위님은 붕대로 잘 묶으면 된다고 생각했나 봐. 무리한 계획이었지. 애초에 우리가 여기로 들어올 때, 이 옷이랑 술 같은 거 집어 온 조그만 마을에서부터도 사흘 밤낮을 계속 산속으로만 들어왔거든. 그 거리를 제대로 먹지도, 마시지도 않고 맨발로 주파할 수 있다고 생각한다는 게……."

"오 대위님이라는 분은 지금 어디 계십니까?"

진우가 묻자 하 중위의 손이 처음으로 멈칫한다. 잠시 침묵하던 하 중위가 한숨을 섞어 대답했다.

"나흘 전에 사망했어요."

"아… 어째서……."

"글쎄… 그분은 나보다 자존심이 셌던 걸까? 뭐, 그건 나도 잘 모르겠네. 하여튼 이렇게 비참한 꼴은 더 당할 수 없다고 하면서 도망을 쳤지. 나한테도 같이 가자고 했는데, 나는 자신이 없더라고. 그래서 여기 있겠다고 했어."

"그래서 저놈들이 쫓아가 죽인 겁니까?"

진우가 분노한 눈으로 물었다. 이 하주연이라는 여자가 아까 자신에게 왜 그리 쉽게 섹스 제의를 해줬는지, 그게 짐작이 되자 화가 나서 참을 수가 없다. 넷이나 되는 놈에게 몹쓸 짓을 당해왔으니 한 명 정도와 더 상대를 한다고 해도 크게 다를 것 없다는… 그런 자포자기의 심정이었으리라.

상황이 상황이니만큼 탈영까지는 그럴 수 있다고 쳐도 사람을 납치해서 온갖 모욕과 괴로움을 주고, 결국 죽이기까지 하는, 그런 놈들은 용서할 수 없다.

그렇게 진우가 자기 마음대로 분노의 불꽃을 피우고 있을 때, 하 중위는 의외의 대답을 했다.

"여자가 둘뿐인데, 그 정도로 죽이기까지 하겠어? 다시 잡아와 장난감으로 쓰면 되는데. 오 대위님은 좀 기구했어요. 혹시 여기 오다가 봤나 모르겠는데, 이 주변에는 밀렵꾼들이 쳐둔 덫이 많아. 박 이병도 조심해요. 오 대위님도 고개를 넘어가다가 중턱에서 올가미에 걸렸는데, 자기 혼자 어떻게든 풀어보려고 했던 것 같아요. 그런데 그게 어디 그렇게 쉽나. 계속 시간이 흘렀겠지. 그러다 해가 지고 나서야 오 대위님도 깨달았겠지. 여기서 벗어날 수 없다는 걸. 오 대위님은 계속 구해 달라고 소리를 쳤어요. 그런데 남자 넷이 겨우 방향을 찾아갔을 때는… 들개들이… 올무에 걸려 꼼짝도 못하는 상태에서 개들한테 뜯어 먹히고 있던 거야. 슬프다고 해야 할지, 소름이 끼친다고 해야 할지 모르겠는데, 하여간 이상한 기분이었어요. 좀비도, 사람도 아니라 개들에게 죽었다고 하니… 남자들은 개를 다 쏴 죽이고, 죽은 오 대위님을 묻어주고 왔어요. 덕분에 지금까지도 질리도록 개고기만 먹었지."

"그 이야기를 믿으십니까? 혹시 그분을 죽여놓고 중위님에게 거짓말을 하는 건……."

진우가 끝까지 의심을 풀지 않자 하 중위는 쓸쓸하게 웃었다.

"하하… 나한테 그런 거짓말을 해서 뭐 득 될 게 있을까요? 그리고 오 대위님이 구해 달라고 소리 지르는 건 나도 들었는데."

"그 이후로 감금이나 감시는 없었습니까?"

"묶으려고 했었지. 그것참, 기분 더럽더라고요. 밧줄을 딱 꺼내는데, 그거 하나로 갑자기 사람이 아니고 동물이 되어버리는 느낌이었어. 그래서 내가 말했어요. 난 도망 안 간다. 오 대위랑 같이도 안 도망간 사람이 혼자 무슨 배짱으로 그러겠느냐. 하지만 너희가 그걸로 묶으면 난 아마 자살할 것 같다. 그렇게는 못 견딘다. 사람을 잡아두고 싶으면 줄로 묶을 게 아니라 계속 머물고 싶은 마음이 들도록 잘해줘라. 그게 서로 편해지는 방법이다… 뭐, 그런 이야기를 했더니, 이 사람들도 알아듣는 눈치였어요."

음… 고개를 끄덕인 진우는 붕대와 소독 솜을 건빵주머니에 넣고 장비들을 챙겨 일어났다. 그러고는 정자세를 하고 하 중위에게 말했다.

"그동안 고생 많으셨습니다. 이제부터는 제가 보호해 드리겠습니다. 가시죠, 중위님."

"간다고? 하하, 어디로 가요? 박 이병 복장이며 상태 보니까 그동안 바깥의 상황이 더 악화되었으면 악화되었지, 나아진 것 같지가 않은데. 안전한 곳이 어디 있겠어요?"

"일단 화천을 거쳐야 하겠지만, 최종 목적지는 서울입니다. 거기에는 사람들을 보호해 주는 대형 시설이 운영되는 중이라고 들었습니다. 그리고 만나고 싶은 사람들도 있습니다."

"서울? 강릉이나 원주라고만 해도 까마득할 텐데, 서울이라고요? 여기가 어딘지는 정확히 몰라도 거리가 200킬로미터는 넘을걸? 그 먼 곳까지 걸어서 가겠다는 거예요? 게다가 나라는 혹까지 달고서? 우와, 나 같은 사람은 상상하는 것만으로도 벌써 지치는 것 같은데… 그리고 난 맨발이라니까. 그렇게 빨리 못 걸어요. 멀리도 못 가고. 아마 금방 따라잡히게 될 거야."

하 중위는 고개를 저으며 웃었다. 그녀의 말을 듣고 나서야 진우도 깨달았다. 일단 출발을 같이한다고 해도 목적지가 다를 수 있다는 것을……

그녀에게는 서울까지 그 먼 여정을 감내해야 할 이유가 없다. 가족과 친구들에게 돌아가겠다는 목표를 가진 자신과는 다르다. 그제 터널에서 보았던 부대를 떠올린 진우는 자신이 걸어온 방향을 손으로 가리켰다.

"오솔길을 따라서 저 방향으로 하루만 가면 제가 지나온 작은 마을이 나옵니다. 길도 좋습니다. 그리고 제 배낭 안에 양말이랑 여분의 옷이 좀 있습니다. 붕대로 잘 싸고 양말을 신으신 뒤에 테이프를 덧대면, 조금 고생스러우시겠지만 하루 정도는 버틸 수 있을 겁니다. 그곳에서 신발과 옷, 다른 장비들을 갖추신 후 반나절을 더 가면 중대 규모의 군부대가 주둔 중입니다. 차량과 장비도 갖추고 있고, 명령 체계도 유지되는 부대였습니다. 거기까지 호위해 드리고 저는 서울로 가겠습니다."

험로 대신 평지를 찾아 돌아가야 하므로 사실은 그가 말한 것보다 두 배 정도의 시간이 걸릴 것이다. 하 중위는 선뜻 대답을 하지 않고 가만히 진우를 쳐다봤다. 잠시 고민을 하던 그녀가 입을 열었다.

"처음 박 이병이 냇가에서 말을 걸었을 때, 아주 잠시나마 가슴이 두근거렸던 건 사실이에요. 당연히 다른 부대원들과 이동하던 중이라고 생각했으니까 이제 구조될 수 있나 하는 기대가 들었었지. 물론 박 이병의 그 낡은 군복이랑 부상당한 상태를 보고 나서 그게 아니라는 걸 곧바로 깨달았지만······. 저는 못 가요. 이제 조금 있으면 남자들 네 명 다 돌아올 텐데, 그 사람들 내가 없어진 걸 알면 아마 미친 듯이 찾아 나설 거야. 뭐, 당연하잖아요, 여자가 이제 하나밖에 안 남았으니. 그러다 보면 곧 잡히겠지. 공연히 나 때문에 박 이병까지 위험에 빠뜨리고 싶지 않아요. 그 사람들 아직 실탄도 잔뜩 남았어."

"저는 전투 경험이 많습니다. 네 사람을 제압하는 건 그리 어려운 일이 아닙니다."

자신 있게 말하자 하 중위는 대견하다는 표정으로 진우의 얼굴을 보았다.

"…다시 말할게요. 난 안 가요. 가지는 않지만, 그렇게 말해 줘서 정말 고마워요. 총 가진 군인 네 명하고 싸우게 될 거라고 하는데도 물러나지 않는 배짱도 멋지고. 하지만 아무래도 안 되겠어요. 너무 위험해. 가만히 서 있는 표적을 맞추는 것하고 총알을 주고받는 건 완전히 다른 이야기잖아. 박 이병의 말대로 하면 결국 추격전이 벌어질 거고, 누군가는 죽어야 끝이 날 거야. 그리고 만약 그 불운하게 목숨을 잃는 누군가가 박 이병이라면 나는 정말 견딜 수 없을 것 같아요. 내가 그냥 여기에 있으면 수치스럽고 힘들긴 하겠지만, 아무도 안 죽고, 아무도 안 위험해져. 나는 그걸로 됐어요."

"하지만… 여기에 남으시면 중위님은 계속 불행하게……."

"불행? 그래요, 이렇게 사는 게 정상적이지는 않지. 고통스러울 때도 있고, 부모님들께는 절대 보여 드리고 싶지 않은 모습인 것만은 분명해. 그런데 지금 우리나라에 불행하지 않은 사람이 있을까? 내 생각에는 없을 것 같아요. 여기로 끌려오기 전에 내가 맡은 임무는 강릉 인근에서 발생한 사고의 부상병들을 응급 처치해서 후송할 때까지 살리는 거였어요. 참 많이도 다치더라고… 폭발물을 설치하다가, 진지 구축 공사를 하다가, 또는 좀비들이랑 싸우다가 오발 사고로… 그 사람들 대부분, 며칠을 못 넘기고 죽었어요. 국군 병원엔 애초부터 그만큼 많은 부상자들을 다 수술하고 치료해 낼 만큼의 설비도, 인원도 없거든. 태양 그룹에서 의료 지원을 해준 덕에 그나마 경상 환자들은 그쪽으로 보냈지만… 그래도 병원이 미어터질 지경이었지. 매일매일이 지옥이었어요. 비명 지르는 사람들 사이로 뛰어다니느라 하루에 두 시간도 못 자면서 피를 닦고, 살을 자르고, 게다가 가끔씩 좀비로 변하는 환자라도 나오면……."

하 중위는 눈살을 찌푸리며 진저리를 쳤다. 이 사람이 있던 곳도 삼척 원자력발전소와 다를 바가 없었다. 진우가 무슨 이야기인지 알겠다는 표시를 하자, 중위가 한숨을 내쉰다.

"나를 납치한 저 사병들도 애초부터 미친 사이코패스라 이런 짓을 하는 게 아니에요. 매일 철책 앞에서 좀비들에게 총질을 해 대고 동료들을 잃는 동안 조금씩, 조금씩 돌아버린 거지. 그리고 나도 아마 반쯤은 미쳐 있는 거겠지. 맨 정신으로 이렇게 하고 산다는 게 말이 돼? 그리고 나는 다시 병원으로 돌아가는 게 두려웠는지도 모르겠어요. 박 이병이 나에게 가자고 말해주고 나니까 그걸 새삼 깨닫게 된 것 같아. 어차피 죽음이 코앞까지 와 있다는 점에서 여기나 거기나 다를 게 아무것도 없는데, 뭘 걸고 누군가의 희생을 바라고… 그렇게 하는 게 다 무의미해. 그러니까… 나는 괜찮아요. 오 대위님이 죽은 다음부터는 저 녀석들도 조심을 하는 분위기고, 그 짓도 이제는 실컷 했는지 며칠 전부터는 한결 덜 요구해. 술만 먹지 않으면……."

거기까지 이야기했을 때, 멀리 구릉 저편의 숲에서 말소리가 들려왔다. 남자들의 목소리였다. 하 중위는 얼른 진우를 끌고 숲 안쪽으로 더 깊이 들어갔다. 그러고는 나무 사이로 얼굴을 내민 채 소리가 나는 방향을 살폈다. 병사 넷이 이야기를 나누며 오두막을 향해 걸어오는 중이었다.

"가야겠어, 찾으러 오기 전에… 박 이병."

하 중위의 목소리가 다급해졌다. 진우의 얼굴을 유심히 바라보던 하 중위는 그를 꼭 끌어안고 등을 토닥여 주며 말했다.

"그 용기, 정말 멋있었어. 박 이병이 무사히 목적지에 도착하기를 바랄게요. 그리고 그리운 사람들을 만날 수 있기를 빌게. 조심해서 잘 가요."

하 중위가 가방을 집어 들고 돌아가려 할 때, 진우가 그녀의 팔목을 잡았다. 그러고는 물었다.

"정말 이대로 괜찮은 겁니까?"

엷은 미소를 지으며 진우를 보던 하 중위는 말없이 고개를 끄덕였다. 진우는 그녀를 잡았던 손에서 힘을 뺄 수밖에 없었다. 그녀를 데리고 나서는 순간부터 안전을 장담할 수 없다는 걸 잘 안다.

그리고 서울까지 가는 동안 겪어야 할 고통이 얼마나 클지도 모른다. 아무것도 약속해 줄 수 없다. 그러니 그녀가 원치 않는다고 하면 강요할 수는 없다.

"가요, 빨리! 내가 안심하게 해줘요."

하 중위의 말에 진우는 고개를 끄덕이며 뒷걸음질을 쳐서 언덕 아래로 내려갔다. 하 중위는 이내 돌아서서 오두막 쪽으로 뛴다. 그 뒷모습을 보는 게 왜 그렇게 속이 쓰린지… 진우는 입술을 꽉 깨물었다.

'어쩌자고? 응? 이 미친놈아, 어떻게 하잔 말이야? 함부로 개입하려고 하지 마. 네가 책임질 수 없잖아? 당장 너조차도 그저께 폭풍 속에서 죽을 뻔했어! 잘 알잖아? 저 누나는 그래도 지붕 달린 집이 있어. 개고기라도 먹을 수 있고, 근처에 냇물도 졸졸 흐른다고. 좀비들이 들이닥치기 전까지는 안전해. 그리고 저번에 그 터널도 그렇고, 이 산도 좀비들이 정말 덜 보여. 청정 지역에 가까워서 얼치기들이라도 버틸 만하다고. 그러니까 그냥 내버려 둬. 원하는 대로 살게 두라는 말이야! 저 누나가 오래 살아남을 가능성이 너보다 더 높아!'

3

오솔길로 돌아와 걷던 진우는 자꾸 발길을 돌리려는 자신의 머리통을 쥐어박으면서 잊어버리라고 스스로를 설득했다. 등에 10킬로그램을 짊어지고 매일 산길 30킬로미터를 도보로 이동하는 것과, 남자 네 명을 상대하는 것 중에 어떤 것이 더 힘들까에 대해서 비교하며 이마를 찌푸리기도 했다. 그러나 자꾸 마음이 쓰인다.

그러다가 오른팔의 그 눈부시게 흰 새 붕대가 눈에 들어왔고, 그 자리에 멈춰 섰다. 그러곤 뒤돌아 뛰었다. 순식간에 오솔길을 지나 언덕을 뛰어넘은 진우는 다시 냇가를 건너 그녀가 자신을 치료해 줬던 그 숲 속으로 돌아왔다.

"보기만 하고 가자, 보기만. 누나가 말한 것처럼 그 정도로 괜찮은 것만 확인하면 더 이상 미련 가지지 않을게. 인간으로서 대접 받고 있는 것만 확인하면 다시는 뒤돌아보지 않고 갈게. 그럼 되잖아."

진우는 또 다른 자아를 향해 혼잣말을 중얼거리면서 새로 얻은 K-2의 조준경을 오두막 쪽으로 겨눴다.

잠시 후, 오두막의 문이 열리고 병사 둘이 하 중위와 함께 걸어 나왔다. 세 사람의 손에는 빈 대용량 플라스틱 소주병이 들려 있었다. 물을 뜨러 오는 것이다. 그렇다면 이리로 지나간다.

진우는 그들에게서 눈을 떼지 않은 채 얼른 위치를 옮겼다. 20여 미터 뒤로 물러나 아름드리나무 세 그루가 밀집한 곳에 몸을 숨겼다. 여기라면 내려가는 길목도, 그리고 5미터 정도 언덕 아래의 계곡에서 일어나는 일도 모두 보인다.

진우가 자리를 잡는 동안 세 사람은 숲을 지나 냇가로 내려갔다. 하 중위가 물병을 씻고 다시 물을 채우는 동안 바짝 마른 병사 하나는 바위 위에 앉아 기다렸고, 또 다른 녀석은 총을 동료에게 맡긴 채 세수를 했다.

"이리 와봐."

물을 다 채우고 기다리던 하 중위에게 씻던 놈이 말했다. 하 중위는 천천히 그에게 걸어갔다. 씻던 놈은 빙글거리며 그녀의 허벅지를 쓸더니 치마를 들어 올렸다.

"왜 여기에서 이래? 옷 다 젖어. 하고 싶어? 그럼 좀 편한 데로 가. 나, 지금 넘어질 뻔했어."

"안 넘어진다! 내가 잡아주잖아. 크크크, 그리고 옷이야 좀

젖으면 어때? 쟤가 하는 동안 바위에 널어두면 다 마를 텐데."

씻던 놈은 뒤쪽에 앉은, 마른 놈을 가리킨다. 마른 놈도 동의한다는 듯 고개를 끄덕이며 낄낄댄다. 씻은 놈의 손이 몸을 훑어 대는 중에도 하 중위는 차분하게 대응했다.

"너 많이 취했니? 이렇게 두 명씩 한꺼번에 덤벼들면 내가 못 버틴다니까. 기분도 문제지만, 몸이 망가진다고. 이런 식으로 함부로 대하지 않는다고 약속했잖아."

"응. 그건 알지, 알아. 약속한 것도 기억하고, 너 힘들 것도 알아. 흐흐흐, 근데 저 새끼가 말린 고기 가지고 오는 동안에 자꾸 구라를 치면서 사람을 열 받게 하잖아. 자기가 제일 오래한다고. 야, 너는 당사자니까 제일 잘 알잖아. 저 새끼가 별거 없다는 거. 그치? 내 말이 맞지?"

"하아… 그런, 시간 같은 걸 재면서 하는 여자 없어. 그리고 너희 다 잘해. 그러니까 이상한 걸로 싸울 필요 없어. 전에 이야기했던 것처럼 네 명이 서로 몰래 연애하듯 그렇게 지내자. 응? 그렇지 않아도 힘든 세상이잖니."

"거 봐, 내가 주연이 요게 이렇게 두루뭉술하게 말하면서 여우처럼 넘어가려 할 거라고 했지? 요년은 요렇다니까? 존나 자기가 무슨 도사야, 씨발. 그래서 우리가 내기를 했거든. 공정하게 동일한 환경에서 누가 제일 오래하는지. 조금 있다가 나머지 애들도 올 거야. 그러니까 오늘만 딱 예외적으로 네 번 해. 대신 내일하고 모레는 쉬게 해줄게. 응? 그럼 되지? 서로 기분 좋게 되는 거지?"

"되긴 뭐가 돼? 아! 아! 아파! 그렇게 만지지 좀 마. 너 왜 그래? 짐승처럼 무례하게 굴면 기분이 좋아지니? 입장을 바꿔서 생각해 봐. 너는 하루에 여자 네 명 상대할 수 있겠어? 그리고 왜 자꾸 이렇게 불편한 데에서……."

하 중위가 몸을 비틀어 피하자 씻던 놈이 그녀의 머리통을 때린다. 그러고는 머리칼을 움켜쥐고 뒤로 당겼다.

"자꾸 토 달지? 응? 매가 고팠어? 한 새끼 끝나면 와서 씻고, 또 하고 씻고, 그러라고 물가에서 하자는 거 아니야! 내기니까 동일한 환경에서 해야 한다고! 이 똥걸레 같은 년이 진짜 며칠 오냐오냐해 줬더니 무슨 상전이나 되는 양 이래라저래라… 야, 요년 요거, 버릇 좀 고쳐 줘야겠지?"

씻던 놈이 윙크를 하며 망보던 놈을 돌아본다. 하지만 거기에 앉아 있던 마른 놈은 이미 눈을 까뒤집은 채 고꾸라져 있다. 대신에 분노한 진우가 시야를 가득 채우고 뛰어온다.

"억!"

외마디 비명을 지르려던 놈의 불룩한 사타구니에 진우의 발길질이 꽂힌다. 진우는 개머리판을 돌려 놈의 턱을 후려갈겼다.

큭, 씻던 놈은 숨이 넘어가는 신음 소리만 남기고 바위에 얼굴을 찧으며 쓰러졌다.

"왜? 왜 안 가고?"

하 중위는 수치심과 당혹감이 가득한 표정으로 물었다. 진우는 입을 꾹 다문 채 그녀의 흐트러진 옷을 제대로 걸쳐 줬다.

"두 명이 또 온다고 했어. 금방 올 거야."

하 중위도 이제는 결심을 한 듯, 진우의 손을 꽉 잡았다. 고개를 끄덕인 진우가 놈들의 총을 물속에 집어 던져 버리려 하자 하 중위가 말했다.

"나도 개인화기 줘. 나도 군사훈련 받았어."

진우는 한 정을 골라 탄창을 확인하고 그녀에게 넘겼다. 파지하는 모습만 봐도 군사훈련을 받았다는 그녀의 말이 허풍이 아니라는 걸 알 수 있을 만큼은 되었다. 하지만 그래도 불안함이 남은 진우가 나머지 한 자루를 물속에 던지며 당부를 한다.

"제가 앞에 섭니다. 제 뒤에서 벗어나지 마십쇼."

하 중위가 고개를 끄덕이는 걸 확인한 진우가 그녀가 내려온 비탈 쪽으로 몸을 틀려 할 때, 손을 잡은 하 중위의 저항이 느껴졌다.

"그쪽으로 가면 오두막이야. 이리로 가야 멀어지는 거……."

진우는 고개를 끄덕였다.

"네, 압니다. 가까이로 가서 내려오는 길목에 숨었다가 제압할 겁니다. 저기 저 언덕 아래 숨으면 위에서 안 보여요."

이해할 수 없다는 표정으로 잠시 머뭇거리던 하 중위는 결국 진우가 잡아끄는 대로 따라왔다. 두 사람은 내리막길 바로 옆, 움푹 파인 비탈에 바짝 붙어 몸을 숨겼다.

저벅, 발소리가 울린다. 그런데 두 놈이 아니다.

"야, 너네, 씨발, 왜 이렇게 급해? 응? 좀 기다리라니까, 씨발. 아, 여기는 참 비탈이 안 좋아. 언제 날을 잡아서 계단을 만들든가 해야지……."

개소리를 지껄이며 발아래로 시선을 돌리던 놈의 멱살을 잡아 바닥에 내리꽂았다.

끅! 당연히 기절을 할 거라고 생각했는데, 놈은 용케 목을 들고 버텼다.

자신에게 무슨 일이 일어난 건지 정신을 못 차리는 놈의 눈앞에 진우가 총구를 댔다. 그러고는 전투화로 목을 밟았다.

끄윽, 놈은 신음조차 제대로 내뱉지 못하고 버둥댄다. 놈의 목을 밟은 발에 힘을 주었다. 숨이 차오르자 놈의 얼굴이 파랗게 질렸다.

"끄으, 사, 살려줘… 나, 나는 마, 말리려고… 끄윽, 컥, 컥! 사, 살려……."

놈의 눈에서 눈물이 솟는다.

말리려고 했다고? 거짓말이잖아. 너도 낄낄거리며 시간을 재러 온 거였잖아…….

진우는 총을 돌려 개머리판으로 놈의 얼굴을 내리찍었다.

칵! 칵! 칵!

세 번을 찍자 바위에 뒤통수를 연달아 부딪친 놈은 눈을 홉뜨고 뻗어버렸다. 그 과정에서 녀석이 비명을 질렀던 것일까? 진우는 그걸 모르겠다. 하여간 위쪽에서 또 다른 목소리가 들려온다.

"야, 너 왜 죽는소리 했어? 뭐야?"

쉿—

진우는 왼손 검지를 입술에 대고 하 중위를 돌아봤다. 하 중위도 입술을 꾹 다문 채 고개를 끄덕인다. 대답이 들려오지 않자 네 번째 놈의 신경은 극도로 날카로워졌다.

"어어? 씨발, 기집년도 안 보이고… 야! 야! 대답하라고! 씨발 놈들아! 뭔데? 습격이냐? 응? 나 놀리는 거면 다 죽일 거야! 쏜다고!"

말의 끝맺음이 정확하지 않은 걸 보니 술을 꽤 마신 것 같다. 머리 위에서 네 번째 놈이 좌우로 움직이며 풀을 밟는 발소리가 와삭와삭, 울린다. 아마도 시야를 확보해 보려는 모양이다. 그러더니 갑자기 발악하는 소리가 들려왔다.

"뭐야! 왜 이래! 씨발, 뭐냐고! 으아아아! 어떤 개새끼들이야!"

네 번째 놈은 언덕 아래를 향해 무차별 난사를 하기 시작했다.

투투투투툭— 투투투투둑—

머리 위의 흙이 파이고, 발 아래로 총알이 날아와 자갈을 쪼갠다. 예상을 넘어선 반응이었다.

퍼버벅—

목이 밟혀 기절해 있던 놈의 얼굴과 가슴을 총알이 관통하며 피가 솟아오른다.

까아악, 하 중위가 비명을 지르며 몸을 움츠렸다. 이러다가는 눈먼 총알에 목숨을 잃게 생겼다.

괜찮아요, 괜찮아요… 진우는 하 중위를 안전한 벽으로 밀고 자신의 등으로 막으면서 계속 중얼거렸다.

투투투투둑—

철컥, 총소리가 끊겼을 때, 진우는 냇가를 향해 몸을 날리면서 방향을 틀어 언덕 위로 총구를 겨눴다. 나무 뒤에 몸을 숨긴 채 예비 탄창을 끼우던 놈이 총을 고쳐 잡는 게 시야에 들어왔다.

늦었다, 개새끼야…….

진우는 방아쇠를 당겼다.

투투둑—

점사된 세 발의 탄환이 놈의 몸 중에서 나무 바깥쪽으로 노출된 부분, 즉 오른 무릎과 허벅지, 종아리를 관통했다.

끄아아아—! 으으으아!

다리가 꺾여 쓰러진 네 번째 놈은 총을 떨어뜨리고 높게 비명을 질러 댔다.

툭.

놈의 소총이 언덕을 굴러 계곡 아래 자갈 위로 떨어진다.

하아… 진우는 가볍게 한숨을 내쉬며 일어났다. 이제 다 끝났다. 마지막 놈까지 무장해제시켰고, 전투 불능 상태로 만들었다. 이 개새끼들에게서 하 중위를 구했다.

아직까지 벽에 바짝 붙어 있는 하 중위에게 손을 내밀기 전에 진우는 언덕 위의 네 번째 놈을 향해 K—2를 겨눴다. 흙과 피범벅이 된 채로 바닥을 기며 비명을 지르던 네 번째 놈의 시선이 진우와 마주쳤다.

자신에게 총구를 겨누고 있는 게 낯선 사람이라는 걸 깨달은 놈의 얼굴 위로 좌절과 공포가 확 번졌다. 놈은 울부짖으며 애원을 하기 시작했다.

"으아아! 쏘지 마세요! 제발! 이제, 이제 됐잖아요! 여자도 데려가려고, 다! 다 가져가요! 끄으으~ 그러지 마요. 쏘지 말라고요. 이렇게 일어서지도 못하는 놈을 죽인다고 뭐가 달라져요! 제발! 쏘지 마세요! 살려주십시오! 살고 싶습니다! 제발……."

간단한 일이었다. 이미 조준이 끝나 있는, 저놈의 눈물과 콧물이 범벅이 된 얼굴을 향해 방아쇠만 당기면 모든 게 다 마무리되는 거였다. 손가락만 까딱! 그걸로 끝이다.

…바로 그게 문제였다.

총을 마주 겨눈 상대를 향해 방아쇠를 당기는 건 쉽다. 누가 더 정확하고 빠른가로 죽느냐 사느냐가 정해지니까. 하지만 이놈은 이제 무력하다. 무력한 상태에서 울부짖으며 살려 달라고 비는 놈의 얼굴에 총알을 박아 넣는 건 지금까지의 각오와는 또 다른 수준의 결기를 요하는 것이었다.

그리고 진우는 아직 그것을 가지고 있지 않았다. 자신에게 그런 각오가 갖춰져 있지 않다는 것을, 상황과 직접 맞닥뜨린 다음에야 깨달은 것이다.

진땀이 흘렀다. 아주 짧은 시간 동안 진우는 망설였다. 놈이 애원을 시작한 뒤로부터 10여 초 정도를 허비했다. 그사이 네 번째 놈은 앞으로 기어오며 하 중위에게도 간청을 한다.

"살려주세요! 살려… 누나! 누나가 말 좀 해줘! 나, 나는 다른 새끼들이랑 달랐잖아! 응? 나는… 나는 말리기도 하고… 응? 누나? 거기 있어?"

"네가 말렸다고? 네가 가장 악질이었어!"

듣다 못한 하 중위가 벽에서 나와 뒤를 돌아보며 외쳤다. 그러지 말았어야 했다. 그녀의 위치를 확인하자마자 네 번째 놈은 앞으로 몸을 기울여 언덕 아래로 떨어져 내렸다.

"씨발 년아! 같이 가자!"

하 중위를 향해 몸을 날린 놈의 손에는 대검이 들려 있다.

투투둑—

당황한 진우가 뒤늦게 방아쇠를 당겼다. 총알은 놈의 미간을 관통했지만, 중력을 거스를 수는 없었다.

네 번째 놈의 시체가 하 중위를 덮치며 대검이 그녀의 목에 깊숙이 박힌다.

투두둑—

하 중위가 발사한 총알들이 놈의 등을 엉망으로 꿰뚫었지만, 그것은 상황을 변화시키지 못했다.

"끄르륵!"

하 중위가 손을 뻗으며 피가 끓는 신음 소리를 낸다.

"안 돼! 안 돼!"

진우는 미친 듯이 외치며 달려가 네 번째 놈의 시체를 밀어치고 하 중위를 들어 올렸다. 대검은 목의 경동맥을 뚫고 들어가 있었다. 하 중위가 눈을 부릅뜬 채 손을 바들바들 떨 때마다 상처와 입에서 뜨겁고 붉은 피가 꿀럭꿀럭 솟아오른다.

"안 돼! 제발! 안 돼! 누나!"

빌고 또 빌어봐도 돌이킬 수가 없다. 하 중위는 진우의 품에 안긴 채 괴로움에 몸부림치다가 숨을 거뒀다. 진우는 아무것도 해줄 수가 없었다. 그녀 대신 숨을 쉬어줄 수도, 그녀의 아픔을 덜어올 수도 없었다.

"으아아아아!"

하 중위의 부릅뜬 눈이 더 이상 움직이지 않게 되었을 때, 진우는 고개를 뒤로 젖히고 울부짖었다. 눈물이 차올랐다. 눈앞이 흐려지는 것을 막으려고 자꾸만 눈을 깜빡거려 봐도 지끈거리는 콧잔등을 타고서 고이는 뜨거운 것이 그보다 더 빨랐다.

뚝, 뚜둑.

진우의 눈물이 활짝 열려 있는 하 중위의 눈동자 위에 떨어진다. 그 폭풍우 치던 날 이후로 줄곧, 목구멍 저 안쪽까지 메워져 더 이상 담아둘 수 없게 된 후회와 오열이 이제 봇물처럼 터져 나왔다.

"이 등신! 개새끼! 멍청한 등신 새끼! 어흐흐흑~"

너를 믿으라고? 너 같은 등신을 믿으라고? 우유부단하고 말만 앞세우는 너 같은 새끼를?

진우는 하 중위를 지키지 못한 자신이 치욕스러워서 할 수 있는 온갖 욕설과 자조를 스스로에게 퍼부었다. 눈물과 침과 콧물이 범벅되어 떨어져 내린다.

또 지키지 못했다… 이 병장님, 김 상병님, 강 일병님, 분대원들 모두… 그리고 하 중위까지……. 다정했던 사람들, 지켜줬어야 하는, 그 소중한 생명들을 단 하나도 구해내지 못했다.

이게 아니었다. 조금만 더 빨리 결단을 했더라면… 그랬으면 나쁜 새끼들은 죽고, 좋은 사람은 살 수 있었다.

네 명의 개새끼가 오두막을 향해 걸어가던 그때, 방아쇠를 당겼더라면… 단 몇 초 만에 모든 걸 아주 안전하게 끝낼 수 있었다. 바로 조금 전에도 먼 곳에 몸을 숨기고 있다가 마지막 남은 두 놈을 쏴 죽였더라면, 하 중위의 털끝 하나도 다칠 일이 없었다.

'왜 가까이 가?' 의아해하던 하 중위의 얼굴이 '제압할 수 있습니다'라고 건방을 떨던 자신의 목소리와 겹쳐져 깊고 깊은 후회를 남긴다.

"네가 죽인 거야, 이 개새끼야! 네가 죽인 거라고!"

자갈밭에 이마를 짓찧으며 진우는 자책을 했다. 하 중위의 어깨를 안았던 진우의 손등에는 그녀의 손톱이 깊게 박혀 있다. 얼마나 괴로웠으면… 살갗이 찢어진 자신의 손등과 오그라든 그녀의 손을 보고 있으니 그녀가 느꼈을 고통이 상상된다.

차라리… 차라리 돌아오지 않았더라면 이렇게 죽지는 않았을 텐데… 미안해요. 누나, 미안해요…….

한참을 그렇게 미친 사람처럼 울고 자책하던 진우는 초점 없는 눈으로 하 중위를 보다가 그녀의 목에서 칼을 뽑아줬다. 어찌나 깊이까지 박혀 있었는지 뽑아내는 것조차 힘이 든다.

으흐흐흑, 피가 잔뜩 엉겨 붙은 그 칼날을 보며 진우는 또 통곡을 했다.

아무도 죽이지 않고 그녀를 구해낼 수 있다고 생각했던 것 자체가 문제였다. 저까짓 것들도 사람이라고, 죽이는 걸 망설였던 게 문제였다. 다 기절시켜 제압한 뒤 묶어놓고 가겠다는 같잖은 계획이… 죄를 짓고 싶지 않다는 알량한 양심이, 나는 착한 사람이라는 그 좆같은 자만심이… 누나를 죽인 거다. 이 착한 여자의 목에 칼을 박은 거다.

"하아아~"

진우는 가슴 저 안쪽에서 터져 나오는 한숨을 내쉬며 일어났다. 끌려 올라간 원피스의 매무새를 바르게 해주고 그녀를 똑바로 눕힌 뒤, 진우는 냇가로 걸어갔다.

"일어나."

진우가 발로 밀어 물가로 빠뜨리자 조금 전까지 정신을 잃고 있던, 그 씻던 놈의 코로 물이 빨려 들어간다.

"으으으~ 윽, 컥! 커억! 어? 어?"

코로 들어간 물을 토해내며 일어나던 놈은 진우를 보며 기겁을 했다. 이제야 정신이 돌아온 모양이다. 무표정한 얼굴로 총을 겨누고 있는 진우에게 녀석이 다급하게 외쳤다.

"저, 저기 드릴게요, 여자……."

타앙—

진우의 K—2에서 발사된 5.56mm탄이 씻던 놈의 오른쪽 복부를 뚫자 놈은 더 말을 잇지 못하고 뒤로 나자빠졌다.

놈이 허우적거리며 발버둥을 칠 때마다 주변의 물이 솟아오른 피로 붉게 물든다.

꾸루룩, 꾸룩, 한 번씩 놈의 머리가 수면 위로 올라왔다가 물을 잔뜩 마시고 다시 잠긴다.

셋던 놈이 무릎 깊이의 물에 잠겨 고통스럽게 천천히 죽어가는 모습을 빤히 쳐다보고 있던 진우는 놈이 더 이상 움직이지 않게 되자 뒤로 돌아섰다. 이제 아까 뒤통수를 쳐서 기절시켰던 저 마른 놈의 차례다.

6장
운수 좋은 날

1

그르릉—

한 시간 이상을 기다린 뒤에야 밤톨의 말처럼 장갑 트레일러는 다시 출발했다. 속도를 시속 30킬로미터까지 올린 장갑 트레일러가 잠실대교를 통과한다. 후텁지근하던 컨테이너 내부로 외부의 공기가 유입되자 그나마 좀 숨을 쉴 수 있었다.

"이제 한강 다 건넜나 봐요. 크, 여기도 아주 엉망이네. 전쟁터가 따로 없네, 그냥. 쯧쯧쯧."

구경꾼이 외부 상황을 중계해 준다. 그의 주변에 앉은 사람들이 물었다.

"전쟁터라니? 뭐가 어떤데요? 사람들이 죽어 있고, 막 그래요?"

"아… 뭐, 시체도 있기는 있어요. 사람인지 좀비인지는 모르겠는데. 그러게 저런 건 좀 치워놓으면 좋을 텐데. 보기도 흉하고, 썩으면 여러 가지 병균도 돌 것 같은데. 근데 그것보다 다리기둥 같은 게 불탄 데가 많아요. 그리고 사방에 다 총알에 맞아서 팬 자국도 많고. 그다음에는 다 철조망이에요. 예전에 뉴스에서 중동 전쟁 난 거 본 적 있잖아요. 딱 그런 데 시내를 보는 기분이랄까?"

"아휴, 세상에 말만 들어도 끔찍해라. 어쩌다가 우리나라가 이 모양이 됐어, 그래."

듬성듬성 앉은 사람들은 저마다 한마디씩 떠들어 댔다. 다들 뭔가 자신이 추리하는 이유가 있고, 할 말들도 많다. 물론 자세히 들어보면 그저 누군가를 탓하고 있을 뿐이다.

회전 구간을 통해 진입로에 접어든 장갑 트레일러의 속도가 다시 줄어들었다. 공기구멍을 통해 비쳐 들던 햇살이 머리 위를 지나는 고가도로에 막혀 잠시 사라지자 밤톨의 얼굴에는 가벼운 긴장감이 깃든다. 녀석을 관찰하던 민구가 목소리를 낮춰 물었다.

"이번에는 뭔가 있는 모양이군."

"아… 겉으로 표가 나던가요? 나름 숨긴다고 했는데."

쑥스럽게 웃으며 하이바를 만지작거리던 밤톨은 몸을 민구에게 기울인 채 마음속에 숨겼던 걱정을 조곤조곤 털어놓았다.

"저희들끼리 다니면서 무서워하는 데가 있어요. 바닥에 금간

게 살짝 보이니 어쩌니 해서 말입니다. 지금 우리가 달리는 이 도로들이 처음부터 탱크가 지나가라고 만들어놓은 게 아니잖습니까? 길이 넓게 나 있는 지역은 그나마 좌우로 골고루 밟고 다닌다고 하는데, 여기 진입로는 넓은 차선 하나뿐이라 신경을 바짝 쓰는 거죠. 계속 같은 길 위로 지나다니면서 노면에 스트레스를 주고 있으니까요."

"어차피 큰 차들도 매일 다녔던 길인데 탱크라고 뭐 다를 게 있나?"

무슨 말인지 이해하지 못한 민구가 물었다. 밤톨이 더욱 목소리를 낮춰 일러준다.

"전차나 장갑차라는 게 어지간히 무겁거든요. 상상을 초월해요. 지금 우리 트레일러 끌고 가는 장갑차도 무겁지만, K—2 같은 건 55톤이나 나간다고 합니다. 그런데 그게 한두 번도 아니고, 하루에도 몇 차례나 여기로 지나다니면서 막힌 차들 밀어치우고, 공사 지원하고, 가끔씩은 기관총도 갈겨 대고 그런단 말입니다. 그러니까 만날 뻑하면 길에 구멍이 뻥뻥 뚫리는 거예요. 가뜩이나 허술하게 지어놨는데 거기에 반복적으로 엄청난 하중이 실리니까……. 그, 왜, 잠실에 계실 때, 그런 거 보신 기억 없으십니까? 멀쩡한 도로에 전차 지나가고 나면 구멍 뻥 뚫리는 거."

밤톨의 말을 듣고 보니 그런 게 있긴 했다. 그때는 그저 군인들이 뭔가 공사를 하기 위해 일부러 구멍을 뚫었나 보다 했는데, 그게 아니었던가 보다.

"그런데 왜 이리로만 다니는 걸 고집하는지 모르겠군. 위험한 걸 알면서."

"다른 길로 갈 수 있다면 좋겠지만, 지금 현재로서는 선택의 여지가 없어요. 이게 유일하게 뚫려 있는 길이에요. 이만큼의 경로를 확보한 것도 시간이 꽤 걸렸거든요. 게다가 이쪽 도로는 강변이라 한쪽만 철책으로 막아도 되는 장점도 있고 말입니다."

구우웅―

앞에서 끌고 가는 장갑차가 방향을 틀자 관성이 작용해서 트레일러가 가볍게 흔들린다. 또다시 구우웅― 하고 트레일러와 연결한 고리에서 마찰음이 들려온다.

사람들이 이리저리 기우뚱거리는 모습을 보자니, 아마 길 위의 뭔가를 피하기 위해 크게 반원을 그리는 모양이다.

"강 실장 오빠, 나 심심해. 언제까지 거기 앉아 있을 거야?"

초희가 벌떡 일어나 다가오는가 싶은 순간, 갑자기 쿵― 하는 소리와 함께 트레일러가 급격하게 앞으로 당겨졌다. 매달려 서 있던 구경꾼이 바닥에 나뒹굴고, 중심을 잃은 사람들이 엎어진다.

그리고 또다시 쿵―!

이번에는 조금 전보다 충격이 적었지만, 그래도 꽤 강하게 인력이 작용했다. 바닥에 얼굴을 찧은 사람들이 내는 비명과 앓는 소리가 트레일러 내부 여기저기서 들려온다.

"아우~ 아, 뭐야? 존나 발모가지 나갈 뻔했네. 오빠가 잡아줬으니 망정이지."

앞으로 고꾸라질 뻔한 초희가 민구의 팔에 안겨 안도의 한숨을 내쉰다.

끼이이이이이이— 뿌드드드드—

트레일러 앞쪽에서 쇠가 갈리는 날카로운 소리가 울려왔다. '나와! 일단 빨리 나와!' 하는 다급한 외침도 섞여 있다.

민구는 밤톨과 눈을 마주쳤다. 밤톨의 얼굴에서 조금 전까지의 애교와 붙임성은 사라지고, 그 대신 그 자리를 긴장감과 두려움이 채우고 있다. 뭔가 심상치가 않다.

텅—

쇠가 울리는 소리. 바깥에서 병사들이 뭔가 시끄럽게 떠들어대는 중이다.

"나가봐야 하는 것 아닌가? 아까 그 구멍인지 뭔지 같은데."

참다못한 민구가 밤톨에게 물었다. 밤톨과 그 동료는 고개를 저었다.

"앉아 계십쇼. 밖에서 신호를 줘야 엽니다. 트레일러는 안에서 열지만 않으면 안전합니다."

하지만 밤톨의 믿음과 달리 외부의 상황은 심각했다. 난데없이 도로가 뻥 뚫리며 그 구멍에 빠져 버린 장갑차 주위로 왈칵 왈칵 물이 솟아오른다. 대체 어디에서 이렇게 많은 물이 쏟아져 들어오는 것인지 신기할 지경이다.

으으~ 신음 소리를 내며 후방 해치를 열고 나오는 병사들의 얼굴은 코피로 범벅이 되어 있다. 가장 크게 부상을 당한 것은 포탑 밖으로 상반신을 내놓은 채 주행하고 있던 장갑차장이었다. 척추 때문인지 목 때문인지 분간할 수는 없지만, 흙더미에서 건져 낸 이후에도 그는 도무지 몸을 가누지 못하고 있다. 물론 의식도 없다.

"김 상사님부터 옮겨! 야! 목을 고정해! 목을!"

"거기서 빨리 나와! 이러다가 빨려 들어간다!"

장갑 트레일러 지붕의 사대에 앉은 병사들이 장갑차 탑승원들에게 외친다. 장갑차를 운용하고 있던 인원들과 탑승 구역에서 대기하고 있던 네 명이 비틀거리면서도 힘을 합쳐 흙투성이가 된 장갑차장을 트레일러 위로 옮기고, 그들도 도로 위로 뛰어내렸다.

끼이이잉—

장갑차가 옆으로 기울어지면서 그 무게를 고스란히 받는 견인 고리에서는 쇠 갈리는 소리가 요란하게 울렸다.

"하아, 하아~ 이, 이거, 분리시켜야 하나? 이러다가 트레일러까지 구멍 안으로 빨려 들어갈 것 같은데?"

가장 먼저 정신을 차린 한 병사가 물었고, 나머지 병사들은 싱크홀에 빠진 장갑차와 트레일러를 번갈아 쳐다보았다.

구멍의 깊이는 5미터 이상. 중간에 걸린 장갑차를 3분의 2가량이나 집어삼켰다. 게다가 더 커질 가능성도 충분해 보인다. 하지만 고리를 분리시킨다고 해도 어차피 트레일러는 그 자체의 힘만으로는 단 1미터도 이동할 수 없다. 애초에 동력 기관이 달려 있지 않은 것이다.

끼이이잉—

그렇게 고민을 하는 동안에도 고리는 계속 갈리며 신경을 긁어 댄다.

어쩌지? 어쩌지? 쉽게 결론을 내지 못하고 망설이던 병사들에게 결단을 내리도록 만든 것은 도로였다.

쿠쿵―

육중한 소리와 함께 1평방미터 이상의 아스팔트 판이 깨져 나가고, 지면에 걸려 있던 장갑차 무한궤도의 뒷부분마저 아래로 빨려 들어간다. 더 이상 보고 기다릴 수는 없는 상황이 됐다.

퉁퉁퉁―

병사들은 다급하게 트레일러의 문을 두드리기 시작했다.

"내려! 내려! 다 내보내!"

헉! 바깥에서 두드리는 소리에 밤톨과 동료는 숨을 꿀떡 삼켰다. 그러고는 호흡을 가다듬은 후, 최대한 침착한 목소리를 가장해서 탑승자들에게 외쳤다.

"드, 들으셨죠? 일단 내리셔야 합니다! 다들 조용히 질서정연하게 내립니다! 앞사람을 밀거나 서두르지 마시고, 대기하고 있는 병사의 지시를 따라주십쇼!"

그렇게 신신당부를 했는데도 밤톨이 문을 여는 동안 트레일러 내부는 비명과 울음소리, 각종 불만의 목소리들로 가득 채워졌다.

안 돼! 문 열지 마! 문 열면 다 죽어!

바깥의 상황을 전혀 모르면서도 지레짐작에 흥분해서 발작을 하는 사람도 있었다.

"조용히 해요! 제 말을 잘 듣고 따릅니다! 하차하는 즉시, 뒤쪽에서 대기하고 있는 병사들의 곁으로 가서 섭니다! 알겠습니까? 뒤쪽입니다!"

문이 열리자 대기하고 있던 세 명의 병사가 큰 소리로 주의 사항을 일러준다. 혹시라도 흥분해서 싱크홀 쪽으로 뛰어가는 사고를 막기 위해서다. 게다가 하필이면 고가도로 아래에서 이 사달이 나가지고 헬기의 시야를 막는 바람에 여기에 멈춰 있으면 공중으로부터의 엄호도 어렵다.

"제가 뭐라고 했습니까? 내리면 어디로 가라고요?"

맨 앞줄의 여자를 붙잡아주며 병사가 물었다. 여자는 불안에 몸을 벌벌 떨면서도 뒤쪽이라고 중얼거렸다.

맞습니다. 잘하셨습니다!

병사는 여자를 땅에 내려주고 나머지 병력이 대기하고 있는 쪽을 가리켰다.

사람들은 공포에 사로잡혀 비틀거리면서도 이렇다 할 사고 없이 트레일러로부터 20여 미터 뒤쪽으로 이동을 마쳤다.

민간인들이 모두 안전하게 대피한 후, 몸을 가누지 못하는 장갑차장을 옮기고, 마지막으로 트레일러 상부의 사대를 지키던 병사들까지도 탈출했다.

흥흥흥흥—

앞서 날아갔던 헬리콥터가 다시 돌아와서 고가도로 주위를 크게 선회하며 그들을 엄호한다. 밤톨은 주변을 둘러보며 흘러내리는 땀을 닦았다.

"젠장, 난감하네."

공교롭게도 잠실 쉘터와 건대 쉘터의 딱 중간 정도 지점에서 이런 사고를 만났기 때문이다. 다시 말해 도보로는 둘 중 어디로도 이동하기가 힘들다. 그리고 두 쉘터 중 어느 곳에서 지원 차량을 보낸다고 해도 시간이 비슷하게 걸릴 것이다.

"헬리콥터가 잠실하고 건대 양쪽에 알려서 더 빨리 올 수 있는 쪽에 지원 요청을 하겠다고 합니다. 그리고 현재 인근에 대형 좀비 무리는 없답니다. 뭐, 바꿔 말하면, 소형 좀비 무리는 있다는 이야기도 되는 거지만 말입니다. 이제 어떻게 합니까?"

신호가 잘 잡히지 않아 소형 무전기를 들고 여기저기로 뛰어다니면서 겨우 헬기와 교신을 마친 무전병이 밤톨에게 다가와 보고한다.

"나? 나한테 물어본 거냐?"

밤톨은 영문을 몰라 되물었다. '장갑차장이 엄연히 있는데 왜 내가 지휘자……' 라고 중얼거리며 뒤를 돌아보니, 장갑차장의 안색은 이미 납빛이 되어 있었다.

"저, 전사하셨다고? 다시 확인해 봐. 정말로 숨 안 쉬어서?"

밤톨의 명령을 들은 병사가 장갑차장의 가슴에 귀를 대보고 고개를 젓는다.

허! 이게 대체 무슨!

장갑차장의 사망으로 졸지에 인솔자가 되어버린 밤톨은 그 책임이 너무 무겁게 느껴져서 병장 계급장을 뜯어내 버리고 싶었다. 아홉 명이나 되는 병사가 전부 그의 얼굴만 바라보고 있다.

어떡해, 우리 다 죽나 봐. 이게 웬일이야… 아저씨! 이게 뭐예요! 왜 운전을 이렇게 해! 우리 안전한 거 맞아? 응? 대답을 하라고!

민간인들은 겁에 질려 울부짖고, 그 사이에도 20톤이 넘는 무게를 버티던 연결 고리가 까드득거리며 신경을 자극한다.

저건 이제 분리고 뭐고 다 불가능한 지경까지 하중이 실려 있다.

아니, 아니, 넋 놓고 있으면 안 돼. 내가 정신을 차려야 돼.

밤톨은 이를 악물고 지휘자로서의 첫 번째 명령을 내렸다.

"조용히 하십쇼! 병사들한테 욕하지 않습니다! 거기 여자분! 그리고 선배님! 뒤로 물러나 조용히 앉습니다!"

"뭐라고! 야! 애초에 너희가 운전을 똑바로 했으면……."

"저분은 여러분을 위해 목숨을 바쳤습니다! 그래도 더 필요합니까? 앉아요!"

밤톨은 소리를 버럭 지르며 위압적으로 한 발을 내디뎠다. 그 위세에 눌렸는지, 아니면 전사한 장갑차장을 상기시킨 것이 효과를 발휘한 것인지, 하여간 민간인들이 일시에 조용해졌다.

"지원은 금방 옵니다! 그때까지 여러분을 지켜 드릴 수 있는 건 우리밖에 없습니다! 그리고 저희는 그렇게 할 겁니다! 그러니 지시를 잘 따라주십쇼! 그러면 전원이 무사히 구출될 수 있습니다! 아시겠습니까?"

배에 힘을 주고 최대한의 용기를 발휘해서 외친 밤톨은 일행

모두를 20여 미터 후방의 진입로 입구까지 이동시켰다. 공연히 싱크홀 근처에서 위험을 감수할 이유도 없고, 고가도로 아래라는 공간은 여러모로 안전치 못하다.

잔디가 무성하게 자란 삼각형의 안전 지역에 민간인들이 모여 앉게 한 뒤, 벌써 식어가고 있는 장갑차장의 시신을 군복으로 덮어주었다. 그리고는 트레일러에 부착되어 있던 연장을 떼어 오게 하고 병력을 2인 1조로 나누어 전후좌우의 경계를 하도록 배치했다. 거기까지 하고 나니 막막해졌다. 더 이상 아무 생각이 나질 않는다.

"이거 좀 마셔요, 오빠. 보고 있는데 너무 목이 말라 보여서요……."

멍해져 있는 밤톨에게 초희가 다가와 물병을 건넨다. 그러고 보니 입이 바짝바짝 타고 가볍게 두통이 인다.

네, 고맙습니다.

밤톨은 물 한 모금을 들이켜고 한숨을 크게 내쉬었다.

애들한테도 수통에서 물 좀 마시라고 해야겠다…….

"조 병장님……."

무전이 잡히는 위치에서 대기하고 있던 무전병이 다시 돌아와 밤톨의 귓가에 소곤거린다.

"제일 빨리 도착할 수 있는 구조 차량이 두 시간 후에 도착 가능하답니다. 그것도 주변 상황이 좋아야 그렇답니다."

"뭐어?"

언성을 높였던 밤톨은 자신에게 쏠린 민간인들의 시선을 깨닫고 다시 목소리를 낮췄다.

"…두 시간? 왜 그렇게 오래 걸려? 아니, 씨발. 무슨 경기도에서 오는 것도 아니고, 건대하고 잠실이잖아. 오리걸음으로 와도 그것보다는……."

말을 하던 도중에 밤톨은 자신들 역시 한강을 건너는 데만 한 시간이 넘게 걸렸다는 걸 깨닫고 입을 다물었다. 좀비들의 행렬이 통행로 주변을 지나면 그동안은 차량이 이동할 수 없다.

쉘터 부근을 좀비들이 장악하고 있어도 마찬가지다. 그럴 때 게이트를 열었다가 좀비들이 들이닥치거나 하면 여기에 있는 사람 수보다 몇 배나 많은 목숨이 위기에 처하게 될 것이다.

긴급하니까 빨리 와달라는 소리 같은 건 안 통한다. 구조 요청을 하는 쪽도, 구조하러 오는 쪽도 다 목숨은 하나뿐이니까.

"어디에서 오는데? 왜 두 시간이래?"

"건대에는 흑표 전차 한 대밖에 기갑 차량이 없답니다. 그건 방어 때문에 절대 이동시킬 수가 없고, 징발해서 쓰는 차량 중에 5톤 트럭이 있는데, 그게 차고가 높고 화물칸에도 철제 덮개가 있어서 만일의 사태에도 대응을 할 수 있다고 했습니다. 그걸 여기로 보내겠다고……."

"아니, 근데 왜 두 시간이냐고? 좀 더 빨리 안 된대?"

"그 트럭이 현재는 외부에서 작업 중이기 때문에 그걸 되돌려서 오느라 그렇다고 합니다."

두 시간… 이 사방이 다 뻥 뚫린 벌판 같은 데에서 고작 열 명이 두 시간을 버텨내야 한다니…….

밤톨은 아득해져서 뺨을 문질렀다. 조금 전까지는 별 의미 없이 보이던 구멍 뚫린 철책들이 이제는 엄청난 중압감으로 다가왔다.

"자, 잠실은? 잠실에서는 더 빨리 올 수 없나?"

"잠실은 추가 지원이 아예 어렵답니다. 오늘만 벌써 성수행한 대, 저희가 타고 온 저거 한 대, 이렇게 장갑차가 두 대 빠져나갔고, 저희가 서른 명이나 되다 보니까 다 태우려면 장갑차도 두 대 이상을 보내야 하는데, 그러면 화력 공백이 너무 커진다고… 잠실 입장에서는 가장 빨리 도착할 수 있는 지원 차량이 성수 쉘터에 이주자들 내려주고 되돌아오는 거랍니다."

"우와, 씨발. 매정하구나. 좆같다, 그치?"

"네, 좆같습니다."

말은 그렇게 하지만 상황은 이해가 간다. 자신이 지휘관이었어도 비슷한 결정을 내렸을 것이다. 이제 기다리는 수밖에 없다. 물론 어떻게 기다리느냐가 생사를 가를 수도 있으니 신중하게 생각하고 움직여야 한다.

쉬지 않고 얼굴에서 흘러내리는 땀을 닦아내며 밤톨은 뇌를 최대한 가동했다. 물론 그래봐야 애초부터 그닥 대단치 않은 뇌라는 건 본인도 잘 안다.

"야, 잠실대교로 이동한다고 알리고, 애들 다 불러들여."

무전병에게 명령한 밤톨은 민간인들이 모여 앉아 있는 곳으로 걸어갔다. 불안에 질린 사십여 개의 눈동자가 일시에 그에게 집중된다, 한 사람만 빼고. 예의 그 칼자국 난 사내는 천천히 고개를 돌리며 사방을 훑고 있다. 마치 그 혼자만 다른 차원에 속해 있는 것같이 여유롭다.

"저……."

밤톨은 민간인들이 받을 충격을 걱정하면서 조심스럽게 입을 열었다.

"구조대가 올 겁니다. 그런데 도로 상황이 여러분도 아시다시피 원활한 건 아니기 때문에 시간이 조금 필요합니다. 그러니까 지금부터 우리는……."

"시간? 시간이 대체 얼마나 필요하다는 거야? 몇 분?"

흥분하고 겁을 먹은 사람들이 저마다 한마디씩을 던져서 말을 끊는다. 밤톨은 긍정적인 쪽으로 숫자를 조금 속여서 대답했다.

"…한 시간 반에서 두 시간 사이라고 했습니다. 더 빨라질 수도 있고 말입니다."

"두 시간? 두 시간이라니! 두 시간을 어떻게 기다려, 여기서. 좀비들이 지금 사방에 득시글거릴 텐데. 민간인의 목숨이 위험하다고! 빨리 오라고 해!"

악다구니를 치는 사람들의 목소리가 높아지고 갈라진다. 밤톨은 스트레스 때문에 뇌의 신경이 끊기는 것 같았다. 때마침 멀리서 좀비들의 포효가 울려오자 사람들은 더 난리가 났다.

"저기 저거! 저거 타고 가면 되잖아요, 군인 아저씨. 응? 저거 내려오라고 해. 우리 타게."

여자가 가리킨 것은 그들 머리 위에 떠 있는 500MD 헬리콥터였다. 밤톨은 고개를 저었다.

"저기에는 최대한 끼어 앉아도 네다섯 명밖에 못 탑니다."

"일단 다섯 명씩 타고 빨리빨리 옮겨다 놓고, 또 오고 그러면 되잖아. 왜 자꾸 안 된다는 소리만 해? 왜?"

"저 헬리콥터가 그냥 떠 있는 게 아닙니다. 저기에서 관측을 하다가 대규모 좀비들이 몰려오거나 하면 저희에게 알려줘서 피해야 한다는 말입니다. 화력지원도 해주고 말입니다. 게다가 저희한테만 매어 있는 게 아니라 이 부근을 계속 돌면서 이동하는 차량들 전부에게 훈수를 해주는 겁니다. 다섯 명이 저걸 타고 가면 그 사람들은 좋겠지만, 그동안 나머지는 어떻게 합니까? 그리고 이렇게 좁은 지역에는 내리지도 않습니다. 소리 지르시지 말고 좀 진정하십쇼! 제가 지시하는 대로 잘 따르셔야……"

"너나 진정해, 인마! 너나! 지시? 누가 누굴 지시해? 나도 예비역 육군 병장이야, 이 새끼야! 빨리 다시 무전 때려! 민간인들이 위험하니까 최대한 빨리 오라고! 뭐해! 빨리 무전 때리라고!"

거품을 물고 악을 쓰는 것은 아까 트레일러 안에서 기강이니 어쩌니 헛소리를 지껄이던 중년 남자다.

"그러지 말고 군인들 말을 들어요. 저 사람들이 더 잘 알지."

몇몇이 밤톨의 편을 들어주려 한다. 하지만 중년 남자는 오히려 더 목소리를 높이고 생지랄을 한다.

"그러다 뒈지면? 응? 그러다가 뒈진다고! 이 좆도 무식한 여편네야! 모르면 잠자코 있어! 원래 군대는 쪼아야 뭐가 돌아가는 데야! 대가리에 똥만 찬 년이 어디서 끼어들어?"

밤톨은 이를 꽉 물었다. 밉다. 정말 성질 같아서는 반쯤 죽여 버리고 싶다. 시범 케이스로 한 놈을 조지면 나머지들도 다 순순히 지시를 따를 테니까.

하지만 그랬다가는 쉘터에 돌아가서 그 엄한 지휘관으로부터 어떤 처벌을 받게 될지… 차라리 저 남자가 막 달려들기라도 하면 총을 빼앗길까 봐 그랬다는 핑계라도 대겠는데, 이놈은 앉은 자리에서 소리만 버럭버럭 질러 댄다.

가뜩이나 불안함이 극에 달해 있는 상황에서 그렇게 무질서를 부추겨 대는 이 미치광이를 통제하기 위해 위협이 불가피했다고 하면 받아들여 줄까?

그렇게 밤톨이 고민하고 있을 때, 민구가 바지 주머니에 두 손을 꽂은 채 중년 남자 쪽으로 걸어갔다.

퍽—

민구의 킥이 턱을 돌리자, 여전히 뭐라고 고함을 치며 핏대를 올리던 중년 남자가 맥없이 쓰러진다. 말리고 자시고 할 여유도 없을 만큼 순식간에 일어난 일이었다.

어? 어?

민간인들이 놀라서 뒤로 물러나고, 군인들은 밤톨의 눈치를 본다. 민구가 민간인들을 향해 나직하게 내뱉었다.

"조용히 해. 지금부터 아가리 열지 마."

"어, 어이! 이, 이 새끼 왜 안 말려……."

군인들을 향해 하소연을 하던 남자가 두 번째 킥의 희생자가 됐다. 민구의 발이 번쩍 들리는가 싶더니, 얼굴이 새파래진 남자가 배를 부여잡고 쓰러져 신음한다. 격통에 휩싸인 남자를 향해 민구가 말했다.

"열지 말라고."

사람들은 순식간에 얼어붙었다. 밤톨과 군인들은 이래도 되는 걸까 싶어 불안했지만, 기분만은 속일 수가 없었다.

속이 다 시원하다. 정말 시원하다.

"아가리 처닫고 저 군인 말 들어."

밤톨을 지목한 민구는 초희의 곁으로 돌아갔고, 모처럼의 고요가 흐트러지기 전에 밤톨은 서둘러 지시 사항을 말했다.

"지금부터 우리는 왔던 길을 되돌아가서 잠실대교 위로 올라갈 겁니다. 그곳에서는 전방과 후방 경계만 하면 되기 때문에 훨씬 안정적으로 방어를 할 수 있습니다. 거기에서 기다리다가 구조 차량이 도착했다는 무전을 받으면 다시 이 지점으로 복귀할 겁니다. 자, 알아들으셨으면 다들 일어나서 3열로 서세요. 거기 남자분들, 기절하신 분들 깨워서 양쪽에서 부축하시고 가장 앞에 서십쇼. 일어나요, 빨리!"

선봉과 후위를 둘씩 세우고, 나머지는 중간에서 민간인들을 호위하며 속보로 이동했다. 길고 완만한 곡선의 램프를 따라 걸어 올라가는 동안, 사방에 복잡하게 얽힌 고가도로에서 언제 좀비가 뛰어내릴지도 모른다는 두려움과 싸우는 게 가장 힘이 들었다. 이윽고 잠실대교의 북단에 도착한 병사와 민간인들은 안도의 한숨을 내쉬었다.

ㄹ

잠실대교에 올라온 이후에야 새로 알게 된 사실은 이 도로 위에 꽤 많은 로드킬의 흔적이 있다는 것이었다. 장갑 트레일러의 옆으로 난 공기구멍을 통해서는 전혀 보이지 않던 광경이다. 물론 로드킬의 희생자는 동물이나 그런 게 아니라 사람 모양을 한 좀비들이었다.

신체가 심하게 훼손되고 머리가 터진 좀비들의 시체가 드문드문 널려 있다. 이곳 역시 청정 지역이 아니라는 걸 알리는 증거였다. 어쨌든 보기에 너무 끔찍해서 밤톨은 깔려 죽은 시체들이 눈에 띄지 않는 곳까지 일행을 이동시켰다.

"여기에서부터 저 다음다음 가로등까지, 가로등 세 개만큼을 민간인 구역으로 지정하겠습니다. 그 안에서만 이동하고 경계를 넘지 말아주십쇼. 별도의 지시가 있을 때까지 휴식하셔도 좋습니다. 아, 그리고 가급적 도로 가운데에 계시고, 자동차 밀어서 쌓아놓은 데에 기대거나 그 위에 올라서지 마십쇼. 대충 겹쳐 놓은 거라 언제 무너질지 모릅니다."

밤톨은 가로등 세 개 만큼의 길이, 약 40미터 안에 사람들을 모아두고 병력을 반으로 나눴다. 트레일러의 포대에서 가져온 K-3 경기관총을 앞뒤로 한 정씩, 병력도 총 세 명씩이다. 좀비가 시야에 잡히면 머뭇거리지 말고 먼저 사격부터 하라고 지시했다. 그리고 자신과 무전병을 포함한 넷은 민간인 구역에서 양쪽을 번갈아 살피다가 필요할 때 지원을 하기로 했다.

"아, 아이구, 아야야… 내가 저 개새끼… 언젠가는 꼭 복수한
다. 씨부랄 새끼……."

민구에게 맞아 뻗었던 중년 남자가 민구의 뒷모습을 멀리서
흘겨보며 실현 가능성이 없는 이야기를 중얼거렸다. 배를 맞고
숨을 쉬지 못했던 남자 역시 그 바로 곁에서 이를 북북 갈고 있
다. 담배 생각이 간절한데 꽁초까지도 다 피운 지가 옛날이다.

"어이, 후배님. 담배 있으면 한 대만 빌립시다."

중년 남자가 부탁해도 이 꼴 보기 싫은 놈에게 그걸 줄 만큼
속 좋은 병사는 없었다. 다들 못 들은 척 외면하거나 없다고 고
개를 저었다.

"어?"

쌓여 있던 자동차를 보던 남자 하나가 기쁨과 놀람이 섞인 탄
성을 지르고 밤톨에게 다가왔다. 무슨 용건이시냐고 묻는 밤톨
의 질문에 남자는 엉망으로 망가진 승용차를 가리켰다.

"저, 저기 개머리판으로 한 대 툭, 치든가 해서 저 차 유리창
좀 깨줘요. 아니면 아까 삽 가지고 오던데, 그걸 좀 빌려주면 내
가 깨도 되고. 조수석에 담배가 있네. 그것도 갑이 아니라 보루
로. 반 보루는 넘게 남은 것 같은데, 너무 아깝잖아. 여기 버려
두고 가면."

내키지는 않지만 별로 힘이 드는 일도 아니었다. 이번만 특별
히 해주는 거니까 더 요구하지 말라고 이야기한 밤톨은 삽을 들
고 가 유리창을 박살 낸 뒤, 담배를 꺼내 줬다. 정말로 한 대여

섯 갑은 족히 들어 있다.

신이 나서 남자의 주변으로 모여든 흡연자들이 한 대씩을 얻어 물고 만족한 표정으로 연기를 뻑뻑 풍겨 댄다.

민간인 구역으로부터 30여 미터를 떨어져 경계 근무를 서고 있는 군인들도 한 대씩을 피워 물었다. 날은 후끈거리지, 시간은 죽여야 하지, 게다가 마음은 떨리지, 그야말로 담배 피우기 딱 좋은 조건이다.

"형님은 담배 안 피우십니까? 하나 드릴까요?"

초희와 함께 민간인 구역의 북단에 서 있던 민구에게 다가간 밤톨이 물었다. 민구가 고개를 저었다.

"아, 비흡연자십니까? 그럼 저만 한 대 피우겠습니다."

"피우기는 하는데, 걸리는 게 조금 있어서."

밤톨이 다시 물었다.

"걸리는 거요? 그게 뭡니까?"

"예전에 어떤 놈들한테 들은 이야기인데, 그놈들 말로는 괴물들이 담배 냄새를 맡고 온다고 하더군."

불을 붙이려던 밤톨은 눈을 동그랗게 뜨고 잠시 민구를 바라보았다. 그러고는 곧바로 웃음을 터뜨리며 라이터를 켰다.

"하마터면 믿을 뻔했습니다. 큭큭큭, 농담도 꽤 잘하시네요. 후우~"

"그죠? 그거, 말도 안 되는 이야기 맞죠? 아우! 오빠는 계속 담배도 못 피우게 난리야!"

초희는 밤톨이 온 걸 기회로 삼아 얼른 한 대를 피워 물고 철퍼덕 두 다리를 펴고 앉는다. 그녀의 다리를 잠시 바라보던 밤톨이 금방 제정신을 차리고 민구에게 고개를 돌렸다.

"아참, 담배 이야기를 하러 온 게 아니었지⋯⋯. 아까는 정말 고마웠습니다. 통제가 전혀 안 돼서 난감했거든요. 어휴~"

"뭐, 그럴 때는 하나 정도 본을 보여주면 되니까."

민구가 담담하게 대답했다. 괜히 어영부영 시간을 끌었다가는 몰살당하기 딱 좋은 상황이었기에 나선 것뿐이다. 밤톨이 씁쓸하게 웃었다.

"그거야 저도 잘 알죠. 군대에서 1년 반 동안 배운 게 삽질이랑 사람 갈구는 건데요. 근데 저희 연대장님도 그렇고, 대대장님도 민간인들이랑 마찰 빚거나 피해 끼치는 거에 엄청 엄하시거든요. 그러니 신경이 쓰이더라고요. 군인이라는 게 원래 쓰는 사람 따라 색깔이 달라지는 거 아니겠습니까."

대민 지원 센터인가에서 만났던 낙타같이 생긴 놈의 경우를 생각하면 딱히 그런 것 같지만도 않았으나, 민구는 굳이 말을 꺼내지 않았다. 그보다는 눈앞의 전망에 집중했다.

도로 양쪽으로 자동차들을 밀어둬서 약 2.5차선이 된 잠실대교 송파대로 위에 서 있는 건 꽤 묘한 기분이 드는 일이었다. 그 텅 비고 쭉 뻗은 길의 모습을 보고 있노라면, 인간의 종말이 실제로 자신의 주위에서 일어나고 있다는 것이 실감된다. 다들 그렇게 발버둥을 치고 살아온 결과가 이건가 싶어 헛웃음이 나올 지경이었다.

"저기 저 고가도로⋯ 걱정돼서 그러시는 거죠? 저도 그렇습니다. 좀비 새끼들이 지나가다가 무더기로 뛰어내리면 어쩌나 하고 말입니다."

민구의 시선을 오해한 밤톨이 전방의 강변북로를 가리킨다. 그들이 위치한 잠실대교와 직각으로 교차하는 고가도로다. 하필이면 그 교차하는 구간에는 높다란 차단벽조차 없이 그저 야트막한 난간뿐이다.

하지만 애초에 교각의 높이가 꽤 돼서 만약 괴물들이 뛰어내린다고 해도 멀쩡한 몸으로 일어설 수는 없을 것이다. 담배를 잡은 밤톨의 손이 덜덜 떨리는 걸 보며 민구가 말했다.

"긴장했군."

"창피하기는 하지만, 형님 말씀이 맞습니다. 무서워요. 상대가 좀비라는 게… 물리면 그걸로 끝이잖습니까? 살짝 물리든 깊이 물리든 상관없이 그냥 전부 똑같이 죽어야 한다는 게 너무 매정한 것도 같고, 어딘가 불합리한 것처럼도 느껴지고… 뭐, 그렇습니다. 다들 비슷하지 않을까요? 사람을 상대로라면 이렇게 무서워지지는 않을 것 같은데."

밤톨이 한숨을 내쉬는 걸 보며 민구는 히죽 웃었다.

"생각을 바꿔봐. 한결 기분이 나아질걸?"

"생각을 바꾸라니, 그게 무슨?"

"저것들은 최소한 고문은 안 하잖아. 재미 삼아 시간을 끌지도 않고, 죽어가는 걸 다시 깨워서 또 괴롭히는 법도 없지. 인간은 그런 짓을 할 수 있거든. 그러니까 인간과 싸우는 편이 훨씬 더 무서운 거야. 내가 얼마나 미친놈과 상대하고 있는지 싸움에서 지기 전까지는 절대로 알 수 없으니까. 산 채로 가죽을 벗긴 다음 얼마 만에 죽는지 시간을 재고 있는 놈에 비하면, 저 괴물 같은 건 그렇게 겁날 것도 없지."

넋을 놓고 민구의 이야기를 듣던 밤톨의 손에서 담뱃재가 툭, 떨어진다. 허어~ 밤톨이 고개를 저으며 두어 걸음 물러났다. 총 멜빵을 잡은 손에 힘이 들어간다.

"다른 사람이 그런 말 하는 걸 들었으면 '뭐지, 이건? 왜 이렇게 허세를 부리지?' 하겠는데, 형님이 말씀하시니까 확 오네요. 그 칼 들고 싸우는 걸 봐서 그럴까요? 어휴~ 소름이… 근데 저도 한 말씀드리면요, 어디 가서 그런 말씀 안 하시는 게 좋을 것 같아요. 진짜 리얼해서 형님 곁에 다가가기 싫어지니까 말입니다."

밤톨은 농담과 진심이 반반씩 담긴 말을 남기고 다시 무전병이 있는 곳으로 돌아갔다.

민간인 구역은 담배 연기가 쉬지 않고 피어오르는 중이다. 보행자 통행로 쪽으로 나가서 피우는 사람들도 있지만, 아까부터 꼴 보기 싫던 놈들은 대여섯 명이 아주 나들이라도 온 것처럼 모여 앉아서 줄담배를 피워 댄다. 비흡연자들이 콜록거리며 한쪽으로 피하는 걸 보니, 차에서 담배를 꺼내 준 게 후회스럽다.

"조 병장님."

무전병이 밤톨에게 뛰어와 은밀하게 부른다.

응? 밤톨은 무전병을 돌아보았다. 잘 터지지도 않는 소형 무전기를 들고 전파가 잡히는 데를 찾아 돌아다니느라 무전병의 얼굴은 땀으로 범벅이 되어 있었다. 장갑차의 통신 장비만 믿고 있었기 때문에 이런 것에 목숨을 맡기게 될 거라고는 생각하지 않았다.

"걱정하시던 그겁니다. 강변북로에서 접근 중이랍니다. 규모는 넷이고, 20분 뒤쯤부터는 이 위로 지나갈 거라고 했습니다."

소식을 전하는 무전병의 목소리가 떨린다. 덩달아 밤톨의 가슴도 더 빠르게 뛰기 시작했다.

"넷? 넷이라고 했냐? 천 마리가 넘는다고? 아씨, 돌아버리겠네, 진짜."

시간을 확인하던 밤톨은 자신의 시계가 망가진 것인가 잠시 의심했다. 아까부터 지금까지 겨우 40분도 지나지 않았다니. 1초, 1초가 너무 더디게 흐른다. 구조대가 도착하려면 앞으로도 한 시간 반은 기다려야 한다.

저 멀리 머리 위로 지나는 강변북로와의 거리를 가늠해 봤다. 100미터 이상 떨어져 있는데도 충분하지 않아 보인다.

천 마리라니… 자신들의 화력을 총동원해도 그만큼을 죽일 수는 없다. 고이 지나가 주면 제일 좋겠고, 그게 아니라면 위에 떠 있는 헬리콥터가 반 이상 처리해 줘야 한다. 아니, 반 가지고는 어림도 없다. 헬기가 팔 할은 잡아줘야 생존의 희망이라도 가져볼 수 있을 거다.

어쩌지? 뒤로 더 빠질까?

고민을 하고 있을 때, 뒤쪽에서 총성이 울린다.

탕, 탕, 타타탕—

밤톨은 기겁을 하며 돌아봤다. 심장이 멎는 것 같다. 놀란 게 그 혼자만이 아니어서, 민간인들 역시 비명을 지르며 기겁을 한다.

"조용히 해요! 시끄러워!"

소란을 잠재우기 위해 버럭 악부터 썼다. 조금 전하고는 다르게 이번 명령은 먹혔다. 찍소리도 없이 구석으로 물러나 앉는 걸 보니 다들 총소리에 어지간히 쫀 모양이다.

투투투— 투투투— 투투투—

그사이에도 쉬지 않고 3점사 소리가 울려온다. 밤톨은 병력 둘을 데리고 남단 쪽으로 뛰어가며 외쳤다.

"야, 뭐야? 응? 왜 그래?"

좀비입니다! 다리 남단에서 접근해 옵니다!

대답을 듣기 전부터 이미 밤톨도 눈으로 확인을 할 수 있었다. 스무 마리 정도의 좀비가 간격을 두고 이쪽을 향해 달려오고 있는 모습이 깨알같이 멀리 보였다.

투투투투투— 투투투투투!

K—3 사수가 놈들을 향해 총알을 퍼부어 대고 있지만, 덜덜 떠느라 제대로 맞추지를 못한다.

"막 갈기지 말고 조준해서 신중하게 쏴! 실탄 아끼라고! 아직 거리 있잖아!"

말은 그렇게 하면서도 밤톨 역시 경기관총 바로 옆에 자세를 취하고 앉았다. 어제까지 왔던 비가 증발하며 아지랑이가 피어오르기 시작한 넓은 도로 위로 좀비들이 뛰어온다.

가늠자를 통해 그 일렁이는 모습을 보고 있자니, 뭔가 비현실적인 풍경 같다. 하지만 이 상황은 너무도 냉혹한 실제다. 개미 새끼같이 조그맣게 보이는 저 좀비들이 여기까지 도달해서 몸 어느 곳에든 이빨을 한 번 박으면 그걸로 끝이다. 치료고 뭐고 아무 방법이 없다.

안전장치를 해제한 밤톨은 호흡을 가다듬고 표적에 집중하기 위해 애를 썼다.

후우~ 후우~ 숨을 들이쉴 때마다 자꾸 총구 끝이 흔들린다. 조금 전, K—3 사수 놈이 자꾸 엉뚱한 데로 총알을 날리던 것도 이제 이해가 된다.

제길, 여기는 나를 지켜줄 울타리가 하나도 없다. 밀리면 죽는다는 게 너무도 뼈저리게 느껴져 두렵다. 등 뒤에서 불어오는 바람이 목덜미를 스치고 지나자 온몸에 소름이 돋아 올랐다.

진정해… 진정… 씨발, 어려울 거 없잖아? 지그재그로 뛰어오는 것도 아니고, 그저 똑바로 달려오기만 할 뿐이야.

그렇게 밤톨이 스스로를 진정시키고 있자니, 흔들리던 가늠쇠 안에 좀비의 모습이 잡혔다. 밤톨은 숨을 멈추고 방아쇠를 당겼다.

탕타탕— 탕타탕—

잇달아 발사된 여섯 발의 탄환이 얼굴을 박살 내는 것과 동시에 좀비의 몸이 뒤로 나동그라진다.

그래! 그래! 잘하잖아! 좋아!

밤톨은 스스로를 칭찬하면서 총구를 옆으로 돌렸다. 자신의 한패가 죽든 말든 좀비들은 똑같은 기세로 달려오고 있다. 이놈들이 상대로서 마음에 드는 유일한 장점은 추호도 피할 생각을 않는다는 것이다.

"지원 갑니까?"

북단에 배치해 둔 병사들이 큰 소리로 묻는다. 밤톨은 뒤로 고개를 돌려 외쳤다.

"아니야! 아니야! 현 위치 지켜! 전방 경계해!"

투투투투— 투투투—

계속 방아쇠를 당겨 대던 K—3 사수가 마침내 두 놈을 자빠뜨렸고, 밤톨을 따라 달려온 병사도 한 놈의 대가리를 명중시켰다.

아직 거리는 200 이상 남았지만, 느긋하게 굴 여유는 없다. 놈들과의 거리가 좁혀지면 명중률도 올라가겠지만, 그만큼 이쪽의 조바심도 커져서 허둥대게 될 테니까.

여섯 명의 병사는 열심히 방아쇠를 당겨 댔고, 스무 마리의 좀비는 이내 진짜 시체로 변해 잠실대교 위에 널브러졌다.

이제 다음 이동 차량들이 지나면서 저것들을 깔아뭉개면, 조금 전 그들이 봤던 그 끔찍한 몰골이 되어 길바닥 위에서 천천히 썩어가게 될 것이다.

휴우~ 긴장이 풀어지며 한숨이 나온다.

"잘했어! 잘했어!"

밤톨은 세 마리를 사살한 자신과 나머지 좀비들을 죽인 다른 병사들 모두를 향해 칭찬의 말을 쏟아내고, 하이바를 한 번씩 두드려 줬다. 고작 스무 마리가 300여 미터 이상을 달려오는 동안 처리하는, 어찌 보자면 간단한 일이었는데도 병사들의 얼굴은 땀으로 범벅이 되어 있었다.

"대체 이 좀비 새끼들이 어디서 이렇게……."

거기까지 말을 하던 밤톨은 잠실대교 남단의 수많은 아파트 단지들을 생각하고 입을 다물었다. 저기라면 넓은 대로 위로 규모 오 이상의 좀비들이 수시로 돌아다닌다. 오늘 장갑 트레일러도 그 지역으로 진입하기 전에 꽤나 긴 시간을 대기했다. 놈들이 이 정도 수만큼만 들어와 준 게 오히려 다행일 정도다. 그래서 밤톨은 질문을 바꿨다.

"왜, 왜 하필 이 시점에 여기로 온 거지? 우리가 여기 있는 걸 알기라도 하는 것처럼……."

휘이잉—

불어오는 바람이 전술 조끼와 긴장 때문에 땀으로 범벅이 된 등을 두드린다. 마치 답이라도 해주는 것처럼…….

"괴물들이 담배 냄새를 맡고 쫓아온다더군."

칼자국 난 사내의 말이 떠오른 밤톨은 뒤통수를 맞은 것 같은 충격을 느꼈다. 바람에 실려 자욱했던 화약 연기가 남단을 향해 날아가며 그의 의심을 더 강화시킨다.

밤톨은 민간인들을 모아놓은 뒤쪽으로 고개를 돌렸다. 초조함을 달래려는지 아직까지도 연신 담배 연기를 뿜어내고 있다. 하지만 코를 킁킁거려 봐도 담배 냄새가 실감되지는 않는다.

그도 그럴 것이, 30미터 이상 떨어져 있으니까… 개코도 아니고, 설마 이 정도 냄새를 맡고 쫓아온다는 거야? 하지만 우연이라고 하기에는 너무 공교롭기도 하잖아……

확신은 없지만 조심해서 나쁠 건 없어 보였다. 밤톨은 병사들에게 말했다.

"지금부터 구조 차량 올 때까지 금연이다. 다들 담배 꺼내지 마."

다들 이유를 묻지도 않고 알겠다는 대답을 한다. 민간인들에게도 같은 지시를 하기 위해 밤톨이 돌아섰을 때, 건너편 차선의 자동차들 사이로 뭔가가 쑥 지나쳤다.

'응? 뭐지? 잘못 본 건가……'

밤톨은 무의식적으로 건너편 차선을 향해 한 발짝을 내디뎠다. 자동차들을 양쪽으로 밀어내고 길을 튼 북쪽 차로와 달리 남쪽 차로에는 여전히 자동차들이 방치되어 있어서 시야를 가렸다.

밤톨이 다시 한 걸음 더 다가갔을 때, 머리 가죽이 반쯤만 남은 좀비의 머리통이 버스 뒤쪽에서 쑤욱 튀어나왔다. 밤톨과 눈을 마주친 좀비가 곧장 아가리를 쫘악 벌리며 달려온다.

"으! 으아악!"

밤톨은 뒷걸음질을 치며 오른쪽으로 물러났다. 다급해지니 안전장치를 푸는 것조차 더듬거리게 된다. 그사이에 좀비는 몸을 날려 중앙선에 설치된 차단벽을 뛰어넘었다.

쿠당탕—

밀어놓은 자동차 더미를 들이받고 구른 좀비가 벌떡 일어섰다. 밤톨 역시 그동안 사격 자세를 갖출 수 있었다. 방아쇠에 손가락을 걸려는 순간, 탕타탕— 탕타탕— 탕탕탕— 날카로운 총성이 등 뒤에서 울리는가 싶더니, 차단벽에 돌가루가 튀고 좀비의 얼굴과 가슴이 박살 났다.

놈이 그야말로 짓뭉개진, 썩은 고깃덩어리가 되어 자동차 사이에 처박힌 걸 확인한 밤톨은 겁에 질린 표정으로 뒤를 돌아보았다. 아직도 귀가 찡찡 울릴 만큼 가까이에서 총알이 지나갔었다.

"하아~ 하아~"

밤톨과 대각선 방향에 서 있는 김 이병도 그만큼이나 두려움에 사로잡힌 채 총을 꽉 쥐고 있다. 이놈이다. 손가락이 아직도 방아쇠에 걸려 있는 이놈이 쏜 거다. 각도로 보자면 녀석이 쏜 총알은 자신의 몸에서 50센티도 안 떨어진 곳을 스치고 지나가 차단벽과 좀비를 때린 거다. 아찔하다. 밤톨은 최대한 침착하게 명령했다.

"…김 이병, 총구 내려."

녀석이 얼떨떨한 표정으로 고개를 끄덕이며 총구를 바닥으로 향하는 걸 확인한 밤톨은 놈의 하이바를 후려쳤다.

"야, 이 미친 새끼야! 누가 아군 등 뒤에서 총 쏘래? 응?"

"저, 저는 조 병장님께서 대응을 못하시는… 조, 조심하겠습니다!"

"죽을래, 이 개새끼야? 쏜다고 말을 하든가, '엎드려!' 라고 외쳐야 할 거 아니야? 응? 아까 옆으로 한 발짝만 떼었으면 내가 맞는 거였잖아!"

분을 못 참아 또 손이 올라가려던 밤톨은 김 이병의 입술이 파랗게 질린 것을 보고 멈칫했다. 이놈도 마찬가지다. 무서워서 제정신이 아닌 것이다. 늘 철책 위의 사대에서만 좀비들을 상대하다 보니까 이렇게 훤히 뚫린 3차원의 전선에서 어디에 서야 하는지, 뭘 해야 하는지를 전혀 모르는 거다.

그리고 그건 자신도 마찬가지였다. 만약 그 자신이 그렇게 어리바리하게 움직이지 않았으면 김 이병이 욕을 먹을 일도 없었을 것이다.

밤톨은 싱크홀이 생긴 이래 자신이 분대원들과 가장 중요한 이야기를 하지 않았다는 걸 깨달았다. 아직도 먹먹한 귀를 꽉 눌러 진정을 시키며 밤톨은 김 이병을 포함한 모든 병사들에게 말했다.

"솔직하게 말한다. 지금 건 내 잘못도 컸다. 그동안 좀비들을 많이 상대해 봤기 때문에 우리가 전문가라고 착각할 수 있는데, 오늘처럼 딱 우리 분대끼리만 좀비들을 죽이는 건 처음이야. 그렇지?"

모두들 고개를 끄덕이는 걸 확인하고, 밤톨은 이야기를 계속 이어 나갔다.

"당연히 뭔가 아귀가 안 맞고 허술할 거다. 누가 뭘 할지, 뭘 해야 다른 사람이 편한지, 서로 훤히 알지를 못한다는 말이다. 장갑차 몰던 너희 둘이야 말할 것도 없고. 뭐, 지금 그걸 안다고 해서 당장 문제가 해결될 것 같으면 훈련은 왜 하겠냐마는… 내가 할 말은 이거다. 교전할 때 자기 머릿속에 생각하고 있는 것을 입으로도 계속 떠들어라. 무섭다, 도망가고 싶다… 이런 말을 하라는 게 아니고, 어디로 이동할지, 발포할지, 어디에 지원이 필요한지, 이런 거를 다른 분대원들도 듣고 알 수 있도록 큰 소리로 외치라는 거다. 알겠나?"

"네, 알겠습니다!"

'그래, 좋아!' 하고 돌아서던 밤톨이 고개를 갸웃거렸다.

그런데 내가 왜 돌아섰지? 뭔가 하려고 했었는데?

아, 담배!

바람에 실려 오는 매콤한 냄새를 맡은 밤톨은 제 머리를 치고 민간인들을 향해 뛰어갔다. 헐레벌떡 달려오는 밤톨을 보고 더욱 위축된 민간인들이 조심스레 묻는다.

"아, 아직 다 못 잡았어요? 좀비 또 옵니까?"

"지금은 다 잡았습니다. 하지만 계속 올 겁니다. 그보다 지금부터 금연입니다. 모두 담배 피지 마십쇼! 지금 물고 계신 분들 빨리 버리고 불 다 끄십쇼! 빨리! 혹시라도 담배 피우시려는 분이 있으면 주변에서 말리셔야 합니다. 알겠습니까?"

담배를 버리라고 하면 분명 누군가 성질을 부리며 개지랄을 할 거라고 밤톨은 생각했다. 하지만 흡연자들은 겁에 질려 서둘러 담배를 바닥에 던지고 신경질적으로 비벼 껐다. 누구 하나

대거리를 하거나 이유를 묻고 늘어지는 사람이 없었다. 조금 전의 총성이 이들을 어지간히 위축시킨 모양이다.

'젠장, 순한 양이 따로 없구나. 이렇게 효과가 좋을 줄 알았으면 아까도 좀비가 나타난 척하고 허공에 몇 발 쏴줄걸.'

밤톨이 혀를 끌끌 차고 있을 때, 무전병이 쫓아왔다.

"700미터 정도 남았답니다. 대피합니까, 아니면 현 위치 고수합니까?"

아, 이런 젠장! 강변북로! 거기도 있었지. 벌써 그렇게 가까워졌다고? 700미터, 건성으로 걸어도 10분 정도면 이 근처에 도달한다. 밤톨은 정신이 아득해졌다.

분대장이라는 게 뭐 그리 대단한 벼슬이라고, 생각하고 준비해야 할 게 이렇게 많은 건지……. 이렇게 골치 아플 걸 알았다면 차라리 트레일러 안에 있을 걸 그랬나 하는 생각까지 든다.

밤톨은 이내 고개를 저었다.

아니야, 거기 있었다가 구덩이에 끌려 들어가 버리면 지하수하고 흙에 파묻혀서 문도 못 열어보고 죽었을 거야…….

지금 해야 할 일은 후회가 아니라 앞으로의 계획을 짜는 거다. 그리고 조금 전 김 이병과 같이, 혹은 그 자신처럼 실수하는 놈이 나오지 않도록 분대장으로서 지휘를 해야 한다.

"다 모여봐. 할 이야기가 있다. 그리고 민간인분들, 일어나십쇼. 후방으로 이동합니다. 저기 보이는 저 군인이 있는 데를 지나서 그 다음다음 가로등이 있는 데까지 쭈욱 걸어가십쇼."

"…더 가라고요? 왜 그래요? 담배도 그렇고… 갑자기…….

무슨 일인지 좀 알려줘요."

온순한 여자가 덜덜 떨며 묻는다.

아까도 군인들 말을 듣자고 하며 밤톨의 편을 들어주던 여자다. 밤톨은 최대한 무덤덤하게 일러줬다.

"몇 분 뒤면 저기 보이는 고가도로 위로 좀비들이 지나갈 겁니다. 그냥 지나갈 건지, 아니면 여기로 뛰어내려서 달려올지 모르니까 일단 뒤로 피신하시라는 겁니다. 담배도 피지 말고 소리도 내지 말고 조용히, 움직이지 말고 계세요. 제가 이젠 됐다고 할 때까지. 더 길게 이야기할 시간 없습니다. 빨리 걸으십쇼."

민간인들을 재촉해서 뒤로 보낸 후, 밤톨은 그의 지휘를 받는 아홉 명의 병사를 모두 한데 모이게 했다. 큰 소리로 생각과 다음 행동을 말하라는 이야기를 다시 한 번 강조하고, 오늘뿐 아니라 어쩌면 생애의 마지막이 될지도 모르는 전술 지휘를 했다.

먼저 경기관총 사수와 K—1을 휴대하고 있는 장갑차 승무원들을 지목한 밤톨은 10여 미터 뒤에 있는 버스를 가리켰다.

"짧게 말할게. 5분 뒤에 저기에서 좀비가 올지도 몰라. 오면 꽤 많이 올 거니까 미리 준비를 하자. K—3 사수들하고 너희 둘은 탄통 다 챙겨서 건너편 차선의 버스 위로 올라가. 나도 버스 위에 올라가 본 적은 한 번도 없어서 어떻게 생겼는지 자세히는 모르겠지만, 너희 네 명이 비스듬히 사선으로 엎드릴 정도는 될 거다. 그리고 나머지 우리는 전부 여기 이 가로등을 기준으로 선다. 그럼 K―3보다 약간 앞서 있는 모양이 되겠지. 만약에 좀비들이 뛰어내려서 50미터 이내로 접근해 오면 우리는 다시 100미터 뒤로 간다. 그동안에 K―3가 지원을 해주면 우리가 다시 재정비를 하고 너희를 지원해 줄게. 간단하지? 아참, 너는 처음부터 완전히 뒤로 빠져서 민간인들을 인솔해 남단으로 가."

밤톨이 지목한 것은 무전병이었다. 무전병이 이해할 수 없다는 표정을 짓자 밤톨이 부연 설명을 해준다.

"민간인을 뒤로 보내긴 하지만, 아까도 그쪽에서 좀비들이 왔었잖아. 그리고 나중에 지원 차량이 와도 무전 연락 주고받을 사람도 있어야 하고. 그 사람들 다 네 책임이다. 남단에 뭐가 기다리고 있는지 몰라도… 민간인들한테 너무 바짝 붙지 말고, 하여튼 잘되면 부르러 갈 테니까. 이게 내 작전이다. 더 좋은 생각이 있으면 기탄없이 말해라. 계급 같은 거 신경 쓰지 말고."

자신을 에워싸고 있는 병사들을 둘러보며 밤톨이 말했다. 다들 겁에 질렸으면서도 그걸 겉으로 드러내지 않기 위해 노력 중이라는 게 훤히 보인다.

하아~ 밤톨이 가볍게 한숨을 내쉬고 말했다.

"뒤에 있는 저 사람들, 우리 부모님이나 삼촌, 숙모라고 생각해 봐. 우리 가족이 저기 모여 있는데 내가 총을 가지고 지켜주는 거라고 상상했더니, 나는 좀 기운이 나더라. 자, 악으로 버티자! 준비해!"

K―3 사수들이 버스 위로 올려가도록 도와주고, 나머지 병사들은 갓길에 쌓아둔 자동차들 사이에 몸을 숨겼다. 마지막 경고처럼 좀비들이 근접했다는 내용의 무전을 보낸 500MD는 강변북로를 마주 보고 떠 있다. 힐끗, 밤톨은 머리만 내밀고 강변북로의 야트막한 난간을 노려보았다.

"아우, 무서워. 이게 웬일이야? 싫어라, 정말. 왜 하필 내가 올 때 이 난리냐고. 길이 꺼져도 내일 꺼질 것이지. 아니, 근데 오빠… 뭐해, 지금?"

덜덜 떨며 뭉쳐 있는 사람들 곁에서 온갖 불평을 다 하던 초희가 민구를 보며 찡찡댔다. 남단에 외로이 버티고 서 있는 무전병이 그들의 모습을 힐끗 돌아보았지만, 중앙선을 넘는 것에 대해서까지 굳이 잔소리를 하지는 않았다.

민구는 대꾸하지 않고 건너편 차선의 자동차들 사이를 걸어 다니며 내부를 들여다보았다. 대답이 없자 초희는 더 언성을 높였다.

"아이 씨, 안 그래도 짜증나는데 왜 강 실장 오빠까지 나 무시하냐고! 뭐하는데? 이럴 땐 그냥 내 옆에 와서 손 좀 잡아주면 안 돼?"

"옳지~"

여전히 자동차들을 뒤지고 다니던 민구는 구형 승용차 트렁크에서 타이어 교체용 렌치를 찾아냈다. 짧은 치마를 입고서 용케 중앙분리대를 넘어 곁으로 온 초희가 한숨을 쉰다.

"그게 뭐야? 그까짓 거 짧아서 별루 세 보이지도 않는다고!

오빠 쫓아오다가 허벅지 다 긁혔잖아! 아우, 씨발. 쓰라려! 이것 좀 봐, 까진 거! 꺄악! 이, 이거 뭐야? 사람 죽은 거잖아!"

치마를 풀썩거리며 허벅지의 생채기와 하늘하늘한 팬티를 동시에 보여주던 초희가 바닥에 쓰러져 있는 시체들을 보고 기겁을 한다.

민구도 이런 허접한 걸로 싸울 생각은 없다. 애초에 무게중심이 안 맞아서 제대로 휘두르기도 어렵고, 너무 짧다. 하지만 이걸로 창문은 박살 낼 수 있다. 그리고 요령을 좀 부리면 트렁크도 열 수 있고.

"근데 오빠, 오빠가 암만 세도 세상엔 인력으로 안 되는 게 있어. 백 마리도 넘게 올 거 아니야? 그럼 어차피 못 이겨. 차라리 우리 어디 숨어."

초희의 말은 반은 맞고, 반은 틀렸다. 백 마리가 아니라 몇 십 마리만 한꺼번에 달려들어도 도저히 이길 수 없을 거다. 하지만 만약 군인들이 걱정하듯 저 방향에서 놈들이 덤벼온다면, 그때는 든든한 아군이 생긴다. 높이라는 이름의 아군이……

10여 미터 아래로 뛰어내리는 놈들의 다리가 멀쩡할 리가 없다. 그리고 만약 놈들의 속도가 부러진 다리 때문에 확 줄어든다면, 그런 놈들을 상대로는 싸워볼 만하다.

"떨어져 있어. 튄다."

민구는 뒤를 졸졸 쫓아오는 초희를 피하게 하고는 렌치를 휘둘러 애초에 그가 목표로 삼았던 승합차로 다가가 짙게 선팅된 유리창부터 박살 냈다. 손을 안으로 넣고 자물쇠를 당겨 열었다.

번거롭게… 민구는 얼굴도 모르는 한심한 차 주인을 비웃었다. 이런 데다가 차를 버리고 달아날 만큼 다급했으면서 문을 잠그고 가다니, 인간의 습관이란 참 무섭다. 차 뒤쪽으로 들어간 민구는 허탕을 치고 나왔다.

젠장… 잠실 쉘터에 고이 남겨두고 온 칼들이 새삼 아쉬워진다. 양복 안쪽 나이프 홀더에 숨겨둔 라 그리프 나이프는 너무 짧아 괴물들 상대로는 적당하지 않다. 그러니 뭔가 쓸 만한 걸 건져 내야 한다.

콰창—

민구는 또 다른 SUV의 유리창을 박살 내고 뒤쪽 짐칸을 살펴보았다. 그렇게 예닐곱 대의 승합차 유리를 부숴보고, 승용차 브레이크 등을 박살 내서 트렁크를 연 뒤에야 그는 겨우 갖고 싶은 물건을 하나 찾았다.

3

"잘한다, 잘한다. 그래, 계속 가라. 이쪽 돌아보지 말고 쭉 가라."

자동차 더미 뒤에 몸을 숨긴 채 강변북로를 엿보고 있는 밤톨은 주문을 외우듯 작게 중얼거렸다.

좀비 사태 이후 몰라보게 맑아진 공기는 가시거리를 넓혔고, 덕분에 150미터 이상 떨어진 고가도로의 자동차들 사이로 걸어가는 좀비들이 또렷하게 보였다. 적어도 지금까지는 이쪽을 돌아보는 놈이 없고, 아무것도 뛰어내리지 않고 있다.

"어? 저 새끼, 왜 저래? 야, 그냥 가!"

두어 놈이 갑자기 멈춰 서서 머뭇거리자 밤톨이 안타까운 탄성을 터뜨린다. 행렬이 나타나고 10분 정도가 지난 시점에 일어난 변화였다. 왜인지는 모르겠다.

바람의 방향이 바뀌어서? 아니면 버스 위에 거치된 K─3의 총신이 반사되는 걸 보고? 또는 헬리콥터의 엔진 소리가 놈들의 신경에 거슬렸을 수도 있다.

하여간 놈들은 뭔가 그리운 것을 발견하기라도 한 양 그 자리에 멈춰 서서 하염없이 밤톨과 분대원들이 대기하고 있는 방향을, 그러니까 잠실 대교의 남단 쪽을 응시하고 있다. 좋지 않다. 밤톨의 턱을 타고 주르륵 식은땀이 흘러내린다.

헬리콥터 조종사도 비슷한 생각을 한 모양이다. 지금까지 조용히 지켜보고만 있던 헬리콥터가 갑자기 방향을 바꿔 선회하며 고가도로와의 거리를 벌렸다. 적정 사거리 확보를 위해 뒤쪽으로 물러나는 헬리콥터의 움직임에 감응하기라도 하듯 멈춰 선 좀비들의 수가 점점 불어난다.

"아… 씨발, 안 돼."

밤톨의 탄식과 거의 동시에 좀비의 포효가 울려 퍼졌다.

그라아아아아─!

놈을 시작으로 수많은 좀비들이 동시에 울부짖었다. 맨 처음 울부짖던 녀석이 콘크리트 난간을 타 넘으며 부웅, 몸을 날렸다. 곧바로 두 번째, 세 번째 좀비가 휙휙 뛰어내린다.

물꼬가 터지자마자 곧바로 수많은 놈들이 잠실대교를 향해 몸을 던져 대고 있다. 교전 시작이다.

쒜에에에에엥—

500MD의 양쪽 측면에 장착된 2정의 M134 미니 건 배럴들이 맹렬하게 회전하며 7.62㎜탄을 쏟아낸다. 분당 3,000발이라는 엄청난 수치에 걸맞게 그야말로 빛줄기 같은 총알들이 쭉— 쭉— 뿜어져 나온다.

쒜에에에에엥—

한 번씩 미니 건이 훑고 지날 때마다 자동차에서는 불길이 솟고, 부서져 날리는 돌가루들이 먼지처럼 자욱하게 피어올랐다.

그야말로 초토화! 강변북로 고가도로 위는 조각난 살덩이와 불꽃의 향연이 펼쳐졌다. 사람이라면 그 누구도 저 엄청난 위력 앞에서 감히 머리를 들 생각조차 할 수 없을 것이다.

하지만 상대는 좀비들이다. 제압사격이라는 건 아무 의미가 없다. 바로 옆에서 온몸이 너덜너덜해진 채 동료들이 터져 나가는데도 놈들은 망설임 없이 불구덩이 속으로 뛰어와 10여 미터 아래의 송파대로를 향해 끊임없이 몸을 내던졌다.

쒜에에에에엥—

고가 위를 두어 차례 훑은 뒤, 500MD는 잠실대교 도로에서 뒹굴고 있는 좀비들을 향해 조준을 바꿨다.

파파파파파파—

헬기가 지나가는 방향에 따라 30센티 간격의 먼지기둥이 두 줄로 솟는다. 그 범위 내에 들어가 있던 놈들의 몸뚱이는 갈기 갈기 찢기고 사방으로 터져 나갔다.

"사격 개시합니다!"

K-3 사수 둘도 좀 전에 밤톨이 일러준 매뉴얼대로 크게 외쳐 알리고 방아쇠를 당겼다.

투투투투— 투투투— 투투투둑—

두 정의 경기관총이 동시에 불을 뿜자 M134 미니 건의 불세례를 통과해서 살아남았던 놈들의 팔다리가 잘리고 조각난 머리통이 흩뿌려졌다.

"우리도 나가자!"

밤톨이 소리치는 것을 신호로 자동차 더미 뒤에 몸을 숨기고 있던 나머지 네 명의 병사 역시 개방된 도로 위로 뛰어나와 살아남은 놈들을 향해 조준 사격을 시작했다. 놀랍게도 저 많은 총알을 두드려 맞은 도로 위에 여전히 빠른 속도로 움직이는 놈들이 잔뜩 있다.

쒜에에에에엥—

헬리콥터가 방향을 돌려 다시 한 번 고가도로 위를 훑고 지나간다. 차량들이 일렬로 박살 나고, 좀비들의 머리가 통째로 날아가는 호쾌한 기세에 비해 실제 효율은 그리 높지 못했다.

애초부터 수백 발을 날려 한두 마리를 잡는 방식의 사격이고, 그나마도 워낙에 많은 자동차들이 가로막고 있어서 더 적중 확률을 낮춘다. 좀비들은 팔다리가 떨어져 나가는 정도로는 죽지 않는다.

더욱 치명적인 문제는 장탄량이다. 탄창을 가득 채워도 4,000발밖에는 되지 않는다. 최대 분당 3,000발을 발사할 수 있다는 말은 곧 헬리콥터의 화력지원이 1분 30초 내에도 종료될 수 있음을 의미하는 것이기도 했다. 물론 한 번씩 끊었다가 쏘기 때문에 그보다는 오래 유지될 테지만, 이 압도적인 화력지원이 영원히 계속되지 않는다는 점은 분명하다.

500MD가 한 번씩 사격을 멈추고 선회하여 방향을 바꿀 때마다 총알이 다 떨어진 것인가 싶어 병사들의 가슴은 철렁 내려앉곤 했다.

그라아아악!

총알이 빗발치고, 불길이 치솟고, 화약 연기가 뿌옇게 피어올라도 뛰어내리는 좀비들이 있다. 10여 미터 이상을 자유낙하해 잠실 대교 위에 떨어지는 놈들의 뼈가 부러지고, 머리가 터지고, 목이 꺾인다. 그리고 그 와중에 용케도 두 다리 대신 팔을 잃거나 갈비뼈만 박살 나는 놈들도 있다.

그르르—

벌떡 일어서는 놈들과 발목이 부러진 채 네 발로 기어오는 놈들, 그리고 척추가 부러진 놈들이 모두 뒤섞여 밤톨의 분대를 향해 아가리를 쫙쫙 벌린다.

가장 운이 좋은 놈들은 자동차 지붕에 떨어지면서 충격을 완화시킨 녀석들이다. 놈들은 금방 아무렇지도 않다는 듯 일어나

버스 위에 배치된 K—3를 노리고 뛰어온다.

흥흥흥흥—

두어 차례 더 섬광 같은 총알 세례를 퍼부으며 놈들을 무력화시켜 주던 헬리콥터가 하늘 위로 떠오른다. 이제 실탄이 바닥난 것이다.

결국 남겨진 수백의 좀비들은 모두 밤톨 분대의 차지가 되었다. 그야말로 끔찍한 몰골의 좀비들이 8차선 대로 위를 내달려 그들을 향해 덮쳐 온다.

"뛰는 놈부터 잡아! 두 다리로 뛰는 놈부터!"

열심히 조준을 해서 방아쇠를 당기며 밤톨이 외쳤다. 네 발로, 혹은 세 발로 제아무리 빨리 뛰어봐야 두 다리로 달리는 놈보다는 느리다. 그리고 좀비라 해도 익숙하지 않은 자세로 달려오다 보면 제풀에 고꾸라지거나 멀쩡했던 나머지 관절마저도 부서져 나뒹굴기도 한다.

투투투투— 투투투둑—!

K—3 사수가 열심히 방아쇠를 당기고 있다. 하지만 그들 중에 대단한 명사수는 없다. 절반 이상의 총알은 허망하게 허공을 가르고 지나가 버렸다.

달려오는 좀비들의 수를 그리 줄이지도 못했는데 150미터라는 거리가 정말이지 눈 깜짝할 새에 좁혀졌다. 가로등 두 개 너머에까지도 놈들이 몰려왔다.

"지향 사격 해! 탄창 다 비우고 빠져! K—3! 우리 빠진다! 엄호해!"

밤톨의 명령에 따라 네 명의 병사도 열심히 연사를 해서 전방을 제압하고 뒤돌아 달리며 탄창을 버렸다. 부러진 팔과 다리를 부지런히 놀려 그들의 뒤를 쫓는 좀비들을 버스 위의 K—3가 처리했다.

"으아! 전방에 좀비! 고개 숙여!"

버스 위에 부사수로 배치되어 있던 장갑차 승무원이 자동차 사이로 풀쩍거리며 뛰어오는 좀비들을 향해 K—1을 난사했다. 뛰어오를 수 없는 높이에 위치해 있다는 걸 잘 알면서도 부러진 팔을 덜렁거리며 세 발로 뛰어오르는 놈들을 보면 자신도 모르게 반응하게 된다.

투투투— 투투투투— 투투투투—

등 뒤로 울리는 K—3의 총성만을 믿고 밤톨과 병사들은 죽어라 달렸다. 도로 표지판이 있는 곳까지 150미터를 전속으로 뛰어야 한다.

하아~ 하아~ 이내 숨이 턱 끝까지 차오른다.

말이 150미터 달리기이지, 가뜩이나 두근거려 터질 것 같은 심장으로 혈액을 공급해 가며 3.5킬로그램짜리 개인화기를 꽉 잡고, 무거운 것들이 잔뜩 달린 전술 조끼의 추를 달고 뛰는 것이라 극기 훈련처럼 괴롭다. 멀리 보이는 민간인들은 뛰어오는 군인들의 모습에 기겁을 하며 더 뒤로 물러난다.

"자! 여기에서 재정비한다! 탄창 끼워!"

숨을 헐떡거리며 재장전을 마친 병사들은 좀처럼 펴지지 않는 배에 힘을 꽉 주고 억지로 몸을 세워 자세를 취했다. 그동안

K—3가 선방을 해줘서 그들의 뒤를 바짝 쫓는 놈들은 이제 일곱 마리에 불과했다.

거리는 50. 여기까지 닿는 데 5초밖에는 걸리지 않을 것이다. 5초 사이에 1인당 한 마리씩을 잡고, 누군가는 엑스트라로 그 이상을 처리해야 한다.

"자기 정면으로 오는 놈부터 쏴! 거리 따지지 말고! 자기 앞부터!"

방아쇠를 당기며 밤톨이 외쳤다.

거리는 50… 투투툭— 40… 투투툭— 30… 마침내 자신의 앞으로 달려오던 좀비의 대갈통이 날아간다. 밤톨은 곧바로 몸을 틀어 그다음 녀석의 머리를 겨냥했다.

거리는 20… 투투툭— 투투툭— 10… 가슴팍이 터져 나가며 뒤쪽으로 나뒹구는 좀비. 이제 놈은 일단 됐다. 시야의 바깥쪽에 아직도 움직이는 놈들이 잡힌다. 그다음은… 밤톨이 고개를 돌릴 때, 연사하는 총성이 울렸다.

그리고 마지막까지 따라잡을 듯 쫓아오던 좀비가 녹색 체액을 하늘에 뿜으면서 털썩 쓰러진다. 놈이 자빠져 아가리를 뻐끔거리는 곳은 그들의 전투화 끝으로부터 채 5미터도 떨어져 있지 않았다.

"남은 실탄 수 확인해! 또 온다!"

머리가 아직 파괴되지 않은 두 놈을 확인 사살하며 밤톨이 외친다. 병사들은 헐떡거리면서도 총을 옆으로 돌려 탄창을 확인하고, 다시 전방을 향해 섰다.

후우욱— 후우욱— 흥분하지 않으려 해도 끝없이 샘솟는 아드레날린 때문에 계속해서 팔다리가 부들거리고, 턱은 경련이 온 것처럼 떨린다. 회색 아스팔트 위로 또다시 좀비들이 밀려드는 중이다.

버스 위의 K—3가 쉬지 않고 그어 대도 자빠져 뒹구는 놈의 수는 손에 꼽을 수 있는 정도밖에는 되지 않았다. 그만큼 빠르고, 또 많다.

밤톨과 병사들은 눈을 가늠자에 붙이고 떨리는 손가락으로 방아쇠를 당겼다.

타타탕— 탕타탕—

5.56㎜탄이 세 발씩 날아가며 허공을 가르고, 이따금씩 좀비의 몸을 꿰뚫어 속도를 줄여준다.

다섯 개의 소총이 일방적으로 사격을 하는데도, 어째 전세는 점점 이쪽이 불리해지는 것 같다. 부러진 관절 때문에 네 발을 모두 사용하며 기괴한 형태로 뛰는 좀비들이 생각보다 빠른데다가 동시에 맞추기도 어렵다. 뒤뚱거리며, 너무도 불규칙한 형태로 몸을 날리기 때문에 궤적이 예측되지 않는다. 그야말로 팅겨져 가며 굴러오는데, 그 속도가 무시할 수 있는 수준이 아니었다.

"조 병장님! 이쪽에! 이쪽에도 옵니다!"

김 이병이 애타게 부른다.

막연히 '이쪽' 이라니, 이쪽이 대체 어디야?

밤톨은 김 이병을 향해 고개를 돌렸다. 그가 가리키는 것은 중앙선 너머의 반대 차선이다. 멈춰 서 있는 차량들 사이로 좀비들이 뛰어온다. K—3가 개방된 차선을 주로 저지하는 동안, 그 바로 곁을 뚫고 온 놈들이다.

K—3 사수들이 배치된 버스는 이미 수많은 좀비들에게 빙 둘러싸여 있다. 좀비들이 당장 그 위까지 뛰어오르지는 못하겠지만, 저것들을 다 상대하기 전까지 K—3가 이쪽을 지원해 주기는 어려울 것이다.

"침착해! 이제 느린 새끼들만 남았다! 이길 수 있어! 뒤로 물러나면서 계속 쏴! 전방부터 처리해!"

쉬지 않고 3점사를 날리며 밤톨이 외쳤다. 하지만 밖으로 뱉어낸 말소리와 달리 그의 마음속에도 벌써 패배에 대한 불안이 밀려 들어오고 있었다.

너무… 너무 많다. 고맙게도 아직까지 이 부족한 지휘관의 명령에 따라 뒷걸음질을 치며 방아쇠를 당기는 네 명의 병사를 곁눈으로 보며 밤톨은 더 큰 책임감과 죄의식을 느꼈다.

작전이 너무 허술했다. 열 명의 병사가, 아니, 거기에 더해 스무 명의 민간인도 그에게 목숨을 맡기고 있는데, 그걸 너무 안일하게 대비했다. 씨발……

그롸아아아악!

바로 근처까지 접근해 온 맞은편 차선의 좀비들이 중앙분리대 위로 뛰어오른다.

쿵—

쌓여 있는 자동차 더미를 향해 좀비들이 몸을 날렸다. 위로 기어오른 좀비들의 수가 늘어나면서 대충 겹쳐 쌓아두었던 자동차들이 흔들린다. 그리고 마침내 열댓 마리의 좀비들과 자동차가 뒤섞이며 와르르 무너져 버렸다.

콰장창―

거기에 깔려 뒈지는 고마운 놈들도 있지만, 자동차 사이에 팔다리가 낀 놈들은 어떻게든 빠져나오기 위해 뼈가 부러지고 힘줄이 끊어질 때까지 발버둥을 쳐 댄다.

으드득― 찌이익―

그 끔찍한 소리를 듣고 그 믿기지 않는 광경을 보고 있자니, 정신이 어떻게 되는 것 같다.

"으아아아! 이 개새끼들아! 좀 뒈져라!"

인내심이라는 이름의 퓨즈가 가장 먼저 끊어진 일병 녀석이 뒷걸음질을 멈추고, 자동차와 엉켜 있는 좀비들을 향해 무차별 난사를 시작했다.

"야! 그만하고 빠져! 빠지라고, 서 일병! 야!"

밤톨이 아무리 불러도 대꾸하지 않고 계속 방아쇠를 당기던 서 일병이 탄창을 갈아 끼운다. 그러고는 다시 방아쇠를 당긴다. 조준도 거치지 않고 날아간 탄두가 자동차의 유리창과 연료통을, 그리고 좀비의 어깨를 관통했다.

꽈드득―

총격의 도움을 받아 관절을 떼어내는 데 성공한 좀비는 곧바로 몸을 날려 서 일병을 덮쳤다.

으득!

서 일병은 자신의 목덜미 살이 뜯겨 나가는 소리를 들으면서도 사격을 멈추지 않았다.

투투투투두—

좀비의 갈비뼈와 내장이 꿰뚫리고 찐득하고 검은 피가 사방으로 튀어 올랐다. 그러나 서 일병의 목에 박힌 좀비의 이빨은 여전히 탐욕스럽게 살아 있는 인간의 살을 헤집고 피가 솟구치게 만들었다.

그리고 곧이어 제2, 제3의 좀비들이 서 일병의 팔과 다리에 달라붙었다.

후우욱—

서 일병의 총격을 받았던 자동차에서 불길이 치솟으며 시꺼먼 연기가 도로 전체를 뒤엎는다.

"이런 씨발! 아우!"

자신의 동료가 아주 천천히, 고통스럽게 죽어가는 모습에 밤톨과 세 명의 병사는 몸서리를 쳤다. 하지만 이미 돌이킬 수 없는 상황이고, 죽음은 그들에게도 가까이 와 있다.

투투투투— 투투투—

밤톨은 한 덩어리처럼 들러붙어 있는 서 일병과 좀비들을 향해 총알을 퍼붓고 돌아서서 뛰었다.

와장창! 쿠당탕!

등 뒤에서 또다시 울려오는 요란한 소리들. 분명히 또 좀비들이 자동차 더미를 무너뜨리고 이쪽 차선으로 넘어온 것이리라.

화르륵—

자동차들로 불길이 번지며 연기구름은 더 짙고 커졌다.

"으아아아!"

뒤를 돌아보던 김 이병이 뭔가에 발이 걸려 넘어지며 비명을 지른다. 그를 넘어뜨린 것은 20여 분 전에 그들이 죽인, 북단 방향에서 몰려오던 좀비의 시체다. 벌써 여기까지 밀려 버린 것이다.

끄아아아아!

일어나려다 뚫려 있는 좀비의 폐부 속 부러진 갈비뼈와 산산조각 난 폐를 짚은 김 이병이 죽는다고 고함을 친다. 밤톨은 그의 멱살을 잡아끌며 악을 썼다.

"진정해, 이 새끼야! 그냥 시체야! 일어나!"

"으… 어어어! 으으…….."

패닉에 빠진 김 이병의 눈동자가 심하게 흔들린다. 그러더니 곧바로 몸을 구부리며 구토를 한다.

"우웨엑!"

이런 미친!

밤톨은 아침 식사를 고스란히 게워 올리는 김 이병을 잡아끌며 뛰었다. 나머지 두 명의 병사는 이미 20여 미터 이상 앞서가고 있다.

그롸아아아—

바로 등 뒤까지 쫓아온 좀비들의 울음소리.

조준도 하지 않고 그저 막연히 총구만 뒤로 돌려 몇 발씩을 날려가며 달렸다. 토사물에 코와 입이 다 막혀 숨도 제대로 쉬지 못하고 뛰던 김 이병이 풀썩 쓰러진다.

"야, 이 새끼야! 빨리 가야 한다고!"

욕설을 퍼부어보지만, 파랗게 질려서 켁켁거리는 놈의 얼굴을 보니 이미 움직이기는 텄다. 좀비들과의 거리는 점점 더 줄어들고 있다. 결단이 필요하다. 버리고 갈 것인가, 아니면 같이 싸우다 죽을 것인가.

머리가 선택을 하기도 전에 밤톨의 몸은 돌아서서 좀비들을 향해 방아쇠를 당기고 있다.

이상하다… 이상해… 이렇게 의리에 사는 인간이 아니었는데.

밤톨은 스스로의 결정을 납득할 수 없었다.

하지만 그는 여전히 그 자리를 지키며 근접해 오는 좀비들의 몸통과 얼굴에 총알을 박아 넣는 중이다. 정면을 향해 있는 그의 시야 왼쪽 끝, 그 검고 흐릿한 영역에 건너편 차선에서 달려오는 좀비들의 모습이 있다.

이제 끝이다. 정면에 있는 놈들을 다 처리한다고 해도 저놈들이 중앙분리대를 넘어오는 순간, 나 역시 좀비가 되는 거다……

밤톨은 이를 악물었다.

갑자기 정의감이 북받쳐 오른다. 이왕 죽는 거, 한 마리라도 더 줄여놓고 가야겠다는 생각이 공포보다 더 강력하게 그의 육체를 지배했다. 그래야 지금까지 자신의 명령을 잘 따른 병사들이라도 살아남을 수 있는 확률이 높아질 테니까.

"너도 쏴! 이 새끼야!"

가까스로 다시 숨을 쉬게 된 김 이병을 향해 악을 쓰면서 밤 톨은 몰려오는 좀비들을 향해 연사를 퍼부었다. 죽기 직전의 마 지막 행운을 쓰는 것인지, 웬일로 총알이 제대로 박힌다. 네 발 로 기어오던 좀비들이 픽픽 쓰러져 바닥에 뒹군다.

"하아~"

바닥까지 다 비워 버린 탄창을 빼며 밤톨은 생각했다.

이제 내 할 바는 다 했다. 곧 저쪽 차선의 좀비들이 나를 덮칠 것이다. 그리고 조금 전 서 일병이 죽던 것처럼 나 역시 좀비의 밥이……

그런데 왜 아직 덮쳐 오는 놈이 없지?

빠직—

총소리를 뚫고 둔탁한 파괴음이 고막을 울린다.

"응?"

밤톨은 반대쪽 차선을 향해 고개를 돌렸다. 거기에는 그 남자 가 서 있었다. 그 칼자국 난 사내가…….

민구는 이미 피와 뇌수로 범벅이 된 야구 배트를 힘차게 휘둘 러 좀비의 다리뼈를 박살 내고, 쓰러진 놈의 뒤통수에 무지막지 한 일격을 가했다. 그러고는 곧바로 몸을 돌려 공중에 떠 있는 좀비의 턱을 후려갈겼다.

콰작!

턱과 목이 동시에 꺾인 좀비가 자동차 사이로 굴러 떨어진다.

"하아~ 하아~"

밤톨의 가슴이 두근거렸다. 성적 흥분과는 다른 종류의 뜨거운 감정이 목덜미까지 치솟아 오른다. 민구는 세 번째 좀비의 아가리를 피하고 거리를 벌린 뒤, 놈의 관자놀이를 향해 배트를 돌리는 중이었다.

씨발… 나는 왜 포기하려고 했지?

밤톨은 어느새 미소를 짓고 있는 자신을 깨닫고 새 탄창을 장착했다. 이것이 그가 가진 마지막 탄창이지만, 그런 사실조차도 상관없는 것처럼 느껴졌다. 이제 겨우 일어난 김 이병의 얼굴도 잔뜩 상기되어 있다.

"야구 빠따에는 지지 말자!"

밤톨이 외쳤다.

넷! 김 이병도 힘차게 대답한다. 네 발로 시체 더미를 짓밟아가며 또다시 좀비들이 달려온다.

투투투— 투투둑—

밤톨은 놈들의 대가리를 조준하고 방아쇠를 당겼다.

두려움을 덜어내자 명중률이 올라간다. 두 병사는 뒷걸음질을 치면서도 다섯 마리의 좀비를 쓰러뜨릴 수 있었다.

그사이 민구는 자동차 위로 기어오는 놈들의 척추를 부러뜨리고, 목뼈를 꺾고, 정수리를 쪼갰다.

잠시 아주 짧은 평화가 찾아왔을 때, 중앙분리대를 사이에 두고 밤톨과 민구는 서로 마주 보았다. 피식, 둘의 입가에 가벼운 미소가 번진다.

인사치레도, 칭찬도… 아무런 말도 없었지만, 순식간에 수없이 많은 이야기를 주고받은 기분이다. 두 병사와 민구는 천천히 뒷걸음질을 쳤다.

그라아악—

멀리서 좀비들의 포효가 들려온다. 그리고 버스에서는 여전히 총성이 울려 댄다. 대체 몇 놈이나 살아남은 건지… 정말 질리는 것들이다.

민구는 엉망으로 찌그러진 야구 배트를 버리고, 뒤차 지붕에 올려뒀던 골프 웨지를 오른손에, 그 다음다음 차 지붕에 놓아뒀던 캠핑용 도끼를 왼손에 들었다. 길이는 짧지만 손잡이에 파라 코드까지 친친 감아둔, 제법 괜찮은 도끼다. 그 뒤뿐 아니라 근처의 차 지붕마다 뭔가가 잔뜩 놓여 있다. 도끼를 빙글빙글 돌리고 있는 민구에게 밤톨이 물었다.

"그런 건 다 어디서 나셨습니까?"

"사람들 차에는 별게 다 있지."

민구가 대꾸했다. 조금 전까지 그 많은 좀비들을 두드려 패서 죽이던 사람이라고는 믿기지 않을 만큼 호흡이 안정적이다. 처음 철책을 사이에 두고 만났던 그날처럼 평온하고 침착하다. 잘 벼려진 칼날 같다.

"조 병장님! 조 병장님! 괜찮으십니까?"

무전병과 합류하고 나서야 밤톨과 김 이병이 처진 것을 뒤늦게 깨닫고 병사들이 되돌아왔다. 이제 활용할 수 있는 병력은 다섯이다. 무전병에게 민간인과 함께 있으면서 그들을 보호했어야 한다는 둥의 말은 하지 않았다. 그런 것도 다 허세였다는 걸, 목숨이 걸린 교전을 하다 보니 깨닫게 됐다.

불이 붙은 자동차 타이어에서 뿜어진 연기가 바람에 실려 날아오며 시야를 가리고 숨을 쉬기 어렵게 만든다.

"쿨럭! 쿨럭! 탄창 두 개 줘."

지금까지 교전에 참여하지 않은 무전병에게서 탄창을 얻고, 밤톨은 병력을 재배치했다. 자신은 민구가 있는 건너편 차선으로가 자동차 지붕 위에 올라섰고, 나머지 넷을 조금 뒤쪽의 도로 위에 나란히 세웠다.

높이를 확보하자 도로 전체가 아까보다 훨씬 더 넓게 조망되었다. 흩날리는 연기 너머, 200여 미터 전방에서 달려오는 놈들의 수효는 이제 겨우 마흔 마리도 안 된다. 버스를 흔들어 대던 좀비 덩어리도 훨씬 작아졌다. 놈들의 물량도 슬슬 바닥을 드러내는 모양이다.

2.5차선에 네 사람. 충분히 감당할 수 있는 범위다. 자기 몸통 넓이만큼만 커버하면 된다. 아까 남단 쪽에서 달려오는 20마리 때문에 그 진땀을 흘렸던 게 우습다. 그 정도는 불알을 긁으면서도 여유롭게 처리할 수 있는 거였는데⋯⋯.

"온다! 정신 바짝 차리고 자기 앞만 확실히 처리해! 내가 여기에서 지원할 테니까!"

네 병사의 대답을 듣자마자 밤톨은 민구에게 고개를 돌려 건너편 도로를 가리켰다.

"형님, 저는 저쪽 차선만 볼 겁니다. 믿을게요."

자동차를 타 넘어가며 달려오는 놈들을 모두 처리해 달라는 부탁이었다. 열 마리는 족히 되어 보이지만, 선택의 여지가 없다. 그리고 그러면 할 수 있을 것이다.

"나한테 걸면 손해는 안 봐."

도끼와 웨지를 든 채 차선의 중앙에 버티고 선 민구가 돌아보지도 않은 채 대꾸한다. 이제 준비는 다 끝났다.

밤톨은 몸을 돌리고 연기 사이로 비치는 좀비들을 향해 총구를 겨눴다. 가장 앞서 네 발로 뛰어오는 놈의 머리와 옷은 활활 불타고 있다.

타타탕—

놀랄 만큼 진정된 밤톨의 손가락이 방아쇠를 당기자, 불붙은 좀비가 뒤로 나자빠진다. 그와 거의 동시에 여남은 마리의 좀비들이 시꺼먼 연기와 쓰러진 자동차 더미를 뚫고 튀어나온다.

그롸아아아아!

"이야아아!"

병사들도 지지 않고 맞고함을 지르며 K—2를 발사했다. 자기 정면이라는 좁은 범위만을 전담하고 있기 때문에 특별히 명사수가 아니더라도 맞추는 건 가능하다.

간이 졸아드는 것 같은 이 공포만 극복할 수 있다면, 그리고 탄창을 갈아 끼우는 동안 생기는 공백만 아니라면……. 그만큼 거리도 가깝다.

투투투투투—

다섯 개의 총구가 번갈아가며 엄청난 천둥소리를 만들어냈다. 동시에 온몸이 박살 난 좀비들의 불붙은 시체가 발아래 뒹군다.

"와라!"

부러진 다리와 꺾인 팔로 자동차 사이를 기듯이 달려온 괴물들을 향해 외친 민구가 웨지를 크게 휘둘렀다.

쩡—

정수리를 직격당한 괴물이 맥없이 고꾸라진다. 그 바로 곁의 자동차를 뛰어넘은 놈이 민구를 향해 몸을 날린다. 민구는 크게 몸을 회전시켜 웨지로 놈의 관자놀이를 후려갈겼다. 방향이 바뀌어 떨어진 괴물의 머리가 자동차 운전석 유리창을 박살 낸다. 녀석의 뒷덜미에 민구의 캠핑 도끼가 내리꽂혔다.

카득!

목뼈와 힘줄이 끊기는 소리. 민구는 도끼를 비틀어 빼고는 놈의 옆구리를 발로 차 밀어 넘겼다. 비스듬히 자빠진 놈의 얼굴에 다시 둔탁한 웨지가 꽂힌다.

퍼걱!

광대뼈가 부러지고, 문틀에 걸린 목뼈도 함께 꺾인다.

그라아아!

그사이 왼쪽에서 또 다른 괴물이 덮쳐 온다. 민구는 도끼를 바깥쪽으로 휘둘러 놈의 아가리에 박아 넣었다.

콰득!

이빨이 다 날아가고 위턱과 아래턱 사이에 단단히 도끼날이 박힌 괴물은 검은 승용차의 보닛 위로 나뒹굴었다. 민구는 도끼를 놓고 두 손으로 웨지를 휘둘러 도끼머리를 내려쳤다.

쾌각! 쾌각!

괴물의 턱뼈가 부서지며 머리 윗부분이 벌어진다.

놈의 머리가 잘리기 직전에 네 번째, 다섯 번째 괴물들이 민구를 향해 몸을 날린다. 민구는 방향을 틀어 네 번째 놈이 SUV 범퍼에 머리를 찧도록 몸을 피하고, 다섯 번째 괴물의 정강이를 후려갈겼다.

놈의 사지 중에서 유일하게 멀쩡했던 뼈가 부러지자 갑자기 중심을 잃은 괴물의 속도가 줄어든다. 민구는 놈의 뒤통수를 후려쳐서 자빠뜨리고, 몸을 틀어 범퍼에 대가리를 박았던 네 번째 괴물의 옆구리를 걷어찼다.

빙글, 괴물의 몸이 회전하는 것과 동시에 민구가 두 손으로 풀스윙한 웨지가 놈의 아가리에 꽂힌다.

와직!

녀석의 이빨과 입술이 한 덩어리로 뭉쳐진다. 민구는 다시 한 번 일격을 가해 놈의 턱을 박살 냈다. 그러고는 놈을 뛰어넘어 검은 승용차 보닛 위로 뛰어올랐다. 거기에 도끼로 고정되어 있는 괴물은 머리가 거의 다 잘려 나간 상황에서도 여전히 벗어나 보려 발버둥을 치고 있었다.

콱!

민구가 도끼머리를 밟자 날이 더 깊숙이 들어가 꽂히며 놈의 머리 윗부분이 으지직, 잘려 나간다.

데구르르, 힘없이 굴러 내려오는 놈의 머리가 땅에 닿기도 전에 보닛 위의 민구는 풀스윙으로 다섯 번째 놈의 턱을 후려갈겼다.

그런 후, 도끼를 빼 든 채 땅으로 내려섰다. 예각으로 휘어버린 웨지를 계속 휘둘러 네 번째 괴물의 아가리와 머리를 뭉개버린 민구는 SUV 지붕을 더듬어 그가 놓아두었던 세 번째 예비무기, 목검을 집었다.

이번에는 세 마리가 한꺼번에 온다. 왼쪽에서는 자동차 사이를 비집고 달려오는, 산발을 한 여자 괴물이, 가운데에서는 팔하나는 어디에다 잃어버린 채 남은 세 발로 뛰는 괴물이 자동차위를 풀쩍풀쩍 뛰어오고, 오른쪽에서는 온몸에 불이 붙은, 야차같은 놈이 아가리를 쩍 벌리고 몸을 날린다. 그놈이 가장 위험한 놈이다.

쩌억!

야차의 턱을 목검으로 후려쳐서 넘어뜨린 민구는 곧바로 세발 괴물의 눈을 향해 목검을 찔러 넣었다.

으직!

안구를 꿰뚫고 들어간 목검을 통해 놈의 눈 뒤쪽, 나비뼈가부서지는 느낌이 전해진다. 민구는 잡아 빼는 목검에 끌려온 세발 괴물의 목을 도끼로 찍었다. 그러고는 목검을 왼쪽에서부터휘둘러 놈의 오른쪽 머리통을 후려쳤다.

그 충격에 더해 목의 왼쪽에 쐐기처럼 박혀 있던 도끼가 놈의목뼈를 박살 내며 빠져나온다. 덜컥, 힘줄과 뼈를 잃은 괴물의목이 뒤로 젖혀지며 제 무게를 이기지 못해 기울었다.

끄로아아아아!

산발을 한 여자 괴물이 두 팔을 휘저으며 달려든다. 민구는 옆구리를 틀어 그 공격을 피하면서 뒤통수를 후려쳤다.

화르륵!

불타는 야차와 겹쳐진 여자 괴물의 산발한 머리카락에도 불이 옮겨붙었다.

"뜨겁구나, 너."

민구는 있는 힘껏 목검을 내려쳐서 지독한 냄새를 풍기며 활활 타오르는 여자 괴물의 머리통을 박살 냈다.

빠각! 빠각!

두개골이 엉망으로 쪼개져서 괴물이 쓰러질 무렵에는 목검도 그 수명을 다하고 두 동강이 나버렸다.

민구는 도끼로 야차의 목을 걸어 끌어당긴 후, 조금 전 부러뜨렸던 안구 뼈 사이로 뾰족한 목검 조각을 콱 쑤셨다.

빠각!

얇은 뼈가 부서지며 뭉클한 것에 박히는 느낌이 전해진다. 손을 뗀 도끼를 빙글 돌려 머리 부분으로 한 번 더 세차게 목검 손잡이를 박아 넣었다.

칵, 목검 조각이 깊숙이 박힌 채 맥없이 쓰러진 야차의 머리에서는 여전히 연기가 피어오른다.

이제 네 번째 예비 무기를 꺼낼 차례다. 도끼를 오른손으로 옮겨 쥔 민구는 한 걸음을 물러나 흰색 소형차의 지붕에서 60센티 길이의 아이스 바일을 집어 들었다.

빙벽 등반을 할 때 얼음을 찍고 몸을 끌어 올리는 도구다. 힐끔 옆을 돌아보니 병사들은 조금 물러서기는 했어도 여전히 용감하게 싸우고 있었다.

새끼들… 간이 꽤 크군.

민구는 살짝 입꼬리를 올리고, 또 히죽 웃었다. 그러고는 달려드는 괴물을 향해 도끼를 휘둘렀다.

도끼날로 목을 걸어 잡아당긴 뒤, 보닛에 얼굴을 박고 쓰러진 놈의 귓구멍에 아이스 바일을 박아 넣었다.

으직! 으직!

내부의 뼈들이 저항을 하지만, 애초에 이쪽의 도구는 단단한 곳을 뚫고 들어가 박히기 위해 만들어진 것이다. 민구가 체중을 실어 당기자 톱날처럼 날카로운 피크가 피부와 뼈를 갈고 안으로, 안으로 더 깊숙이 파고들어 갔다. 마침내 괴물의 사지가 축 늘어진다.

"마지막이다! 긴장 놓지 마!"

불타는 자동차 사이로 달려오는 여섯 마리의 좀비를 보며 밤톨이 이를 악물고 외쳤다. 그가 굳이 말을 하지 않아도 긴장의 끈을 놓는 병사는 없었다. 오히려 너무 심하게 집중하는 바람에 숨을 쉬는 것도 잊을 지경이었다.

그에게는 이제 실탄이 다섯 발뿐이다. 다른 병사들 역시 사정은 비슷해서 다들 '마지막 탄창입니다!' 라는 말을 외쳤었다. 지금 보이는 이놈들이 끝이어야만 한다.

투투투투— 투투투—

200여 미터 거리를 두고 양방향에서 총성이 울리고, 버스 쪽에서도 그것을 마지막으로 사격하는 소리가 끝났다. 다 잡았거나, 총알이 바닥났거나 둘 중 하나다. 어느 쪽이든 간에 그렇게 난사를 했으면서도 K—3 사수들은 800발만으로 꽤 버텨주었다.

그롸아아악!

틈을 노리고 뛰어드는 열 번째 놈의 정수리에 민구의 손도끼가 수직으로 내리꽂힌다.

쫘악—

머리 가죽이 갈라지며 검붉은 핏줄과 흰 두개골이 드러난다. 이미 날이 다 죽은 도끼여서 뼈를 뚫고 박혀들지는 않았지만, 타격을 주는 것은 얼마든지 가능하다.

민구는 반복적으로 뼈와 뼈 사이의 틈을 쪼개듯 후려갈겼다. 놈이 일어서려 하자 다리를 걸어차 다시 쓰러뜨리고, 마지막으로 일격을 가했다. 머리가 박살 난 좀비의 무릎이 뒤로 꺾여 넘어간다.

털썩.

가벼운 흙먼지가 일며 상황 종료를 알린다. 바로 곁의 총성도 막 그쳤다. 그래도 혹시 하는 마음에 민구는 다섯 번째 예비 무기인 야전삽을 향해 손을 뻗었다.

좀비들의 포효와 총성으로 가득 덮여 있던 도로가 순식간에 고요해졌다. 오직 검은 연기만이 피어오를 뿐이다.

"끝입니까? 이, 이제 이긴 겁니까?"

잠시 텅 빈 도로를 노려보고 있던 병사 하나가 환희에 찬 목소리로 외쳤다.

"그래! 그래! 이제 없다! 안 보여! 아, 아니! 긴장 풀지 마! 아직 대비 태세 유지하고 있어!"

분대원들과 민구를 돌아보는 밤톨의 목소리도 떨린다. 말로는 계속 대비하라고 했지만, 사실은 승리의 전율이 온몸을 흔들었다.

몰살당한다고만 생각했는데 이렇게 멀쩡히 살아남았고, 게다가 전사자도 한 명뿐이다. 밤톨은 크게 숨을 몰아쉬며 앞뒤를 훑어봤다.

'이제 뭘 하지? 지휘해야 할 게 또 뭐가 남았지? 젠장, 명령에 따라 움직일 때가 더 편했구나. 이건 뭐, 언제 긴장을 풀라고 해도 되는 건지 전혀 알 수가 없잖아. 다들 나만 보고 있는데.'

뒤쪽에는 아직도 두려움에 휩싸인 채 벌벌 떠는 민간인들, 앞쪽에는 그가 배치해 둔 버스 위의 병력이 저 시커먼 연기와 불기둥 너머에 고립되어 있다. 거리는 불과 200여 미터 정도지만, 연기 때문에 도무지 잘 보이지 않았다.

어느 쪽을 먼저 보살펴야 하는 걸까? 가용 병력이래야 겨우 다섯인데…….

목까지 차올랐던 위기를 벗어나자마자 또 새로운 고민이 시작된다.

'쯧, 나는 평생 리더는 못 되겠어. 이런 건 너무 골 아프다고. 세상이 좋아져도 얌전히 월급쟁이 노릇이나 하고 살아야지.'

고민을 하던 밤톨은 손을 입가에 가져다 대고 버스가 있는 방향을 향해 외쳤다.

"K-3! 현 상황 보고해! 사상자 있나?"

두 번 반복해 목청껏 소리를 지른 밤톨은 가만히 귀를 기울였다.

"……!"

분명 사람의 소리긴 하다. 뭐라고, 뭐라고 외치는 거 같긴 한데, 도통 알아먹을 수가 없다. 거리도 거리인데다 강바람이 부는 다리 위, 거기에 가끔 헬리콥터 지나가는 소리까지 섞이니까 자연스러운 일이다. 이마를 찌푸린 밤톨이 주변을 돌아보며 물었다.

"야, 저거 알아듣겠는 사람 있나?"

"잘 안 들립니다."

"모르겠습니다."

분대원들도 다들 고개를 저었다. 밤톨은 생각했다. 내가 물어보는 소리도 저렇게 들렸겠지. 그렇다면 저 말들은 단순히 '안 들려!' 라든가 '뭐라고?' 였을 수도 있다. 어쨌든 전방에 생존자가 있다는 것만은 확실해졌다. 밤톨은 무전병에게 물었다.

"헬기랑 교신되냐? 좀 물어봐, 상공에서 보면 버스 주변 상황이 어떤지. 아, 그리고 민간인들 저기에 계속 둬도 되는 건지."

오늘 진종일 무전기 수신 감도 때문에 애를 먹어온 무전병은 또다시 손을 하늘 위로 올렸다가, 중앙선을 넘어갔다가, 가로등에 가까이 가봤다가… 아주 생쇼를 해야 했다.

그게 P96K라는 소형 기종이 가진 태생적 결함인지, 아니면 이 무전 기기 단품의 불량인 건지는 몰라도 헬리콥터가 조금만 멀어지거나 각도가 맞지 않으면 먹통이 되어버린다. 특히 지금처럼 헬리콥터와 무전기의 사이에 건물이 있으면 안 터질 확률이 100퍼센트라고 봐야 한다.

"당소, 이동차 찰리 공둘! 당소, 이동차 찰리 공둘! 올빼미 다섯, 응답하라! 올빼미 다섯!"

저러다가 저놈 목이 터지겠다 싶어진 밤톨은 무전병을 불렀다.

"야, 됐어. 그만해. 그 시간에 벌써 중간 정도까지는 이동하고도 남았겠다. 너희 둘, 민간인분들 호위해서 와. 다 같이 버스로 이동한다. 나머지는 계속 전방 감시한다."

병사 두 명이 빠른 구보로 다리의 남단 쪽을 향해 달려가 민간인들을 호위해 왔다. 다행히 아직까지 새로운 좀비들은 보이지 않았다. 이제 정말 전투가 끝났다는 공식적인 선언은 없었지만, 모두의 총구가 조금 아래로 내려가고, 여전히 상기되어 있는 병사들의 얼굴에 웃음기가 돈다.

"이, 이제 끝난 겁니까? 좀비 다 죽었어요?"

민간인들이 겁에 질린 눈동자를 좌우로 굴리며 묻는다. 앞에서는 자동차들이 불타고 있지, 바닥에는 대가리가 터져 죽은 좀비들의 시체가 가득하지, 누구라도 떨릴 상황이다.

"네. 전사자가 발생하기는 했지만, 다행히 모두 제압할 수 있었습니다. 저분께서 도와주신 게 정말 큰 힘이 되기도 했고 말입니다."

밤톨은 민구를 가리키며 그의 공로를 알렸다. 이렇게 공식화해 놓아야 아까 그가 두 사람을 구타한 게 알려져도 문제가 되지 않을 터이다.

깡패 새끼니 싸움이야 오죽 잘하겠어… 라고 비아냥대는 목소리도 섞여 있지만, 대부분의 민간인들은 박수를 보냈다. 살아남았다는 큰 기쁨 앞에서 다들 약간씩은 들떠 있다.

"우리 오빠가 원래 좀 멋있어요. 으흐흥~ 감사합니다. 네, 감사합니다."

정작 민구가 귀찮아하는 동안, 초희는 자신을 향한 박수인 양 시상식에 참석한 여배우처럼 가슴에 손을 얹고 연신 우아하게 허리를 숙인다.

"저, 저기로 못 걸어가요. 무서워서… 그, 시체 좀 치워주시면……."

이동하자는 말에 여자들이 엉덩이를 뒤로 빼며 거리 위에 쌓인 시체들을 가리켰다.

"어, 맞아. 한쪽으로 딱 밀어두면 왕래하기가 아무래도 좋지. 시체 밟고 자빠질 일도 없어지고. 음, 그러네!"

남자들도 그 말에 동조해서 뭐라고 한마디씩 보탠다. 기강을 강조하던 그 중년 사내도 목소리를 높이고 있다.

밤톨은 그들이 가리킨 방향을 돌아봤다. 물론 징그럽고 무섭다. 머리와 온몸이 불타 버리고, 총구멍이 숭숭 뚫린 채 쓰러져 있는 시체가 수십 구나 쭈욱 잇달아서 널브러져 있으니까.

게다가 녹색의 체액과 진득한 검은 피, 그리고 내장과 뇌수가 바닥에 고여 있다. 무너져 내린 자동차 더미 때문에 보행자 통로도 막힌 지금, 저기를 지나가기 위해서는 징검다리를 건너듯 시체가 없는 빈 공간만을 밟으며 걸어야 할 것이다.

그렇다고는 해도 조금 전까지 저 징그러운 것들과 목숨을 걸고 싸우느라 탈진 직전까지 몰려 있는 군인들에게 길거리 청소도 해달라는 저 뻔뻔함은 정말이지… 이기적이다. 병사들의 눈에도 불만이 가득 서려 있다.

후우~ 밤톨은 치미는 화를 달래고 스스로에게 동기를 부여하기 위해 또 상상을 했다. 지금 저 부탁을 하는 사람이 우리 엄마라고 생각하자… 우리 엄마가 무서워서 벌벌 떨며 '아들, 나 무서워서 저기 못 지나가겠어' 하는 거라고 생각을 하자… 그래, 그렇게 생각하자… 후우~

조금 진정을 한 밤톨이 병사 셋을 지목했다. 그리고 자신도 합류해 각각 시체의 양쪽 끝을 잡고 들어 길가로 던졌다. 시체를 움직일 때마다 관통된 상처 사이로 온갖 것들이 뚝뚝 떨어져 흐른다.

"윽!"

왼쪽에서 길을 트던 병사들이 움찔하며 멈춰 선다.

왜 그래? 밤톨이 돌아보자, 녀석들은 침통한 표정으로 중얼거린다.

"서 일병입니다."

끄응~ 밤톨의 입에서도 탄식이 흘러나왔다. 몇 겹으로 겹쳐진 상태에서 불을 뒤집어쓰고 타버린 너덧 구의 시체들. 그 가장 아래쪽에 깔린 것이 서 일병의 시신이다. 까맣게 타버린 얼굴로는 구분할 수 없지만, 근처에 떨어진 하이바와 착용하고 있는 복장을 보면 알 수 있다.

"씨발 새끼들……."

위에서 깔아뭉갠 채 죽어 있는 좀비들의 시체를 전투화로 차서 밀어버리자 끔찍한 몰골의 서 일병이 드러난다. 오늘 아침까지만 해도 함께 밥을 먹고, 함께 차를 타고 온 녀석이 지금 여기 물어뜯기고 총에 꿰뚫려, 불에 탄 채 죽어 있다.

"…미안하다."

서 일병의 시체를 중앙선 너머의 차량 지붕 위로 옮기고, 군번표를 회수하면서 밤톨이 중얼거렸다. 상황이 상황이다 보니 유가족조차도 남아 있을 것 같지가 않다.

"자… 됐습니까? 이제 이동합니다."

밤톨은 이를 악물고 말한 뒤, 대충 만들어놓은 길을 앞장서 걸었다.

타다닥— 타닥— 턱—

불타오르고 있는 자동차 더미가 이따금씩 제풀에 움직이며 둔중한 소리를 낼 때마다 저절로 움찔하게 된다. 저것들을 다

치워내고 여기를 다시 이동 경로로 사용하기 위해서는 또 적지 않은 시간과 노력이 들게 될 것이다.

"조 병장님!"

중간 정도 지점, 시꺼먼 연기 너머로 버스에 배치해 두었던 병력의 목소리가 들려온다. 그들 역시 밤톨을 향해 이동하던 중이었다. 웃는 얼굴로 뛰어가 반기려던 밤톨이 멈칫한다.

"나머지 한 명은?"

밤톨이 물었다. 버스 위에 올라가 부사수 역할을 하던 장갑차 승무원 둘 중 하나만 돌아왔다. K—3 사수가 고개를 젓는다.

"초반에 버스가 흔들릴 때 아래로 떨어졌습니다. 좀비들이 수십 마리씩 달려들어 미니까 버스가 파도타기하는 것처럼 들썩거렸습니다."

으윽, 밤톨은 난감한 마음에 이마를 훑었다. 잠시 들떠 있던 게 미안해진다.

이제 오늘 전사자만 셋이 되었다. 두 시간을 버티면 되는 거였는데, 그 별거 아닌 일을 수행하느라 병력의 30퍼센트를 잃었다. 게다가 아직도 구조 차량의 예상 도착 시간까지는 20분 이상이 더 남았다.

"…고생했다. 그리고 정말 잘 싸워줬다. 이제 20분만 더 버티자. 다 끝나간다. 알겠지? 자, 순번을 정해서 둘씩 경계를 서고 나머지는 휴식한다."

비교적 시체들이 덜 널려 있는 곳까지 돌아온 밤톨은 병사들에게 칭찬과 격려를 하고 휴식 시간을 주었다. 분대 지원화기가 배치되었던 버스 옆면, 더러운 얼룩 사이로 유달리 붉은 핏자국이 선명하게 남아 있다. 누구의 피였을지 짐작할 수 있는 데다가 그에게 버스 위로 올라가란 명령을 내렸던 게 자신이어서 괴롭다.

그렇게 우울한 상념에 젖어 있는 밤톨과 병사들에게 민간인 몇 명이 다가와 부탁을 한다.

"저기… 미안한데요, 저 사람… 저것 좀 버리라고 해줘요. 흉측하게 자꾸 저런 쇠붙이를 긁어모아서 들고 돌아다니네. 보기만 해도 소름 끼치게시리. 안 그래도 아까 보니까 성질이 아주 더럽던데."

물론 사람들이 지칭하는 대상은 민구다. 민구는 북단 방향으로 이동해 와서도 열심히 건너편 차선의 차량들을 뒤지며 무기로 쓸 수 있을 만한 것들을 고르고 있었다.

시선을 느낀 민구가 도끼와 식칼을 날끼리 부딪쳐 보이며 히죽 웃는다. 그 섬뜩한 모습을 보고 나니 불안해하는 민간인들의 심리도 이해 못할 바가 아니었다. 밤톨은 고개를 끄덕였다.

"알겠습니다. 제가 말을 할게요."

민간인들을 안심시켜 돌려보낸 밤톨이 무전병을 데리고 민구 쪽으로 걸어갔다. 민구는 새로 얻은 식칼을 햇빛에 반사시켜 가며 날을 살피는 중이었다.

"형님, 이제 다 끝났어요. 그렇게 칼이니 무기니 챙기서 봐야 쓰실 일 없습니다."

"그거 이상하군. 나 그거랑 똑같은 이야기 오늘 아침에도 들었던 것 같은데 말이야."

민구의 농담에 밤톨과 무전병은 쓴웃음을 지을 수밖에 없었다.

"하하, 그러게요. 그 칼들이 있었다면 한결 편하셨을 테죠? 뭐, 보관소에 있던 그 녀석들도 이런 일 있을 줄 상상이나 했겠습니까? 이해해 주십시오. 게다가 걔들은 형님이 어떤 분인지도 전혀 모르고 있으니까 말입니다."

"음, 내가 어떤 사람인데?"

"겉모습하고 달리 사실은 남을 위협하거나 해칠 만한 분이 아니라는 거 말입니다."

그 말에 조금 놀라 민구는 밤톨을 빤히 쳐다봤다.

아닌데? 그게 내가 하고 다니던 일 맞아! 이놈 참, 귀염성은 있는데 사람 보는 눈이 영… 이런 판단력으로 용케 이만큼이나 지휘를 해서 버텼군…….

후후후, 민구의 입에서 웃음이 터졌다. 그러나 이 밤톨 같은 놈의 허술한 면이 싫지 않았다.

"저 꼰대들이 가서 일렀구만? 칼자국 난 새끼가 자꾸 흉기를 주물럭거리면서 사람들 위협한다고."

"정확하게 그런 말은 아니었지만, 비슷하기는 합니다. 뭐, 그렇지 않아도 한 방 맞았던 사람이 있으니까요. 아참, 그러고 보니 아까 그 싸움이 끝나고 고맙다는 인사도 안 드렸네요. 형님, 도와주셔서 감사합니다."

밤톨이 인사치레를 하려 들자 민구가 머쓱해한다.

"나도 살겠다고 한 짓이었으니까 그런 소리 하지 않아도 되는데. 그리고 다 같이 싸운 거였잖아. 누가 누굴 돕고 그런 건 아니지."

"저희는 군인이고, 형님은 민간인 신분이잖습니까? 맡은 책임이 다르죠. 그… 보관소에 맡겨두신 칼 있잖습니까, 그건 제가 돌아가면 다시 말을 잘 해보겠습니다. 혹시라도, 물론 그런 일이 없으면 더 좋겠지만, 건대 쉘터에도 위기 상황이 닥치거나 하면 형님이 힘을 좀 쓰셔야죠."

"별로 기대는 안 되는데… 걔들 순 고집불통이더라고. 그리고 언제 또 건대로 올 일이 있겠나? 이번에도 이동하려는 사람들이 그리 많지 않던데."

민구는 획득한 무기들을 자동차 지붕 위에 나란히 늘어놓으며 대꾸했다. 도끼, 야전삽, 식칼… 연장의 질을 선택할 수 있는 입장이 아니니까 양이라도 넉넉히 채워야 한다.

이 녀석들, 아까 마지막 탄창이니 뭐니 하는 소리들을 떠드는 걸 들었다. 만약 한 번 더 괴물들이 몰려오거나 하면 그때는 거의 몸으로 때워야 할 것이다. 물론 죽는 놈의 수도 훨씬 늘어나게 될 테고.

"그런데 헬리콥터는 왜 저렇게 멀리 가 있지? 근처에서 날아야 아까처럼 기관총으로 갈겨주든가 할 수 있는 것 아닌가?"

먼 하늘에 떠 있는 500MD를 가리키며 민구가 물었다.

"아, 저 헬기 하나가 이 부근 도로 상황을 다 살피고 통보해

주는 거라 저분도 어지간히 바쁘십니다. 그리고 이젠 실탄도 없고요. 잠시 후에 건대에서 보낸 구조 차량이 근처까지 오면 그것도 저걸로 알려줄 겁니다."

밤톨은 무전병이 어깨에 끼고 있는 P96K를 가리켰다. 자동차 시트에 도끼날을 닦고 있던 민구가 고개를 갸웃거린다.

"저 조그만 거, 어지간히 안 터지는 것 같던데… 저걸로 알려주면 다른 차들은 다 알아듣나?"

"하하하, 장갑차에 장착된 무전 설비를 이용하면 이렇게 직직거리지 않습니다. 선명하게 들리죠."

밤톨이 웃고 있을 때, 양반이 아닌 헬기로부터 무전이 날아왔다.

― …소, 올빼미 다섯. 건대 둥지에서… 치익… 이동차 찰리 공둘… 대기… 치익… 하기 바람… 이상.

어? 찰리 공둘? 우리다! 우리를 부른다!

무전병과 밤톨의 얼굴에 화색이 돈다. 문제는 구체적인 내용이 싹 다 짓뭉개져 들어온다는 데 있었다. 무전병은 다시 안테나가 잘 터질 만한 위치를 찾아 자동차 위로 뛰어다니며 고래고래 악을 썼다.

"당소, 이동차 찰리 공둘! 올빼미 다섯, 응답하라! 감도 불량하여 수신되지 않았음! 재송신 바람! 재송신 바람!"

무전병이 자동차 더미에 가까이 갔을 때, 밤톨이 외쳤다.

"야! 그런 데 너무 붙지 마! 무너진다고!"

"예? 잘 못 들었습니다!"

강바람에 청각이 무뎌진 무전병이 뒤돌아보며 얼굴을 찡그린다.

"위험하다고! 새끼야!"

그 말이 밤톨의 입에서 다 빠져나오기도 전에 중앙분리대와 자동차 더미 사이에서 뭔가가 확 튀어나오며 무전병을 덮친다.

그르륵—

얼굴과 목이 새까맣게 타버린 좀비였다.

억! 엎어지는 무전병과 그걸 보고 있는 밤톨의 입에서 동시에 비명이 터져 나온다. 민구는 도끼를 들어 무전병 쪽으로 던지기 위해 어느새 몸을 틀고 있다.

투투둑— 투투둑—

좀비에게 밀린 무전병이 엎어지며 발사된 총알이 세워져 있는 자동차들의 유리창을 박살 낸다.

채애앵—

쇠에 탄두가 맞고 튀는 요란한 소리도 함께 섞여 있다.

콱—!

민구가 재빠르게 날린 도끼가 좀비의 목을 직격하자 그 충격에 달려들던 좀비의 기세가 휘청 꺾인다.

"으아아아~!"

무전병은 미친 듯이 발버둥을 치며 좀비로부터 빠져나왔고, 밤톨은 개머리판을 휘둘러 도끼날이 박힌 좀비의 목을 반복적으로 후려쳤다.

칵— 칵—

점점 더 깊이 들어가 박힌 날이 목을 3분의 2이상 잘라낸 다음에야 불탄 좀비는 움직임을 멈췄다.

"하아~ 하아~ 너, 너 괜찮아? 안 물렸어?"

정신없이 개머리판을 휘두르느라 숨이 턱 끝까지 찬 밤톨의 질문에 무전병은 울상을 지으며 고개를 저었다.

"모, 모르겠습니다. 으흐흑, 저, 저 어떻게 됐습니까?"

서둘러 옷을 들추고 두 손으로 목덜미를 더듬는 무전병의 피부에는 다행히 물린 흔적이 없다. 대신 원수 같던 소형 무전기가 아주 박살이 나 있다.

"하아~ 이, 이게 막아준 모양이다. 너 진짜 무전기한테 절이라도 해라."

조금 마음에 여유가 생긴 밤톨은 무전병의 머리통을 두드려 준 후, 좀비의 목에 박힌 도끼를 보았다.

5미터 거리는 족히 될 것 같은데, 그 찰나의 시간에 이걸 이리도 정확하게…….

"야, 무전기보다도 저 형님한테 감사하다는 인사 먼저 드려. 너 진짜 저세상 문고리 만지고 왔어, 인마. 형님, 또 신세를 져… 엇! 형님! 형님!"

밤톨의 목소리가 떨리고 커진다.

"끄응… 요란 떨지 마. 별거 아니야."

민구는 인상을 쓰면서 왼쪽 가슴에 가로로 길게 박힌 칼날을 뽑아냈다. 저 멍청한 녀석이 쏜 총알이 하필이면 그가 왼손에 들고 있던 칼에 스치면서 튕긴 칼날이 가슴에 박혔다. 우연치고는 참 더럽다.

"으읏!"

땡그렁—!

민구는 뽑아낸 칼날을 바닥에 버렸다. 다행인 점을 고르라면 칼날이 그리 깊이 파고들지는 않았다는 거다. 물론 갈비뼈 한두 개 정도는 금이 간 모양이다. 그렇지 않고서는 이 정도까지 통증이 심할 리가 없다.

"형님! 아흐~!"

밤톨과 무전병, 그리고 주변의 다른 병사들까지도 뛰어와 걱정스러운 표정으로 민구를 에워싼다.

뭔데… 뭘 그렇게 쫄아? 칼을 만지다 보면 칼에 맞기도 하고 그러는 거지, 뭐…….

그렇게 이야기하려던 민구는 놈들의 시선이 가슴이 아니라 자신의 옆구리에 집중되어 있다는 걸 깨달았다.

응? 골반 위를 짚어본 민구의 미간이 찌푸려진다. 지독하게 아프다. 그리고 뜨겁다.

"후우~ 후우~"

손을 들어보니 온통 빨갛다. 익숙한 피의 색깔이다. 지금까지 그가 흘린 피의 양을 다 합친 것보다도 더 많은 피가 흥건하게 손바닥을 적시고 있다.

"죄송합니다! 죄송합니다! 저 때문에!"

무전병과 밤톨이 울부짖으며 민구를 부축한다.

아니야, 멍청아. 눈먼 총알이지, 네가 아니라고. 어디 가서 네깟 놈이 강민구를 죽였다고 하지 마. 그런 건 절대로 용납 못 하니까…….

그 말을 꼭 남기고 싶었지만, 민구의 입에서는 후우우~ 후우우~ 긴 신음만이 새어 나온다. 정신이 아득해지는 걸 느끼며 민구는 눈을 껌뻑였다. 점점 시야가 어두워진다.

흐리고 흐려지다가… 결국 완전한 암흑이 그를 찾아왔다.

〈『좀비묵시록 82—08』 제9권에서 계속〉

좀비묵시록
82-08

1판 1쇄 찍음 2016년 5월 9일
1판 1쇄 펴냄 2016년 5월 13일

지은이 | 박스오피스
펴낸이 | 정 필
펴낸곳 | 도서출판 **뿔미디어**

편집장 | 이재권
기획 · 편집 | 문정흠

출판등록 | 2002년 9월 11일 (제1081-1-132호)
주소 | 경기도 부천시 원미구 소향로 17번길(두성프라자) 303호 (우) 14544
전화 | 032)651-6513 / 팩스 032)651-6094
E-mail | bbulmedia@hanmail.net
홈페이지 | http://bbulmedia.com

값 8,000원

ISBN 979-11-315-7148-4 04810
ISBN 979-11-315-6934-4 04810 (세트)

www.bbulmedia.com